Kurt Helmut Körsten
Aufbruch ins Weltall

AF139142

Für Anja, Michael, Gabriele und Hanne

Kurt Helmut Körsten

Aufbruch ins Weltall

Roman

Bibliografische Information der Deutschen Nationalbibliothek:
Die Deutsche Nationalbibliothek verzeichnet diese Publikation
in der Deutschen Nationalbibliografie; detaillierte bibliografische
Daten sind im Internet über http://dnb.dnb.de abrufbar.

Umschlaggestaltung: Kurt Helmut Körsten

Umschlagbild: Internet Lexikon der Astronomie,
elektronisch berechnetes Modell aufgrund von Strahlung und
Masseverteilung der von uns sichtbaren Materie der Milchstraße

Herstellung und Verlag: BoD – Books on Demand, Norderstedt

ISBN 978-3-7386-8735-4

1

Nebelschwaden schleichen gemächlich über eine ebene, offene Fläche einer trostlos wirkenden Landschaft dahin. Absolute Stille herrscht. Kein Vogelschrei oder sonstige Geräusche des Lebens sind zu hören. Und nichts bewegt sich weit und breit. Die Luft ist sehr kalt, nur einige Plusgrade Celsius über dem Gefrierpunkt.

Doch was ist das? Auf einmal kommt eine laut stöhnende, wild aussehende menschliche Gestalt eiligen Schrittes aus einem kleinen, tot wirkenden Waldstück am Rande des Geländes heraus. Der Ort des Geschehens liegt nahe der einstigen Stadt Goslar am Nordrand des Harzes.

Es ist ein Mann. Er trägt keine Kopfbedeckung und sieht zum Fürchten aus. Sein Haar ist sehr lang und zerzaust, und ebenso sein borstiger Bart. Eine Art langer Mantel aus verschiedenartigen Fellen, der schmutzig und abgenutzt wirkt, umhüllt seinen Körper. Seine Füße sind mit etwas Dunklem umwickelt, was vermutlich auch aus Fell oder Lumpen besteht. In seiner rechten Hand trägt er eine etwa armlange, rostige Eisenstange.

Nach der Zeitrechnung des seit dem Jahr 1582 geltenden Gregorianischen Kalenders ist es das Jahr 2136, doch die wenigsten Menschen interessiert das noch. Das Dasein von Menschen, Tieren und Pflanzen auf der Erde ist herb und beklagenswert geworden.

Aus der Richtung, woher der Mann kam, ist jetzt Getrampel, knackendes Holz und Geschrei von sehr lauten, wilden Stimmen zu hören. Der Mann sieht sich ängstlich um, lauscht nur kurz und rennt dann schnell weiter über die vor ihm liegende Fläche offenen Geländes. Er fällt vor Erschöpfung hin, steht wankend wieder auf und stolpert weiter in Richtung einer kleinen Anhöhe, die mit großen Steinbrocken und wild ineinander verschachtelten, toten Bäumen und Ästen übersät ist. Wo er gerade rennt, sind am Erdboden nur einzelne, welke Grashalme, Disteln, Moose, Flechten und ähnlich karges Gewächs zu sehen. Der Flüchtende sieht nach oben zu der grauen, geschlossenen und tief hängenden Wolkenmasse.

Er murmelt vor sich hin: „Hoffentlich kommt bald die Nacht, sonst ist es um mich geschehen."

Mit seinen achtundzwanzig Jahren hat er bisher nur wenige Male in seinem Leben den blauen Himmel oder die Sterne gesehen, meistens nur in gelegentlichen, kurzen Wolkenlücken, und das auch nur in seinen jungen Lebensjahren.

Plötzlich schreckt er zusammen. Der Erdboden unter seinen Füßen und in weitem Umkreis, soweit er sehen kann, erzittert auffallend. Ein leichtes Knistern ist zu hören. Etwas kribbelt an seinen Beinen. Doch er rennt weiter zur Anhöhe hin. Es ist pure Angst, welche ihn antreibt, größer als jene vor dem Zittern des Erdbodens unter ihm. Denn kurz vorher war er dem Tode sehr nahe.

Fünf Gestalten, ähnlich wild aussehend wie der Flüchtende, erreichen jetzt auch die ebene, offene Fläche. Sie sehen ihn rennen, und einer von ihnen zeigt mit wütendem Gesichtsausdruck zu dem Flüchtenden hin.

Ein anderer, wohl der Anführer, kreischt mit lauter, heiserer Stimme: „Los, schneller! Gleich haben wir den Hund. Es wird Zeit, dass unsere Sippe was zu essen hat." Die Verfolger sind die Jäger einer Sippe von Menschenfressern.

Doch ganz kurz vor dem Erreichen der Anhöhe ist der Flüchtende wie von Geisterhand vom Erdboden verschwunden. Die Verfolger bleiben abrupt stehen. Sie spüren auch das Zittern der Erde und sehen sich gegenseitig ängstlich an.

Der Anführer sagt, in diesem Moment jedoch nur leise: „Der Kerl ist mit dem Bösen im Bunde. Hauen wir besser ab und versuchen es anderswo!" Und sie laufen eilends zurück in das tote Waldstück, woher sie kamen.

Der Verfolgte aber fällt ins Bodenlose abwärts, das glaubt er wenigstens. Es ist dunkel, graust ihn, und bald wird es ihm schwindelig. Sein vermeintlicher Fall dauert lang, und er schließt insgeheim mit seinem Leben ab. Viele Stationen seines bisherigen Lebens durchrasen blitzschnell seine Gedanken. Doch dann wird sein Fall auf geheimnisvolle Weise abgebremst, und er kommt auf seine Füße zu stehen. Schnell schließt er seine Augen, geblendet von sehr hellem, leicht bläulichem Licht. Instinktiv fühlt er, dass er jetzt immer noch in Gefahr ist. Aber wie und wo, kann er nicht begreifen. Erschreckend für ihn ist auch das helle Licht, denn außer Holzfeuern hat er noch nie so helles Licht gesehen, wohl gehört, dass es früher mal elektrischen Strom gegeben habe, mit dem Lampen zum Leuchten gebracht worden sein sollen, elektrische Maschinen und andere erstaunliche Dinge angetrieben wurden. Als sich seine Augen langsam an die Helligkeit gewöhnt haben, stellt er fest, dass er sich in einem kreisrunden Raum befindet. Er schätzt ihn auf einen Durchmesser von ungefähr fünf Meter. Die runde Wand glänzt metallisch und ist um die drei Meter hoch. Das helle Licht kommt kreisförmig vom oberen Rand des Raumes. Innerhalb des Lichtkreises ist es dunkel. Und er ahnt, dass er aus diesem Dunkel heraus hier ankam.

Drei Gestalten in etwa seiner Größe treten aus einer an der Wand befindlichen Tür und umstellen ihn. Sie jagen ihm großen Schrecken ein. Zuerst sehen sie ihn nur starr und schweigend an, denn sie sind über sein Aussehen verdutzt, zeigen das mit ihren Blicken. Sie selbst tragen einheitliche Uniformen. Die Jacken sind hoch geschlossen, am Hals ist ein niedriger Stehkragen. Die Hosenbeine reichen nur bis über die Knie und liegen eng an den Oberschenkeln. Die Unterschenkel sind mit grauen Strümpfen bedeckt und die Füße mit schwarzen Schuhen. Diese Schuhe bestehen aus einem künstlichen Material, das nur wie Leder aussieht. Die gesamte Bekleidung hebt die Eleganz menschlicher Körper hervor. Die Grundfarbe der Uniformen ist helles blau. Auf ihnen sind silbern schimmernde Taschen, an der linken Brustseite Namen und Dienstbezeichnungen goldfarbig aufgebracht. Das Material der Uniformen ist leicht glänzend, für den Ankömmling von einer noch nie gesehenen Art an

Kleidung, doch auch sehr sauber, ordentlich und funktionell wirkend.

„Sprichst du deutsch, Eindringling?" fragt einer der drei, auf dessen linker Brustseite Gerd Hartlein und Sicherheitsdienst stehen, mit lauter Stimme.

„Ja", erwidert der Gefragte mit gesenktem Kopf und ängstlicher, zittriger Stimme, „wo bin ich hier? Werdet ihr mich töten?"

„Das geht dich jetzt nichts an! Leg sofort die Stange, welche du in der Hand hast, auf den Boden, sonst müssen wir Gewalt anwenden!" bekommt er als Antwort.

Der nun unerwartet Gefangene hatte seine Eisenstange, die für ihn eine Waffe bedeutet, auch beim tiefen Fall nicht losgelassen. Jetzt legt er sie schnell nieder.

„Woher kommst du?" hört er erneut von Gerd.

„Meine Sippe lebt seit kurzer Zeit auf einem Lagerplatz unweit von hier", sagt er sehr leise, „wir sind eine zusammenlebende Gruppe von Menschen mit gleichen Interessen, Sorgen und Nöten. Ich war auf der Suche nach Essbarem, also nach Pflanzen oder Tieren, als ich fünf Fremden begegnete, die mich gefangennahmen und danach fesseln wollten. Da die Fremden sehr schmächtig und ausgehungert auf mich wirkten und ich ziemlich kräftig bin, konnte ich mich wieder losreißen, meine Waffe ergreifen und fliehen. Sie sprachen auch deutsch, so wie wir in unserer Sippe."

„Was für eine Sippe, was meinst du damit und bedeutet das?" fragt Gerd, „und wie viele gehören dazu? Erzähl uns alles darüber! Und wieso konntest du in unseren Sicherheitsbereich eindringen? Doch sag uns zuerst deinen Namen!"

Ein zweiter Mann des Sicherheitsdienstes unterbricht: „Gerd, der Magnetschirm war für wenige Minuten heruntergestuft, weil die Antigravitationswerfer noch einmal überprüft wurden."

„Welche Schlamperei! So etwas darf nicht vorkommen", sagt Gerd, „es bringt unseren Abflug, wenn nicht gar unsere gesamte Zeitplanung in Gefahr."

Der Gefangene zuckt zusammen … Abflug, denkt er. Welcher Abflug? Doch er antwortet: „Mein Name ist Michael Grether. Die Sippe, zu der ich gehöre, besteht zurzeit aus einundzwanzig Mitgliedern, zwei davon sind kleine Kinder. Ich habe keine Verwandten mehr, bin also allein unter den anderen. Wir waren früher eine größere Sippe, so um die hundert. Seit ich denken kann, sind wir ständig unterwegs, früher auch mit meinen Eltern. Wir bauen uns immer Erdhöhlen oder leben in natürlichen Höhlen, und oft können wir uns auch in Resten ehemaliger, verfallener Siedlungen einrichten. Von meinen Eltern weiß ich, dass wir ursprünglich aus einer Stadt mit dem Namen Kassel stammen. Vor einigen Jahren waren wir noch eine Art Bauern und bewirtschafteten hier und da einen kleinen Bereich. Aber die Erträge waren meistens gering, denn es wuchs nicht alles so wie früher, es fehlte stets an ausreichend Sonnenlicht und Wärme. Zunehmend sind wir deshalb wieder Jäger und Sammler geworden. Andererseits sind wir immer mehr auf der Flucht vor anderen Sippen, die uns berauben oder umbringen wollen. Wir begegnen immer häufiger anderen Menschen, deren fremde Sprache wir nicht verstehen, so ist das Auseinandersetzen mit ihnen fast unmöglich. Meine Verfolger scheinen Menschenfresser zu sein. Solchen sind wir schon öfter begegnet, und wir haben dadurch etliche Mitglieder verloren, auch im Kampf mit ihnen. Einige der Sippe haben in den letzten Jahren ihr Leben selbst beendet, sie kamen mit den jetzigen Lebensumständen nicht mehr klar."

„Ja, du hast Recht. Wir haben alles beobachtet, es waren in der Tat Menschenfresser, die dich verfolgten. Wir beobachten ihr Treiben in unserer Nähe schon längere Zeit. Sie drangen schon öfter in unseren Sicherheitsbereich ein und wurden von uns abgeschreckt", bestätigt Gerd, „und es ist auch nicht die einzige Saubande mit solchen schmählichen Absichten. Hast du einen Beruf oder sonst etwas Nützliches gelernt?"

Der Gefangene wagt nicht danach zu fragen, was mit „beobachten" gemeint ist, antwortet jetzt aber sehr ruhig: „Ich habe von meinem Vater das Schmiedehandwerk gelernt. Da wir aber viel herumzogen, selten ausgeübt. Als meine Eltern gestorben waren, hatte ich dafür noch seltener Gelegenheit, und schließlich wurde mir mein Werkzeug gestohlen. Mein Vater war ein Meister in diesem Beruf und hatte früher mal eine Werkstatt. Alles, was für einen Schmied noch möglich ist, besteht in der Bearbeitung von Alteisen, doch das ist fast nicht mehr zu finden. Und Metallherstellung in Fabriken, die es früher gegeben haben soll, wie mein Vater mir erzählte, gibt es nicht mehr. Es sind ja nun auch viel zu wenige Menschen da, für die es etwas zu tun gibt. Ich habe von meinem Vater auch das Feuermachen gelernt. Es ist nicht einfach und nur mit bestimmtem, sehr trockenem Holz möglich. In unserer Sippe mache ich immer Holzfeuer, damit wir uns daran wärmen oder Fleisch rösten können. Doch meistens essen wir rohes Zeug. Das Überleben wird immer schwieriger, an Sesshaftigkeit ist kaum mehr zu denken. Doch ich muss noch einmal fragen, wo ich hier bin. Denn nicht mehr in Freiheit … bei euch … wohl tief in der Erde zu sein, kommt mir unheimlich vor. Und warum habt ihr mich gefangen genommen? Was habe ich euch getan, und was habt ihr mit mir vor?"

„Auf alle Fragen darf ich im Augenblick keine Antwort geben", sagt Gerd, „vielleicht später! Im Grunde wollten wir dich nur retten, was uns drei hier vom Sicherheitsdienst Probleme mit unseren Vorgesetzten bringen kann."

Gerd wendet sich an seinen Kameraden Herbert Schulten: „Es wird Zeit, dass der Gestank hier aufhört und die Lumpen beseitigt werden. Außerdem scheint er Läuse oder anderes Ungeziefer zu haben, er kratzt sich doch dauernd am ganzen Körper und vor allem auf dem Kopf. Ab mit dem Mann, weg mit den stinkenden Sachen, ihn waschen und einkleiden!"

Herbert geht auf eine Wand des Raumes zu. Keine Tür ist zu sehen, nur schwache, andersfarbige Linien und Zeichen sind an der Wand. Er legt seine rechte Hand an eine bestimmte Stelle, und mit einem leisen Summton öffnet sich eine Tür.

„Komm", sagt Herbert zum Gefangenen, „folge mir!" Über einen sehr langen Flur erreichen beide eine Stelle, wo Herbert wieder auf die gleiche Weise eine Tür öffnet. Sie betreten einen Baderaum. Der Gefangene sieht sich erschreckt und verwundert um. Derweil öffnet Herbert an der Wand durch Berühren eine Klappe, auf welcher „Abfälle" steht.

„Ganz ausziehen und alle Sachen in die Klappe fallen lassen!" hört der Gefangene und tut es nach einigem Zögern. Er steht nun nackt da, sein Körper ist sehr schmutzig, und an manchen Stellen sind leichte Verletzungen zu sehen.

Herbert berührt jetzt mit einer Fingerspitze einen roten Punkt an der Wand, und daraufhin rauscht eine Dusche von einer bestimmten Stelle an der Decke los. So etwas hat der Gefangene noch nie gesehen. Von einem Bad oder einer Dusche weiß er nur aus Erzählungen seiner Eltern und Großeltern. Auf einen Wink von Herbert stellt er sich unter die Dusche und wundert sich über das wohlig warme Wasser, das auf ihn trifft. Solange er denken kann, hat er sich nur an Tümpeln, Bächen, Seen oder Flüssen kalt waschen können, und das auch nur ganz selten. Herbert berührt mit einer Fingerspitze eine gelbe Markierung an der Wand, welche die Form eines Mundes hat, und aktiviert damit einen Fernsprecher, den es in allen Räumen gibt. Daraufhin leuchten Schaltflächen innerhalb des Mundzeichens mit den Zahlen 0 bis 9 auf. Herbert tippt eine dreistellige Zahl ein.

Eine Frauenstimme ist zu hören: „Hier Abteilung Allgemeiner Dienst. Was ist zu tun?"

„Hier Gerd Hartlein … Sicherheitsdienst … bitte einen Dienstmann mit Waschzeug in Bad sieben schicken."

Der Gefangene schüttelt mit dem Kopf und wundert sich, dass Herbert mit der Wand spricht. Wenig später erscheint ein Uniformierter mit Badezubehör. Dieser zeigt dem Gefangenen den Umgang mit Seife und schrubbt seinen Rücken mit einer weichen Bürste ab. Der Gefangene fühlt sich sehr wohl und hilft bei seiner Reinigung emsig mit. Nachdem er sich abgetrocknet hat, werden seine Verletzungen untersucht und versorgt. Der Dienstmann bestäubt anschließend alle behaarten Stellen des Gefangenen mit einem puderartigen Mittel gegen Ungeziefer. Danach schneidet er dem Gefangenen das Kopfhaar auf wenige Millimeter Länge und entfernt den ganzen Bart. In einem Nebenraum erhält der Gefangene passende Sachen: eine Uniform, Unterwäsche, Strümpfe und ein Paar Schuhe. Beim Ankleiden wird ihm alles freundlichst erklärt und geholfen. An seiner linken Brustseite wird ein provisorisches Schild angeheftet, darauf schreibt Herbert den Namen und darunter ein großes, rotes „G", was für „Gefangener" steht. Der Dienstmann geht wieder, und Herbert bringt den Gefangenen über den Flur zu einem anderen Raum, in dem sich ein Tisch mit vier Stühlen befindet. Auch diese Möbel erwecken den Anschein, als wären sie aus glänzendem Metall. Die Sitze der Stühle sind mit samtartigem Stoff bezogen. Als der

Gefangene diese Dinge sieht, befühlt er sie mit seinen Händen, lächelt, berührt und betrachtet sie immer wieder. Es erscheint ihm alles wie ein Wunder, diese Genauigkeit und Schönheit der Gegenstände. Und auch hier strahlt wie in allen Räumen, die der Gefangene bisher sah, das leicht bläuliche Licht von der gesamten Decke herab.

Herbert veranlasst noch, dass ein anderer Dienstmann dem Gefangenen zu trinken und zu essen bringt. Er fordert ihn auf, sich satt zu essen. Schließlich eröffnet er ihm, dass er in Kürze durch den Leiter des Sicherheitsdienstes verhört würde. Auf seine ängstlichen Fragen antwortet er nicht. Dann zeigt er ihm in einer Ecke des Raumes ein Zeichen an der Wand, das er mit einem Finger berühren soll, wenn er seine Notdurft verrichten müsste. Er erklärt ihm die Funktion der Einrichtung und sagt, dass er auf diese Weise selbst den kleinen Raum öffnen und benutzen soll. Danach verlässt Herbert den Raum.

Nun, da der Gefangene allein ist, kommt ihm erst richtig und mit aller Wucht zu Bewusstsein, dass er nun eingesperrt ist, auf alles Kommende geduldig warten und hoffen muss. Und aufgrund seines rätselhaften Eintritts in diesen geheimnisvollen, ihm immer unheimlicher werdenden unterirdischen Bereich, ist ihm ganz klar - eine Flucht von hier ist aussichtslos.

2

Der Gefangene bekommt nach langem Warten Besuch von zwei Männern mit zusätzlichen Abzeichen auf den Uniformen. Jeder trägt einen zehnzackigen, silbernen Stern vor der Dienstbezeichnung. Zuerst stellen sie sich mit ihren Namen und ihrem Rang vor.

Der eine sagt: „Günter Achtsamer ... Leiter des Sicherheitsdienstes", und der andere, „Wilhelm Vieting ... Leiter der Technik."

Günter beginnt: „Wir sind hier, um dich zu verhören", der Gefangene runzelt die Stirn und wagt die beiden nicht anzusehen, „du brauchst dich nicht daran stoßen, dass wir dich duzen. In unserer Gemeinschaft ist es ganz in Ordnung so und gleichzeitig ein Beweis von gegenseitigem Vertrauen. Jeder bei uns ist wichtig! Standesdünkel, wie er früher unter den Menschen üblich war und zum Teil wohl noch ist, gibt es bei uns nicht. Du sollst auch uns mit unseren Vornamen ansprechen. Wir sind nicht deine Feinde! Unser jetziges Verhalten zu dir ist nur zu unserer Sicherheit vonnöten. Du bist nun einmal hier, und wir glauben, dass es zu deinem und unserem Nutzen ist. Wenn du auf unsere Vorschläge, welche wir dir gleich machen werden, eingehst, wirst du Verständnis dafür haben. Also ... Michael", und als dieser erleichtert aufatmet und verhalten grinst, „erzähle uns bitte zuerst einmal ausführlich über das Leben da draußen. Wir wissen viel darüber, doch nicht genug. Wir glauben, du hast berechtigte Fragen über uns und den Ort, wo du jetzt bist. Doch habe Vertrauen und Geduld! Du bekommst alles erklärt. Was du Gerd Hartlein berichtet hast, brauchst du nicht zu wiederholen."

Michael zögert eine Weile und sagt dann: „Danke, mir fällt ein Stein vom Herzen. Und nun zu eurer Frage über die Zustände draußen, wie ihr es nennt. Als mir eben das Wort ‚draußen' über die Lippen ging, hatte ich ein seltsames Gefühl, so wie ich es noch nie empfand. Ich kann nicht erklären warum, aber ich vertraue euch. Ergänzend zu dem bereits berichteten, kann ich sagen: In den herumirrenden Sippen herrscht große Furcht, besonders vor großen, gewaltigen Wirbelstürmen, lang anhaltenden Regenfällen, riesigen Überschwemmungen, ständigem Hunger, Krankheiten und anderem mehr. Wer sehr leidend wird, ist meistens verloren. Heiler, die früher einmal Ärzte genannt wurden, gibt es kaum, und bis auf das Wissen über heilende Pflanzen, haben auch sie wenige Möglichkeiten zu helfen. In unserer Sippe ist so ein Heiler. Ich war als Kind einmal sehr krank, hatte sehr hohes Fieber, konnte fast nicht mehr atmen, und unser Heiler rettete mich mit einem ekelhaft schmeckenden Brei aus Kräutern, den ich mehrere Male wieder erbrach. Je jünger die Menschen jetzt sind, desto weniger Wissen haben sie, selbst nicht über alltägliche Dinge, denn es gibt ja keine Schulen mehr. Gerade die Jüngeren glauben wieder vermehrt an Hexen, böse Geister und anderen solchen Unsinn. Ihre Eltern haben wegen den harten Lebensbedingungen weniger bis gar keine Zeit, ihr noch vorhandenes Wissen an ihre Kinder weiterzugeben. Als satt kann sich kein Mensch mehr bezeichnen … das ist wohl nun für immer vorbei. Die Menschen werden nicht mehr so alt wie früher einmal. Es gibt in meiner Sippe keinen über fünfzig."

„Und wie sieht es bei den Tieren aus?" fragt Günter weiter.

„Von meinen Eltern weiß ich: Großtiere gibt es nur noch ganz wenige auf der Erde, was zum Beispiel Elefanten, Pferde, Kühe und ähnlich große Tiere betrifft. Und auch die uns Menschen sehr nahestehenden Tiere, die Affen, sind ganz selten geworden. Vielleicht gibt es sie aber doch noch manchmal an besonders klimatisch günstigen Plätzen. Niemand weiß das so genau. Die rücksichtslose Vernichtung aller Wälder auf der Erde im letzten Jahrhundert und eine lebensfeindliche Wetterverschlechterung führten dazu. Aus Hunden, Katzen, Ratten und ähnlichen Kleintieren haben sich gefährliche Raubtiere entwickelt. Sie fallen in Rudeln sogar Menschen an. Am meisten hat sich das Verhalten der Vögel geändert. Selbst viele kleine Vogelarten sind zu Raubvögeln geworden. So sah ich einmal eine sehr große Anzahl von Drosseln gemeinsam so lange auf einen kleinen Hund einhacken, bis dieser sich erschöpft ergab. Sie zerrupften und fraßen ihn dann gierig auf. Große Raubvögel gibt es kaum mehr, es fehlt an ausreichend Beutetieren für sie. Überhaupt scheinen die Vögel am besten mit den starken Veränderungen klar zu kommen, denn sie sind im Gegensatz zu den reinen Landtieren sehr beweglich, um noch vorhandene Nahrungsplätze zu erreichen. So sind sie noch zahlreich vertreten. Wie es in den Meeren aussieht, weiß niemand mehr genau. Sie sind durch ständige Stürme und gewaltig hohe Wellen sehr gefährlich für uns Menschen geworden. Ich habe gehört, dass es im Norden von uns riesige Gebiete gibt, wo heute Meer ist und es früher viele Siedlungen gegeben habe, darunter auch große Städte. An all den Veränderungen seien vor allem auch im letzten Jahrhundert stattgefundene, unvorstellbar schlimme Kriege mit massiver Zerstörung vieler Länder schuld. Die Klimaänderung durch Erderwärmung, das Abschmelzen aller Eismassen und eine grenzenlose Verschmutzung der Erde, vor allem der Meere und Flüsse, veränderten die Lebensbedingungen drastisch. Weitere Probleme entstanden durch übergroßen Müll und Giftstoffe. Mein Vater sagte mir einst, dass es seit Anfang des vorigen Jahrhunderts eine große Verschwendung gegeben habe, ausgelöst durch eine hemmungslose Jagd nach wirtschaftlichem Wachstum in allen Ländern der Erde und einer überspannten Gier nach Reichtum und Wohlleben. Auf der Erde sieht es …"

Günter unterbricht: „Danke, Michael. Das deckt sich vielfach mit anderen Meldungen, die wir bisher erhielten. Ich sehe, du schilderst den Zustand deiner bisherigen Umwelt richtig, und auch das, was du gehört hast, stimmt. Zur Verschlechterung der Lebensbedingungen führte noch, was du wohl nicht weißt, ein starker Anstieg der Weltbevölkerung in den ersten vier bis fünf Jahrzehnten des einundzwanzigsten Jahrhunderts. Das war einfach zuviel für die Erde, eine Erschöpfung trat ein. Die

Nahrungsknappheit führte auch zum Aussterben vieler anderer Lebewesen. Es wurde damit ein Punkt erreicht, wo eine Umkehr unmöglich war."

Michael sieht jetzt sehr blass aus, und er fragt: „Bitte, Günter, sage mir, was aus mir wird und wie tief ihr hier unter der Erdoberfläche lebt, wie das alles funktioniert. Es ist doch hier alles viel anders als ich es bisher sah oder wie ich es sonst ausdrücken soll."

„Du scheinst sehr in Ordnung zu sein", antwortet Günter, „du kannst bei uns bleiben und solltest dich darüber freuen. Wir brauchen hier tüchtige Handwerker. Deine Vorkenntnisse sollten reichen, um aus dir einen tüchtigen Techniker zu machen. Du brauchst nur bereit zu sein, viel hinzu zu lernen. Wir haben vor neunundvierzig Jahren, also im Jahr 2087, eine Entscheidung getroffen, und wir wussten bereits damals, dass es für uns auf der Erde keine Zukunft mehr gibt. Wir, das waren am Anfang einige Wissenschaftler, Ingenieure, Mediziner, Astronomen und weitere entschlossene, vorausdenkende Fachleute. Es waren mutige Männer und Frauen, welche einen Plan entwarfen und seine Verwirklichung bis heute mit Erfolg durchführten. Im Laufe der Jahre holten sie einige andere tatkräftige, an unseren Erfolg glaubende Leute hinzu. Meistens waren das gute Handwerker und sonstige Spezialisten. In wenigen Tagen sind wir an dem Ziel angelangt, das wir uns gesetzt haben, und gleichzeitig am Anfang einer vielversprechenden Zukunft."

Michael sieht die zwei anderen zweifelnd an. Zu unverständlich sind ihm ihre bisherigen Aussagen. Er denkt: Wie kann es auf dieser kaputten Erde und tief in ihr Hoffnung geben, ein Ziel erreichbar sein? Er ist sehr aufgeregt und wieder sehr blass, fragt jedoch jetzt direkt und bündig: „Ist hier unten so ein Ziel möglich? Ich kann mir ein Leben ohne Himmel, Wolken, Wind, den Geruch von Erde und vielem anderen nicht denken … kann es mir einfach nicht vorstellen."

Jetzt spricht zum ersten Mal Wilhelm: „Ich werde dir nun einige Fragen technischer Art stellen und kleine Aufgaben geben, die du mir mündlich lösen und beantworten sollst. Es ist wichtig, dein Wissen und deine handwerkliche Veranlagung zu prüfen. Frage mich bitte, wenn du etwas nicht verstehst, denn bestimmte Ausdrücke werden mittlerweile zwischen euch Menschen draußen und uns hier drinnen abweichend sein."

Dann erfolgt eine lange Zwiesprache. Das Ergebnis der Prüfung ist verblüffend für die beiden anderen. Sie haben einen Mann mit großer Befähigung für Handwerk und technisches Einfühlungsvermögen vor sich.

Wilhelm sagt es ihm und fährt fort: „Bitte, ich wiederhole, habe Vertrauen zu uns. Ich erkläre dir zu gegebener Zeit alles. Du wirst ab jetzt in meiner Abteilung, die sich mit der gesamten Technik befasst, und dazu gehört auch die Instandhaltung, mein Mitarbeiter sein. Es sei denn, du willst zurück. Doch das ist nicht so einfach, denn in deiner Sippe wirst du von hier erzählen, zum Erzählen gezwungen sein. Das könnte uns in große Gefahr bringen! Wenn du zurück möchtest, musst du dich ein paar Tage in Gefangenschaft gedulden. Es wird dir an nichts fehlen. Wir werden dich dann ein Stück entfernt von deiner Sippe freisetzen. Sage ja zu uns, wir brauchen dich! Hier erwartet dich ein geregeltes Leben, gesunde Ernährung, richtige ärztliche Betreuung, anerkanntes Arbeiten in einer guten Gemeinschaft von Gleichgesinnten. Kurz und gut, hier bekommst du eine wahre Zukunft. Bedenke dabei auch, dass du zuletzt allein ohne Familie in der Sippe warst, niemand wartet auf dich."

Während der letzten Worte, die ihn eigentlich erfreuen müssten, ist Michael noch trauriger geworden. Er sieht aus wie ein Häufchen Elend. Zusammengekrümmt und mit gesenktem Kopf sitzt er da. Sie glauben bei ihm zu sehen, wie angespannt er nachdenkt. Und sie haben Verständnis für sein Verhalten, sehen es nicht als Schwäche an, versetzen sich gedanklich in seine Lage und lassen ihm Zeit.

Nach einigen Minuten erst kommt seine Antwort: „Ja", sagt er mit leiser, aber klarer Stimme, „ich möchte bei euch bleiben."

Günter und Wilhelm sehen sich lächelnd und zufrieden an. Sie reichen nacheinender Michael die Hand und beglückwünschen ihn zu seinem „Ja".

Wilhelm sagt: „Willkommen in unserer Gemeinschaft! Morgen früh siehst du die Abteilung. Dort wirst du auch wohnen, da ein bestimmter Bereich der Abteilung der Wohntrakt Technik ist. Und ab morgen erfährst du dann alles Wichtige über deine

Aufgaben, Rechte, Pflichten und vieles mehr. Hier ist das Zusammenleben in der Gemeinschaft übersichtlich geregelt. Es wird ein sehr harter Tag, dein erster bei uns. Die weiteren Tage werden dir immer besser gefallen. Vieles musst du in der nächsten Zeit lernen. Und zahlreiche Tage sind für deine Eingewöhnung erforderlich. Doch so angenehm wie hier hast du noch nicht gelebt. Da wäre noch etwas! Morgen untersucht dich ein Arzt auf Krankheiten, sogar sehr gründlich. So etwas kennst du ja nicht, aber habe keine Angst davor! Ich bringe dich jetzt zu einem Wohnraum."

Beide verlassen den schlichten Besprechungsraum und gehen über den Flur zu einem anderen, ähnlich runden Raum, der genau so aussieht wie jener, wo Michael in der Tiefe ankam. Wilhelm bedeutet Michael, dass er sich in dessen Mitte stellen soll. Dann geht er zu einer Stelle an der Wand, wo ein hellblaues Viereck mit den schwarzen Ziffern von 0 bis 9 darin sichtbar ist. Er tippt mit einem Finger eine Zahlenkombination ein. Über dem Viereck leuchtet kurz danach ein grünes Lämpchen auf. Anschließend stellt er sich ganz schnell neben Michael. Wenige Sekunden später hat Michael das gleiche Empfinden wie bei seinem vermeintlichen Fall in die Tiefe zu den Sicherheitsleuten. Und auch jetzt glaubt er immer noch, dass es beim ersten Mal ein freier Fall war. Um beide herum ist es dunkel, keiner kann den anderen sehen. Und weil Michael dieses Geschehen bereits kennt, ängstigt es ihn nicht so sehr. Sie stehen kurz danach in einem anderen runden Raum. Hier erklärt Wilhelm, dass sie mit einem „Transporter" etwa 230 Meter weit gefahren wären, und wie das funktioniert, bekäme Michael mit anderen Dingen in den nächsten Tagen erläutert. Sie gehen kurz über einen Flur. Wilhelm öffnet eine Tür, über der in deutlich großen Zeichen „T17" steht. Sie treten in einen mit Bett und allen sonstigen wohnlichen Dingen – Tisch, Stühle, Regale, Schränke … - eingerichteten Raum. Wilhelm gibt jetzt wichtige Hinweise und Erklärungen. Im Raum befinden sich an verschiedenen Stellen der Wand ein Fernsprecher, eine Digitaluhr, ein Bildschirm und ein Tonempfänger. Michael wird erklärt, dass er am Fernsprecher – ein Mundzeichen mit den Zahlen 0 bis 9 darin - die Zahlenkombination 999, eine Notrufnummer, eintippen soll, wenn er in Not ist oder Wünsche hat, zum Beispiel nach Speisen und Getränken. Hört er dann eine Stimme, soll er seine Wünsche laut und deutlich sagen. Die anderen Geräte werden ihm jetzt noch nicht erklärt. Und wiederum kommt Michael nicht aus dem Staunen heraus. Er erfährt von Wilhelm auch, dass er seinen Raum heute noch nicht ohne Erlaubnis verlassen kann. Er muss dafür erst die Berechtigung freigeschaltet bekommen. Es wäre sehr wichtig, sich an diese Anweisung zu halten und nicht zu protestieren. Ab dem morgigen Tag wäre alles geregelt. Er sagt ihm, dass er morgen früh um 6 Uhr geweckt und eine halbe Stunde später zu einem Speiseraum abgeholt würde. Wilhelm verabschiedet sich, und er verrät Michael nicht, dass dieser bereits in dem Raum ist, der ihm für die nächste Zeit zur

Verfügung steht. Es ist ein Wohnraum der Abteilung Technik.

3

Wunderbare Klänge wecken Michael am Morgen auf. Sie sind so schön, wie er es noch nie in seinem Leben gehört hat. Sie kommen von der Wand – ein Tonempfänger ist dort - neben seinem Bett. Bisher haben ihn nur die Stimmen der Tiere oder das Rauschen des Windes aufgeweckt. Er fühlt sich sehr wohl und ausgeruht. Dann betrachtet er seine Uniform, welche auf einem Stuhl neben seinem Bett liegt. Die Sauberkeit, Ordnung und die Wohnlichkeit im Raum lassen ihn erneut staunen. Dann kneift er sich in den Arm, um zu prüfen, ob es kein Traum ist, das Hier und Jetzt.

Ganz leise flüstert er: „Kein Traum", springt aus dem Bett und staunt, denn seine Uniform, auf die er jetzt von oben blickt, liegt mit der linken Brustseite für ihn sichtbar auf dem Stuhl. Und darauf steht goldfarbig aufgebracht „Michael Grether" und darunter „Techniker". Er öffnet die Tür zum Bad, kommt danach etwas ungeschickt mit der für ihn ungewohnten Reinigungsprozedur zurecht und kleidet sich an. Auf einem Stuhl sitzend, wartet er voller Spannung auf alles Kommende.

Punkt 6.30 Uhr geht die Tür auf. Zuerst sieht Michael nur Wilhelm, seinen künftigen Abteilungsleiter. Er will aufstehen, lässt sich jedoch schnell und mit erstauntem Gesichtsausdruck wieder auf den

Stuhl zurückfallen. Denn hinter Wilhelm tritt eine sehr hübsche, junge Frau ein. Es ist deshalb umwerfend für ihn, weil er noch nie die Körperform einer Frau so schön, so deutlich wahrgenommen hat. Die Frauen in seiner Sippe waren immer nur mit irgendwelchen Fellen oder anderem hässlichen Zeug umhüllt, so wie er selbst auch hier ankam. Auch die nun eintretende Frau ist mit einer Uniform bekleidet, welche aber von den männlichen abweicht, ja, viel schöner und schicker wirkt. Ihre Form betont die besondere Schönheit des weiblichen Leibes. Die Grundfarbe ist ein mittleres rot. Die meisten Merkmale der Uniform sind aber der männlichen gleich. Die Frau trägt halblanges, herabfallendes, glattes Haar. Die Männer, welche Michael bisher hier in der geheimnisvollen Welt sah, tragen alle einen einheitlichen, kurzen Haarschnitt.

Nachdem sich Michael erhoben hat, stellt Wilhelm die Frau vor: „Ich darf dir Hanna Wagner vorstellen. Sie gehört zu meinen engsten Mitarbeitern, ist also Techniker wie du, Michael. Ach so, du grinst bei meinen letzten Worten, und ich weiß auch warum, denn dir steht noch viel Ausbildung und Einarbeitung für deine zukünftigen Aufgaben bevor. Danach kannst du dich mit Recht Techniker nennen. Hanna weiß inzwischen Bescheid über dich und wird einige Zeit deine Eingliederung in das Arbeitsgeschehen und weitere Belange unserer Gemeinschaft begleiten", er nickt mit dem Kopf und lacht leise kichernd vor sich hin, „du kannst sie als deinen Ausbilder oder, wenn es dir gefällt, Lehrer bezeichnen."

Hanna und Michael reichen sich verschmitzt lächelnd die Hände und schauen sich dabei tief und lang in die Augen. Als er sie so betrachtet, weiß er, sie ist etliche Jahre jünger als er. Er spürt ein Kribbeln im Bauch, und wie ein Zauberhauch lassen ihre Blicke ein schnell wieder verglimmendes, zartes Lächeln über seine Züge huschen.

Wilhelm fährt fort: „Ihr werdet gleich zuerst gemeinsam essen. Danach bringt Hanna dich zu einem Arzt, was ich gestern schon ankündigte. Wenn die Untersuchung vorüber ist, wird sie dir wichtige Teile der Abteilung zeigen. Erschrecke nicht über das, was du sehen und erfahren wirst! Es wird nicht alles so heiß gegessen, wie es gekocht wird! Von deiner bisherigen Lebensweise bis zu jener hier bei uns geltenden, bedarf es reichlich Zeit der Eingewöhnung. Doch habe Mut! Alle, die bisher mit dir Berührung hatten, glauben an dich. Also, auf ihr beiden, ab in eine neue Welt für dich, Michael!"

Alle drei verlassen den Raum. Wilhelm verabschiedet sich, und Michael folgt Hanna über den Flur. Dabei fällt Michael auf – er hatte sich schon gestern darüber gewundert -, dass die Fußböden in allen Räumen und Fluren nicht ganz eben verlaufen, sie sind ganz leicht gewölbt und vermitteln ein Gefühl, als ginge man von einer winzigen Anhöhe hinab oder hinauf zu ihr.

Nach einem kurzen Weg über den Flur erreichen beide eine automatische Tür, die Hanna auf die ihm bereits bekannte Weise öffnet. Sie betreten einen sehr gemütlichen Speiseraum, der durch warme Farben an Wänden und Fußboden heimelig wirkt.

Ausgestattet ist er mit mehreren Tischen, an denen sich je sechs Stühle befinden. Die Möbel sind denen im Verhörraum gleich, nur die Farbe der Stuhlsitze weicht etwas ab. An einer Längsseite des Raumes ist eine Theke. Mit seiner gedämpften Beleuchtung macht dieser Raum einen besonders ansprechenden Eindruck auf Michael. Im Raum sitzen um die vierzig Personen. Eine muntere Unterhaltung ist im Gange, es wird gegessen, gelacht und geredet. Dann richten sich wie auf eine Anordnung hin all ihre Blicke auf die Eintretenden. Es wird ganz ruhig im Raum. Hanna stellt den neuen Kollegen mit Namen vor, und ein leises Trommeln auf die Tische ist die Antwort. Michael hat dabei das Empfinden, dass er von einer guten Gemeinschaft angenommen ist.

Hanna geht mit ihm zur Theke für die Essensausgabe. Hier muss sie ihm erst viel erklären. Als Michael dann einen Teller mit seinem Essen erhält, sieht er starr und nachdenklich darauf. Was darauf liegt, kennt er nicht. Auf dem Teller sind nur drei runde Scheiben, etwa mit acht Zentimeter Durchmesser und zwei Zentimeter Dicke, die bräunlich aussehen. Weiter bekommt er ein Henkelglas – alle Trinkgefäße und sämtliches Geschirr sind hier unzerbrechlich - mit einer rötlichen Flüssigkeit. Als auch Hanna die gleichen Sachen erhalten hat, setzen sie sich auf freie Plätze an einen Tisch. Hier sitzt er zunächst unbeweglich da und schaut nur auf den Teller. Hanna sieht sein Zögern.

Da sagt sie: „Beiß einfach hinein! Es wird dir schmecken und das Getränk auch."

Als Michael eine Scheibe nimmt, sie lange von allen Seiten betrachtet, sie befühlt und schließlich ein Stück abbeißt, strahlt sein Gesicht hell auf. „Köstlich!" haucht er, „was ist das?"

„Wir nennen es einfach Morgenessen", sagt Hanna mit glücklichem Lächeln, „es wird von unserer Abteilung Versorgung jeden Tag nach verschiedenen Rezepten zubereitet, und zwar für alle von uns gleich. Ärzte und Wissenschaftler von uns, von denen einige bereits verstorben sind, haben ein Verfahren entwickelt, diese schmackhafte Nahrung herzustellen. In unserem Lebensbereich können wir nicht einfach alle unser eigenes Essen zubereiten. Unser Leben hier erfordert an erster Stelle Ordnung und gute Zusammenarbeit. Jeder von uns hat seinen festen Platz und die seinem Können entsprechenden Aufgaben. Das Ergebnis dieser Lösung ist beachtlich, denn nur auf diese Weise können wir unsere Aufgaben und Pflichten gut erfüllen, nur so können wir überleben. Überhaupt, unsere Nahrung enthält alle wichtigen Bestandteile für ein gesundes Leben. Sie unterscheidet sich nur in der Zubereitung und Form von der Nahrung, die es vordem bei uns Menschen gab. So gut und gesund wie das Essen hier ist, hast du wahrscheinlich in deinem bisherigen Leben noch nicht bekommen. Es hat sogar die richtige Festigkeit. Du wirst inzwischen bemerkt haben, dass man ausgiebig kauen muss. Das ist nicht nur für den Erhalt der Zähne wichtig. In dem Getränk sind ebenfalls wichtige Bestandteile für unseren Organismus. Alles hat sich bisher bewährt. Wir behalten, was die Mahlzeiten anbelangt, alle alten Bräuche bei, so wie es schon lange für die Menschheit gilt, also gibt es täglich neben dem Morgenessen auch ein Mittag- und ein Abendessen."

Michael hat sehr interessiert zugehört, er sagt: „Ich habe alles begriffen. Aber sage mir, wann die jeweiligen Essenszeiten sind. Hier kann ich doch nicht durch Helligkeit oder Dunkelwerden feststellen, welche Tageszeit es ist."

„Wie ich bereits sagte, alles ist beziehungsweise wird geregelt und mitgeteilt: Essens-, Arbeits-, Erholungs- und Schlafenszeiten. Wenn du einige Zeit hier bist, orientierst du dich auch an der jeweiligen Uhrzeit, sie entspricht dem Tagesablauf draußen. In allen Räumen sind Uhren. Wenn jemand zwischendurch Hunger oder Durst hat, kann er auch dann den Speiseraum aufsuchen."

Er fasst sich plötzlich an die Stirn, macht ein sehr nachdenkliches Gesicht und fragt: „Sag mal, woher kommen denn hier unten die Zutaten für die Speisezubereitung, ich meine Pflanzen, Knollen, Kräuter, Säfte, Wasser und so weiter?"

Hanna hat mit dieser Frage gerechnet, trotzdem macht sie ein saures Gesicht. Was soll, darf sie ihm sagen? Dann erwidert sie: „Du erfährst alles! Nochmals … habe Geduld! Zuviel auf einmal würde dich wohl ziemlich wundern oder gar erschlagen."

So essen sie ruhig zu Ende. Nach dem Morgenessen sagt sie: „Komm! Ich bringe dich jetzt zu unserem Abteilungsarzt."

Er folgt ihr über den Flur zum Arztraum. Sie stellt ihn dem Arzt vor und vernimmt, dass die Untersuchung etwa eine Stunde dauern wird. Sie geht, und er wird nun gründlich untersucht. Am Ende ist der Arzt mit Michaels Gesundheitszustand sehr zufrieden, stellt keine ansteckenden Krankheiten fest und sagt es ihm direkt. Da Michael noch nie von einem Arzt untersucht worden ist, gibt es für ihn wieder sehr viel zu bestaunen und zu fragen. Michael quatscht den Arzt ziemlich zu. Dieser ist danach sehr erleichtert, als Hanna seinen Patienten wieder abholt.

Als beide über den Flur gehen und Michael beginnt, seine Erlebnisse und Empfindungen über die Untersuchung herauszusprudeln, sagt sie: „Später! Später kannst du mir alles berichten. Wir gehen jetzt in unsere Abteilung, das ist heute viel wichtiger für dich."

4

Hanna und Michael gehen über den Flur und erreichen eine bestimmte Stelle, an welcher ein sehr großer, roter Rahmen an der auch hier metallisch glänzenden Wand eine Tür, einen Eingang anzeigt. Über dem Rahmen steht deutlich die Bezeichnung „T01". Sie legt ihre rechte Hand auf ein silbernes Handzeichen neben dem Rahmen, und eine sehr breite, zweiflügelige Schiebetür öffnet sich fast lautlos. Michael kann nur einen flüchtigen Blick in den geöffneten Raum werfen, denn Hanna tippt sofort wieder mit einem Finger auf das Handzeichen, und die Tür schließt sich wieder. Jetzt geht sie ganz nah an den rechten Rahmen heran. Dort ist neben dem Handzeichen ein Mundzeichen sichtbar, in dem Schaltflächen mit den Zahlen 0 bis 9 sind. Sie tippt eine Zahlenkombination ein und sagt vor dem Mundzeichen deutlich: „Hier Hanna Wagner … rufe Sicherheitsdienst."

Eine Frauenstimme antwortet: „Hanna Wagner erkannt … hier Helga Wünschwas vom Sicherheitsdienst … was liegt an?"

Hanna antwortet: „Anmeldeprozedur … neue Person in Abteilung Technik … Name Michael Grether." Den Namen buchstabiert Hanna anschließend noch.

Helga sagt: „Michael Grether, bitte rechte Hand auf das Handzeichen legen", Michael tut es, und nach kurzer Zeit vernimmt er, „Michael Grether angenommen und gespeichert."

Michael sieht Hanna fragend an. Sie sagt ihm: „Wir gehen jetzt hinein. Öffne und schließe nun selbst die Tür! Auf diese Weise kannst du es ab jetzt immer tun, um zur Arbeit oder anderswohin zu kommen, wofür du berechtigt bist. Und auch deine eigene Tür zum Raum T17 ist nun freigeschaltet für dich."

Michael sieht Hanna zuerst ungläubig an und legt dann etwas zögerlich seine rechte Hand auf das Handzeichen. Und siehe da, die Tür öffnet sich! Beide treten in den Raum. Michael schließt die Tür, indem er mit einem Finger auf das auch innen neben der Tür befindliche Handzeichen tippt, und auch das klappt. Michael sieht sich in dem großen Raum, der eher einer Halle gleicht, um und ist von der Einrichtung, bestehend aus Maschinen, Schränken, Regalen, Arbeitstischen und mehr, verwirrt. Er staunt noch viel mehr über die zahlreichen, für ihn fremden Dinge, die Hanna als „Werkzeuge" bezeichnet.

Sie sieht seine Überraschung, seinen erstaunten Blick und spricht: „Nun gebe ich dir einen kurzen Überblick über unseren Wirkungsbereich. Du wirst dabei viele Begriffe oder Bezeichnungen, welche du in Erzählungen deiner Eltern, Verwandten oder anderen wahrscheinlich schon vernommen hast, wiedererkennen. Denn es ist erst einige Jahrzehnte her, wo diese Sachen überall auf der Erde alltäglich im Einsatz waren. Darüber hinaus hat unsere Gemeinschaft die gesamte Technik in einem beträchtlichen Maße weiterentwickelt. Wir haben neue Materialien geschaffen, welche Jahrhunderte überdauern können, ohne ihre Funktion und Festigkeit im Geringsten zu verlieren. Du hast solches Material in den Räumen und den Fluren selbst gesehen. So etwas gibt es draußen auf der Erde nicht. Zum Beispiel wäre Holz hier fehl am Platze, denn es ist zu weich, anfällig für Fäulnis und vergeht viel zu schnell."

Michael schüttelt seinen Kopf, blickt von einem Teil der Halle zur anderen und steht, versunken in seine Gedanken, tief seufzend da.

Hanna scheucht ihn aus seinen Gedanken auf, indem sie durch berühren einer Schaltfläche eine Drehbank einschaltet. Lämpchen leuchten auf, summende Geräusche ertönen. Sie spannt ein Werkstück in die Maschine ein, gibt Zahlen und Anweisungen an den kleinen Elektronenrechner der Maschine und setzt sie in Gang. Michael sieht dem Vorgang mit sehr erstauntem Gesichtsausdruck zu.

Dann sagt sie: „Diese kleine Demonstration soll dir zeigen, was hier alles antreibt und bewirkt: Licht, Maschinen, Kommunikation und so weiter. Es ist elektrischer Strom, welchen es noch vor einiger Zeit überall auf der Erde gab. Doch wir angeblich so großartigen Wesen, von Phantasten oft als ‚Krone der Schöpfung' bezeichnet, sind selbst an unserem Niedergang und dem Verlust dieser Technologie und vielem anderen draußen auf der Erde die Hauptschuldigen. Was aber, wie du hier bei uns siehst, zum Glück nicht völlig stimmt. Die Erde war ein Paradies, und wir Menschen haben es zerstört. Unsere kleine Gemeinschaft und deren besondere Ziele, unser Glaube an ihre Verwirklichung, unsere Verbundenheit untereinander, können das gewaltige Wissen und die Errungenschaften der Menschheit bewahren, weiterentwickeln und weitertragen."

Sie macht eine Pause und fährt fort: „Wir wissen auch nicht, ob irgendwo da draußen andere Gruppierungen gleiche Ziele wie wir verfolgen oder verfolgt haben. Denn mit dem Niedergang der menschlichen Kultur ist auch die elektronische Kommunikation zwischen den Menschen oder besser, den Völkern verloren gegangen. Was das ist - Kommunikation, muss ich dir an anderer Stelle

34

erläutern. Wir haben die Erzeugung und Nutzung von elektrischem Strom enorm verbessert, er ist bei uns im Überfluss vorhanden. Und … letztlich ist er nur ein allgemein nützliches Abfallprodukt unserer wichtigsten Technologie. Doch über die darf und kann ich dir jetzt noch nichts berichten. In wenigen Tagen wirst du, ja, werden wir alle hier mehr wissen. Dann wird sich zeigen, ob wir nicht nur klug handelten, sondern unsere Mühen den erhofften Erfolg zeitigen."

Inzwischen sind einige andere hereingekommen und haben ihre Tätigkeiten aufgenommen. Michael folgt Hanna in eine weitere, etwas kleinere Halle. Hier ist es sehr heiß, und Hanna berichtet, dass es sich hier um mehrere elektrische Schmelzöfen handelt, in welchen besondere Metallmischungen hergestellt werden. Einer der Schmelzöfen ist gerade in Betrieb. Sie vermeidet es auch, ihm zu sagen, dass in den Schmelzöfen Temperaturen bis zu siebentausend Grad erreicht werden können.

Hanna geht mit ihm über einen Flur zu einer anderen, sehr großen Halle. Dort sagt sie ihm: „Das hier ist die Abteilung Wiederverwertung, eine der größten unserer Abteilungen. Bei uns geht nichts verloren. Alle, wirklich alle Abfälle, darunter zählen Schmutzwasser, verbrauchte Kleidung, Altmetalle und anderes mehr, und sogar unsere Exkremente landen hier. Die einzelnen Elemente werden nach neu entwickelten, sehr komplizierten Verfahren säuberlich getrennt, gesammelt und fließen in den Stoffkreislauf, in die Produktion neuer Dinge ein. Für mich ist das ein Wunderwerk!" sie lacht laut,

„auch deine furchtbare Kleidung, mit welcher du hier ankamst, ist bereits schon hier verarbeitet worden."

Er sieht sie nach dieser Äußerung mürrisch an, entgegnet aber nichts. Beide gehen noch zu anderen Plätzen. Dann sagt Hanna plötzlich: „So, Michael, das war erst einmal genug. Ich habe dir mehr gezeigt, als ich eigentlich durfte. Ich sah aber dein großes Interesse. Du bist ein guter Zuhörer, und solche Menschen begreifen schneller und besser als andere."

Michael erwidert: „Ich höre dir auch sehr gern zu und glaube dir. Wenn mir jemand vor einigen Tagen gesagt hätte, was ich hier sehe und erfahre, ich würde ihn für verrückt halten."

Hanna fällt unverhofft ein, das sie ihn noch nicht gefragt hat, ob er lesen und schreiben kann. So sagt sie: „Kannst du lesen und schreiben?"

Er nickt mit dem Kopf und antwortet: „Ja, meine Eltern haben es mir beigebracht. Wir übten es, indem wir mit Stöcken in Sand oder Staub schrieben. Wir brauchten es, um beispielsweise Buchstaben oder Worte als Wegweiser auf Steine oder Baumstämme zu ritzen."

Darauf sie: „Das ist gut, sonst hättest du es in der ersten Zeit sehr schwer bei uns."

„Aber ob ich es gut kann, weiß ich nicht genau. Bei Gelegenheit kannst du mich ja mal prüfen, besser noch, auch darin mein Ausbilder sein."

„Ja, machen wir!" sagt sie freudig lächelnd.

Danach gehen sie zurück zur ersten Halle. Hanna gibt ihm eine echte, wenn auch kleine Aufgabe.

Michael muss an einer Stanzmaschine aus dünnen Metallplatten kleine rechteckige Plättchen ausstanzen. Sie sagt ihm, dass es Teile für eine neue Beleuchtungsanlage seien. Er tut sich am Anfang sehr schwer, diese Arbeit auszuführen. Doch er lernt schnell. Nachdem Stunden vergangen sind, folgt das Mittagessen. Hier wundert er sich wiederum über die Art des Essens, doch auch diesmal mundet es ihm.

Während des Mittagessens kommt bei ihm wie von selbst eine neue Frage auf: „Hanna, gibt es hier überhaupt keine Speisen, so wie es sonst unter den Menschen üblich ist, mehr oder weniger aus Fleisch, Gemüse, Früchten, Wurzeln und anderen Sachen zubereitet oder roh verzehrt? Selbst in meiner Sippe sammelten wir bisher solche Nahrung in begrenztem Umfang."

Sie sagt: „Das geht in unserer Welt nicht! Es kann nicht ein jeder einen Ofen haben. Und auch ein offenes Feuer wäre viel zu gefährlich und ist sowieso strengstens verboten. Denn was für uns das Ende bedeuten würde, ist ein Großbrand. Niemand kann für sich allein kochen und backen. Doch kommen wir zurück zu den von dir genannten Sachen. Die gibt es in beschränktem Umfang auch hier. Doch sie werden mit zu den Speisen verarbeitet, die du hier bereits gegessen hast. Bitte, frage mich nicht warum. Jetzt noch nicht! Du wirst bald mehr über die Abteilung Versorgung erfahren."

Er nickt nur mit dem Kopf. Nach dem Mittagessen bekommt er neue Aufgaben, und auch dabei hat er ein Gefühl, als würde die Zeit nur so davonrasen. Später, nach dem Abendessen, wieder in seinem Raum und wieder allein, fühlt er sich unverhofft sehr elend. Ihm kommt in den Sinn, ob er nicht doch besser in Freiheit, draußen bei den Leuten seiner Sippe, sein möchte. Er sinniert sehr lange darüber. Und um zu einem vernünftigen Ergebnis zu kommen, das fällt ihm schwerer als die am Tage vollbrachte Arbeitsleistung. Nur wenn er an Hanna denkt, huscht ein feines, flüchtiges Lächeln über seine Gesichtszüge.

Er haucht leise vor sich hin: „Alles gut … alles ist gut."

5

Am nächsten Morgen wacht Michael wieder durch wunderbare Klänge auf. Er hat ein starkes Gefühl, und er weiß nun, hier, in seinem neuen Zuhause, liegt seine Zukunft. Am Abend war er ja sehr erschöpft und dadurch auch früh eingeschlafen. Genau gesagt, er hatte fest wie ein Stein und ohne einmal aufzuwachen die Nacht verbracht. In der freien Natur draußen waren all seine Sinne stets auf zu erwartende Gefahren eingestellt, der Schlaf immer flach und auf Habacht ausgerichtet. Hanna hatte ihm gestern Abend noch gesagt, er würde künftig morgens allein für sein pünktliches Erscheinen zum Morgenessen verantwortlich sein. Als er den Speiseraum betritt, empfängt ihn Hanna mit einem strahlenden Lächeln.

Er reicht ihr die Hand und sagt: „Guten Morgen! Danke für die gestrigen Schulstunden, liebe Hanna."

Sie antwortet: „Guten Morgen, du Schmeichler! Heute werde ich dich etwas härter anpacken, damit dir dein Flöten vergeht."

„Fass mich ruhig härter an, das mag ich von dir!"

Sie runzelt die Stirn, sieht ihn mit einem Anflug von Zweifel an und sagt brüsk: „Schluss damit! Härter anpacken stimmt auch deshalb, weil ich vorhin vom Hohen Rat hörte, dass du und ich nur noch zwei Tage für deine Einführung in unsere Gemeinschaft haben. Deshalb beschleunigen und kürzen wir das für dich geplante Programm. Du wirst trotzdem nichts versäumen und in Zukunft genug Zeit dafür bekommen, alle Dinge zu begreifen und vieles hinzu zu lernen."

Ihr Gesicht strahlt, sie spricht schnell und betont: „In neun Tagen, so ist der jetzige Stand, geht für uns alle ein großer Traum in Erfüllung. Sehr erfolgreiche Prüfungen und letzte Vorbereitungen sind abgeschlossen, unser Warten war lang, doch nun ist das Ziel nah."

Er sieht sie verständnislos an und sagt: „Traum … Erfüllung …Vorbereitung … Hoher Rat? Was bedeutet das alles?"

Bestürzt sieht sie jetzt zu ihm hin. Infolge ihrer Freude sind ihr einige Begriffe und Äußerungen herausgerutscht, die sie besser nicht erwähnt hätte. Doch dann denkt sie, dass es ihm nicht schadet, denn er ist ja mittendrin im Geschehen.

Sie erklärt: „Gut, dann reden wir zuerst mal über die Struktur unserer Gemeinschaft. An der Spitze steht der Hohe Rat. In der Zeit, als die Menschen noch nicht in kleinen Gruppen und Grüppchen herumirrten, gab es Länder. In den Ländern gab es eine ähnliche Struktur wie jetzt bei uns. An der Spitze solcher Länder stand zum Beispiel eine Regierung mit einem Präsidenten und Ministern und darunter weiteren Entscheidungsträgern. Alles diente der Ordnung und dem Zusammenhalt dieser Länder und ihrer Bürger. Und je höher die Position im System war, desto größer war ihr Einfluss auf die Vorgänge und das Funktionieren des jeweiligen Landes. Ich kann dir so schnell nicht alle Einzelheiten verm…"

Michael unterbricht: „Das weiß ich doch! Zwar nur lückenhaft von meinen Eltern und einigen anderen Personen. Gib mir lieber einen Überblick oder besser eine Ergänzung zu dem, was ich bereits weiß beziehungsweise mir ausmalen kann."

Sie lacht erleichtert auf: „Gut, Michael! Der Hohe Rat besteht aus fünf Mitgliedern. Sie sind die … na ja, wohl besten Denker in der Gemeinschaft. Ihre wichtigsten Eigenschaften müssen ein hohes Wissen über alles Geschehen und das besondere Geschick für den Umgang mit allen Mitgliedern der Gemeinschaft sein. Nur damit kann der Zusammenhalt, das Zusammenspiel und die Erledigung aller Aufgaben erreicht werden. Sie sind aber nicht nur Denker und Lenker, sondern arbeiten auch aktiv mit, so wie alle anderen. Jeder von uns kann Verbesserungen vorschlagen, Mängel und Fehler aufzeigen, Dinge bejahen oder ablehnen und so weiter. Der Hohe Rat entscheidet dann über ihre Wichtigkeit und Durchführung. Der Hohe Rat wurde bei der Gründung unserer Gemeinschaft, also von der ersten Idee an, von allen Beteiligten gewählt. Ratsmitglieder können bei Versagen abgewählt werden, der freie Platz wird mit einer anderen Person durch Mehrheitswahl ersetzt. Und das Besondere: Männer und Frauen sind bei uns in allen Arbeitsbereichen und Tätigkeiten gleichberechtigt. Obwohl, ich muss das einschränken, Männer und Frauen von ihrer körperlichen Struktur nicht auf jeden Fall für alle Tätigkeiten geeignet sind. Doch Ausnahmen bestätigen auch hier die Regel."

Er sagt scherzhaft lachend: „Dann kannst du also auch in den Hohen Rat gewählt werden, Hanna? Dich würde ich sofort wählen."

„Ja, warum nicht? Aber lass doch diese Lobreden in Zukunft! Sag mir einfach kurz und bündig, dass du mich magst. Das fände ich netter, es ist ein besseres Verhalten unter Freunden."

„Wird gemacht! Danke für deinen guten Vorschlag. Und da du mich gewissermaßen aufforderst, ich bin sehr gern mit dir zusammen."

Sie lächelt und fährt fort: „So haben wir etwas Beachtliches gemeinsam. Doch nun wieder zu ernsteren Dingen! Bevor wir nun weiter die Abteilung Technik durchlaufen, sollst du wissen, dass bald vier Informationstage stattfinden, an denen alle Mitglieder unserer Gemeinschaft teilnehmen müssen. Es gibt Vorträge, meistens vom Hohen Rat.

Diese vier Tage sind für alle wichtiger als das, was bisher geschah. Du selbst wirst dabei alles, wirklich alles erfahren, so wie jeder von uns. Du weißt danach, was wir geplant und bis jetzt ausgeführt haben, vor welcher Entscheidung unsere Gemeinschaft jetzt steht, und auch, wie der Niedergang der Menschheit und der schlimme Zustand unserer Erde zur Schaffung von Atlantis geführt hat."

Er sieht sie mit einem seltsamen Gesichtsausdruck an. Und sie sagt: „Du hast richtig gehört … Atlantis, so nennen wir den von uns geschaffenen, bis heute erfolgreich gelungenen, sicheren, neuen Lebensraum für unsere Gemeinschaft und viele andere Lebewesen, also Tiere und Pflanzen. In Atlantis werden die meisten davon überleben. Das heißt, und du wirst an den vier Informationstagen aus dem Staunen nicht herauskommen, von vielen Lebewesen, und das betrifft auch Pflanzen, ist nur das Erbgut, sind nur die Samen und Eizellen verfallsicher und tiefgekühlt bei uns aufbewahrt, um dereinst zu neuem Leben erweckt zu werden. Und was die Menschen allgemein betrifft, so können wir hier einer glücklichen Zukunft mit großer Gewissheit entgegensehen, denn wir haben ja rechtzeitig vor neunundvierzig Jahren unseren Weg begonnen. Für alle anderen Menschen wird das Leben wahrscheinlich immer widerwärtiger auf der Erde, es sei denn, es gibt irgendwo welche, die rechtzeitig einen gleichen oder ähnlichen Weg wie wir begonnen haben."

Michael wird so blass, dass Hanna Angst bekommt. Er denkt, wenn sie mir doch endlich sagen würde, was das hier alles bedeutet, wie dieses Atlantis wirklich beschaffen ist. Sein Nichtwissen über das Ganze bedrückt ihn mächtig. Sie ruft einen Pfleger aus der Abteilung Gesundheitsdienst. Dieser kommt und verabreicht Michael ein Getränk. Sein Zustand wird danach schnell besser. Doch er sieht sehr niedergeschlagen aus. Danach beruhigt Hanna ihn sehr liebevoll, indem sie ihm zärtlich über den Kopf streicht. Sie erläutert ihm, dass er durch ihre Aussagen besser auf die Informationstage vorbereitet wäre. Darauf kann er sogar wieder leicht lächeln, und er schämt sich, dass er vor ihr Schwäche zeigte. Dann gehen beide wieder in die Abteilung Technik. Der ganze übrige Tag verläuft wie vorgesehen, und Michael sieht wiederum erstaunliche Dinge. Er wundert sich, wie schnell auch dieser Tag ablief.

Nach dem Abendessen sagt Hanna: „So, jetzt zeige ich dir etwas sehr Schönes. Es ist wichtig für unsere Freizeit und Erholung. Wir haben in jeder Abteilung Gesellschaftsräume. Sie führt ihn über den Flur zu einer anderen Tür. Michael ist nach dem Eintritt in einen Raum überwältigt von der Einrichtung und der gemütlichen Stimmung darin. Kleine Gruppen von Personen sitzen an Tischen zusammen. Manche sind mit verschiedenen Spielen beschäftigt, andere lesen in elektronischen Büchern, deren Texte auf Bildschirmen angezeigt werden. Diese Bildschirme sind fest in Lesetischen eingebaut. Michael hat ja so etwas in seinem Leben noch nicht gesehen, er staunt mächtig und kriegt seinen Mund kaum mehr zu.

An dieser Stelle erklärt sie ihm, was Elektronenrechner und elektronische Speicher sind, dass diese
bis zur Mitte des einundzwanzigsten Jahrhunderts
allgemein von den Menschen benutzt wurden.
Hanna zeigt ihm dann die verschiedenen Möglichkeiten für Unterhaltung. Sie sagt ihm auch, dass es
sich hier um die Abteilung Freizeitgestaltung handelt. Und er erfährt außerdem dabei, dass es in dieser Abteilung auch Sporträume gibt, wo Ballspiele,
Turnen und anderes möglich ist.

Nach diesen Eindrücken hat Michael wiederum
einen seltsamen Gesichtsausdruck, den Hanna
nicht zu deuten weiß. Nach einer langen Zeit des
Schweigens, fragt er sie schließlich: „Gibt es hier
auch Bücher? Ich sah noch einige bei meinen
Großeltern. Sie waren, so wurde mir gesagt, aus
Papier."

„Nein", sagt Hanna, „dafür braucht man sehr viel
Holz von Bäumen, die es in Atlantis leider nur in
ganz kleinem Unfang gibt, nicht ausreichend geben
kann. Das wirst du später verstehen! Aus Holz
kann man Zellulose gewinnen, und aus ihr sind die
Zellwände von Pflanzen aufgebaut. Zellulose wird
neben anderen Zutaten bei der Papierherstellung
gebraucht. Doch zurück zu deiner Frage: Bücher
haben wir, sehr wertvolle, welche maschinell ge-
druckt und andere handschriftlich erstellt wurden.
Sie gehören zu den Kostbarkeiten in Atlantis und
sind nicht für den allgemeinen Gebrauch bestimmt.
Sie sind Zeugnisse der ehemaligen Hochkultur der
Menschheit. Und noch etwas: Zellulose haben wir
in geringem Umfang auch, doch sie wird für viel

wichtigere Sachen gebraucht. Beenden wir dieses Thema vorerst!"

Dann gehen sie weiter in den nächsten Raum, in dem riesige bewegte Bilder an einem Bereich der Wand zu sehen sind, begleitet von Tönen und Sprache. Sie sagt ihm, dass hier sogenannte Filme gezeigt werden. Er fragt so viel und so schnell, dass sie kaum mit Erklärungen nachkommt. In einem weiteren Raum, den sie ihm zeigt, könnte er Wissen abfragen, und das wird durch ein praktisches Beispiel erklärt. An der Wand sind hier mehrere eingebaute Bildschirme, welche matt leuchten. Davor steht jeweils ein bequemer Stuhl. Rechts neben den Bildschirmen sind Mundzeichen.

Hanna weist ihn zu einem freien Stuhl und sagt: "Setz dich bitte auf diesen Stuhl und sage deutlich ,Bildschirm an', wenn der Bildschirm hell aufleuchtet, sage ,Lexikon aufrufen', dann frage etwas, was du wissen möchtest!"

Sie erklärt ihm noch, was ein Lexikon ist und wie ein Bildschirm funktioniert. Er setzt sich, kratzt sich nervös am Kopf und schweigt. Dann übernimmt sie die Initiative und gibt ihm ein Beispiel.

Er ist nun so sehr begeistert, dass er jetzt selbst Fragen stellt und darauf von einer wohlklingenden Frauenstimme Antworten bekommt. Er sieht daneben zusätzlich Bilder und Texte. Ab und zu murmelt er Sätze: "Wie mein Großvater es sagte", oder "Das hat meine Mutter mir mal erzählt". Er kann wirklich nicht so schnell begreifen, was es in Atlantis alles gibt. Michael hatte schon vor einiger

Zeit angefangen zu gähnen. Er sieht auf einmal äußerst müde aus.

Deshalb sagt Hanna: „Eigentlich wollte ich dir heute noch viel mehr zeigen, denn das hier ist eine wichtige Abteilung von Atlantis. Ich freue mich, dass wir ab jetzt zusammen oder auch gemeinsam mit anderen spielen können Was Spiele betrifft, da kann ich dir ab jetzt viel beibringen. Machen wir für heute Schluss!"

Michael nickt, und sie wünschen sich eine gute Nacht. Dabei streicht er Hanna ganz spontan mit dem Handrücken seiner rechten Hand über eine Wange und haucht fast unhörbar: „Danke für den heutigen Tag, Hanna."

Sie sagt mit zärtlichem Ausdruck in den Augen: „Ja, Michael, es war ein schöner Tag mit dir."

6

Als Michael am nächsten Morgen über den Flur zum Speiseraum geht, merkt er, dass heute viel mehr los ist als sonst. Zahlreiche Personen laufen hastig hin und her, meistens mit der Dienstbezeichnung „Sicherheitsdienst" auf der Brust. Als er den Speiseraum betritt, ist Hanna noch nicht da. Sie erscheint erst viel später, und gleich fragt er sie nach der Ursache des hektischen Treibens. Sie sagt ihm, dass es Probleme mit den Menschen oben auf der Erde gibt. Beide essen diesmal sehr ruhelos, und Hanna geht mit ihm anschließend sofort zu einem Transporterraum. Hanna transportiert beide zu einem bestimmten Ziel. Dort kommen sie anschließend in einen Flur, der anders aussieht und größer ist als jene, welche Michael bisher sah. Bald erreichen sie eine Tür. Der dahinter liegende Raum kann nur von bestimmten Personen betreten werden. Hanna ist dafür berechtigt, und sie treten ein.

Hanna klärt ihn auf: „Wir sind hier in einem Kontrollraum. Was das bedeutet, verstehst du am besten dadurch, was jetzt hier passiert. Du sollst auch wissen, warum ich dich mitgenommen habe, denn es wurde vom Leiter des Sicherheitsdienstes angeordnet. Sie brauchen dich hier, weil du bessere Kenntnisse über die augenblicklichen Verhältnisse da draußen hast."

Der Raum ist sehr groß. Auf mehreren riesigen Wandbildschirmen sieht Michael – er ist äußerst überrascht – unterschiedliche Gebiete der Gegend, wo er noch vor drei Tagen herumrannte, flüchtete. Er sieht Teile seines alten Lebensumfeldes.

Jetzt kommt Günter Achtsamer, der Leiter des Sicherheitsdienstes, auf ihn zu, begrüßt ihn und sagt: „Dort draußen ist heute Morgen die wilde Sau los. Mehrere Banden, die du ja Sippen nennst, belagern unseren Sicherheitsbereich. Das hat es bisher in diesem Ausmaß noch nicht gegeben, viele Jahre lang. Sie scheinen auch ihre Prügeleien und sonstigen Streitereien untereinander vergessen zu haben."

Er lässt Michael eine Weile schauen und sagt dann: „Sie mal!" er zeigt auf einen Bildschirm, wo es besonders heftig zugeht, „sie stochern mit allen möglichen Gerätschaften: Eisenstangen, Stöcken,

Hacken und anderem auf unserem Gelände herum und suchen nach irgendwas."

Michael zeigt auf eine Gestalt und sagt: „Das ist der Anführer der Bande, die mir ans Leben wollte. Was suchen die denn? Sind die denn alle durchgedreht? Da gibt es doch nichts für sie zu finden."

„Doch", antwortet Günter, „sie suchen wohl uns, sie ahnen es, dass es hier was gibt, was ihnen in ihrem Elend nützlich sein könnte. Doch das ist undenkbar! Wir haben jetzt andere große, nur für uns selbst ausführbare Dinge vor uns. Und mehr als wir im Moment in Atlantis sind, können wir auf keinen Fall aufnehmen. Zumal die meisten von ihnen Typen mit wenig Verstand sind. Das heißt genau, sie können uns nicht nützen, aber desto mehr unsere jahrzehntelange Arbeit in Gefahr bringen. Dann wäre all unser Streben für umsonst gewesen. Ein Grund für ihr Treiben könnte damit zusammenhängen, dass du auf diesem Gelände untergetaucht, verschwunden bist. Vielleicht hat es sich unter ihnen herumgesprochen. Du warst der letzte Mensch, den wir in unsere Gemeinschaft aufgenommen haben. Erkennst du auf den Bildschirmen noch andere dir bekannte Personen?"

„Ja, den einen oder anderen schon. Es sind auch drei von meiner einstigen Sippe dabei, und nicht die geduldigsten davon."

„Michael, wir brauchen dich ab jetzt bei solchen Anlässen, weil du besser unterscheiden kannst, wie gefährlich die da draußen sind. Für uns sehen sie in ihrer Vermummung doch alle gleich aus, und man kann auch nicht unterscheiden, ob in den Lumpen Männer oder Frauen stecken."

Günter macht ein nachdenkliches Gesicht und sagt: „Bedrücken dich diese Bilder und die damit verbundenen Erinnerungen oder kann ich dich ohne Bedenken dafür einsetzen? Du bist zwar erst sehr kurz bei uns, aber Hanna ist von dir überzeugt, und sie behauptet auch, du wärst eine Bereicherung."

Michael sieht flüchtig zu Hanna hin und bemerkt ihr leichtes Erröten. Er atmet tief durch, zeigt ein feines Lächeln und sagt ruhig: „Ja, ich mache natürlich mit, so kann ich mich noch besser in die Gemeinschaft einbringen. Die Technik hier ist das Größte, was ich mir jemals hätte vorstellen können."

„Du wirst ab sofort für die Abteilung Sicherheit deine Zutrittsberechtigung erhalten", sagt Günter, „aber nimm es bitte nur in Anspruch, wenn du dafür gerufen wirst", er wendet sich an Hanna, „ich werde Michael noch einige Zeit hier benötigen. Du kannst dich einen Augenblick anderen Dingen widmen, er kommt später wieder zu dir."

Sie nickt mit sehr freundlichem Gesichtsausdruck und verlässt den Raum.

Michael bekommt jetzt eine Vorstellung von der gewaltigen Technik und Macht in Atlantis. Günter begibt sich mit seinem Besucher an einen Tisch und erklärt, dass das ein Kontroll- und Steuerpult ist. Er drückt auf verschiedene erleuchtete Schaltflächen, und beide können die Wirkung draußen über die Bildschirme verfolgen. Gewaltige Schockwellen lassen zuerst das Gelände über Atlantis erschüttern, dann fliegen Staub, Sand und kleine Steine in die Höhe, ein mittlerer Wind wird dadurch ausgelöst, und ein furchterregendes Dröhnen liegt in der Luft. In all dem Durcheinander draußen, fliehen, nein, rasen die wilden Gestalten in alle Richtungen davon.

Günter sagt dann: „Diese Abwehr war nötig. Sie wird wohl in den nächsten Tagen für Ruhe sorgen. Du siehst hier erstmals, dass es bei uns nicht wie draußen auf der Erde ist. Wir Menschen brauchen nicht immer Tötungswaffen, um uns zu erwehren. Wir haben vor neunundvierzig Jahren auch festgeschrieben, dass es keine Vernichtungswaffen in unserer Gemeinschaft geben darf. Diese furchtbaren Waffen hießen Bomben, Granaten, Raketen, Gewehre und vieles mehr. Dabei fällt mir ein, was du unbedingt wissen musst! Für Vergehen gibt es hier andere Strafen, beispielsweise Mehrarbeit, und zwar mehr oder weniger nach der Schwere der Vergehen verhängt. Aber vielleicht hat Hanna dir das bereits gesagt!"

„Nein", sagt Michael, dann kommt bei ihm eine Frage auf, die ihn nicht nur seit seinem Ankommen im Kontrollraum drückt, „auf welche Weise können wir hier unten beobachten, was draußen auf der Erdoberfläche vorgeht? In den ersten Minuten meines Erscheinens hier unten hörte ich den Satz ‚Wir beobachten ihr Treiben schon längere Zeit'. Es ging dabei um die Menschenfresser, die mich verfolgten."

Günter antwortet: „Der ganze Bereich unter der Erdoberfläche, wo in einem Teil davon Atlantis gebaut wurde, hat ein Ausmaß von etwa zwei mal drei Kilometer. Doch neben Atlantis sind da auch noch Fabrikanlagen, wie es sie früher überall auf der Erde gegeben hat, außerdem Lagerhallen und viele andere Einrichtungen. Wenn Atlantis in wenigen Tagen endgültig ihre Funktion erfüllt, sind diese Einrichtungen nicht mehr nötig und werden aufgegeben. Es gibt auch einen Plan, sie zu erhalten, damit diejenigen von uns, welche nicht in Atlantis leben wollen, dort sicher weiterleben können. Doch damit genug! Du weißt ja von Hanna: An den Informationstagen wird alles ausführlich behandelt. Doch zu deiner Frage: Beobachten stimmt, denn unser Gelände wird, man kann ruhig sagen, mit tausend Augen beobachtet. Sehr winzige, wenige Millimeter große elektronische Geräte, die an vielen Stellen – Felsen, Bäumen und so weiter - angebracht sind, und in all den Jahren nie von den draußen lebenden Menschen entdeckt wurden, geben hier auf den Bildschirmen ein klares Bild der Situation dort oben. Die Übertragung geschieht, wie alles hier, drahtlos. Es gibt keine Kabel, wie es früher meistens in der Technik üblich war. Und auch alle Geräusche am jeweiligen Standort können hier mit denselben Geräten gehört werden."

„Danke, danke, diese Ungewissheit hat mir arg zugesetzt", sagt Michael tief atmend, „und … was ich eben gesehen habe, bestärkt mich in meinem Willen, hier zu bleiben und ein nützliches Mitglied der Gemeinschaft zu sein. Ich weiß, dass es sich blöd und schmeichlerisch anhört, aber so denke ich halt."

„Du bist wahrlich willkommen, ich freue mich, und du wirst deine Bereitschaft nie bereuen, das weiß ich sicher", sagt Günter.

Sie betrachten eine Weile noch die Situation draußen. Weit und breit ist von Menschen und auch von Tieren nichts mehr zu sehen.

Günter klopft Michael kameradschaftlich auf die Schulter und sagt: „Geh wieder zu Hanna! Wie sie dich so ansieht, wird sie schon sehnsüchtig warten. Doch halt, noch etwas! Um von hier zur Abteilung Technik zurückzukommen, wähle im Transporterraum die Nummer 113, wenn du in die Zentrale meiner Abteilung kommen musst, wähle im jeweiligen Transporterraum die Nummer 901."

Michael blickt erstaunt auf und sagt: „Danke. Soll ich es wirklich allein tun? Es wäre für mich das erste Mal."

„Warum nicht!" antwortet Günter, „willst du für immer in dieser Sache von Hanna abhängig bleiben?"

Michael grinst verhalten. Er überlegt eine Weile, ob er Günter fragen soll, wie ein Transporter überhaupt funktioniert. Einmal hatte er Hanna danach gefragt, und sie antwortete ihm, dass diese Technik sehr kompliziert sei, und sie es ihm später mal erklären würde.

„Wie funktioniert ein Transporter, Günter?" sagt er kurzweg, „es ist doch besser, wenn ich darüber Bescheid weiß."

„Ich dachte, du wüstest das bereits", sagt Günter, „gut, ich beschreibe dir das Wichtigste davon. Später mal gehen wir ausführlicher an die Sache ran. Doch zuerst die Vorgeschichte: Die Planer von Atlantis, und selbstverständlich auch von den Werkstätten, hatten zu Beginn ein großes Problem. Bei der Größe und Form der zu schaffenden Bauten erkannten sie, dass das nicht wie früher mit Treppen und Aufzügen zu bewältigen ist. Der bereits verstorbene Physiker und Ingenieur, Reinhard Wunder, hatte die richtige Idee für das geeignete Transportmittel. Doch zwölf Jahre vergingen mit teils verzweifelten Versuchen, bis die erste Versuchsstrecke im Jahr 2099 einigermaßen klappte."

Er lacht laut und sagt: „Und weißt du was! Diese Versuchsstrecke ist der Transporter, mit dem du selbst zu uns kamst. Er wurde später modernisiert, und wiederum später, als neue Transporter seine Auggaben übernahmen, mit einer Tarnung nebst Falltür versehen. In Gefahr geratene, draußen beschäftigte Bewohner konnten damit schnell entkommen. Dich aber haben die Sicherheitsleute durch genau gezielte Erschütterungen des Erdbodens zu dieser Falltür hin gedrängt."

Michael sieht Günter kopfschüttelnd an, und der fährt fort: „Dieser Transporter war ganz am Anfang sehr wichtig. Mit ihm wurden Menschen und Material von der Erdoberfläche nach Atlantis transportiert und umgekehrt Dinge nach oben. Genau gesagt, er mündet unten neben einer Werkstatt und ist einer von insgesamt fünf, welche von der Erdoberfläche nach hier unten reichen. Einer von ihnen ist ganz wichtig, er ist der Zugang von den Werkstätten zu dem unzugänglichen Gelände, das du auf deiner Flucht vor den Verfolgern erreichen wolltest."

Michael sieht Günter jetzt sehr komisch an. Dieser sagt nach kurzer Pause: „Die Funktionsweise hängt wiederum, wie alles Wichtige hier, von Gravitation, Antigravitation, Magnetismus und Elektrizität ab. Kurz gesagt, die Transporterröhren sind mit Hochleistungsmagnetketten, Sensoren, Messfühlern, Spannungsreglern, Impulsgebern, Gravitationszentrifugen und anderem mehr umgeben. Die genaue Bezeichnung für die Transporterröhren mit der sie umgebenden Technik als Ganzes gesehen, bezeichnen wir mit ‚Magnetwirbelstrang'. Im täglichen Sprachgebrauch heißen sie ja einfach ‚Transporter'. Für die Steuerung der Transporter wurden spezielle, völlig neue, extrem leistungsfähige Elektronenrechner entwickelt. Sie sind mit die leistungsstärksten ihrer Art. Zwischen den Wohnräumen, Abteilungen und anderen technischen Einrichtungen ist genügend Raum für die Transporterröhren. Und damit erst mal genug für heute!"

Michael sieht Günter erneut kopfschüttelnd an und sagt: „Jetzt weiß ich, warum Hanna mir meine Frage danach nicht beantwortete."

Er verlässt den Kontrollraum, geht zum Transporterraum, wo Hanna und er angekommen sind, handelt wie ihm gesagt wurde und saust davon."

7

Michael ist wieder in der Abteilung Technik angekommen und trifft nach kurzer Suche Hanna. Er
berichtet ihr von dem vertrauensvollen Gespräch
mit Günter Achtsamer. Und er sagt ihr auch, dass
er, zwar noch wie in einem dichten Nebel liegend,
eine ganz schwache Ahnung davon hat, was Atlantis ist und wofür es gebaut wurde. Sie gibt ihm
selbst diesmal keinen fassbaren Hinweis.

Nachdem ihm Hanna wieder viele technische
Maschinen und Geräte gezeigt und kurz erklärt hat,
fragt er sie plötzlich: „Bist du auch wie ich draußen
geboren worden auf der Erde und vielleicht erst
einige Zeit hier unten, oder", er macht eine Pause
und beide schauen sich dabei lange Zeit in die Augen, „hier unten?"

Sie zögert etwas und sagt dann: „Ja, ich bin vor
einundzwanzig Jahren in einem Wohntrakt der
Werkstätten geboren worden, die zum Bau von
Atlantis nötig waren. Sie wurden also vor Atlantis
erbaut. Nun weißt du auch das! Warum interessiert
es dich so sehr?"

Er sagt: „Das verstehe ich nicht. Ich glaubte bisher, alles hier unten gehört zusammen, ist eine
Einheit. Außerdem mache ich mir Gedanken darüber, wie es möglich ist, tief unter der Erdoberfläche ein Klima zu erzeugen und beizubehalten, das
für alle hier lebensnotwendig ist. Ich empfinde ja
selbst, wie gut man sich hier fühlt. Dazu gehören
Licht, Luft, Wärme, Wasser und vieles andere. Was
ist mit dem hier unten fehlenden Sonnenlicht?

Meine Eltern haben mir beigebracht, dass darin auch lebenswichtige Bestandteile für die meisten Lebewesen sind, zum Beispiel ultraviolette Strahlung. Den Menschen draußen geht es besonders schlecht, weil es zu wenig Sonnenschein gibt."

Sie lacht: „Das fällt dir erst jetzt auf?"

„Na ja, etwas dachte ich schon von Anfang an darüber nach. Aber die vielen Eindrücke, welche auf mich in so kurzer Zeit einstürzten, diese vollkommen andere, geordnete Welt, wirken fast berauschend auf mich."

Sie sieht ihn sehr nachdenklich an und sagt: „Weißt du was! Wir werden in Zukunft noch genug Zeit für weitere Einweisung haben. Und überhaupt, die Bauphase von Atlantis ist gänzlich abgeschlossen. In Zukunft sind technische Verbesserung, Instandhaltung und Reparatur von enormer Wichtigkeit. Und wir beiden müssen in dieser Zukunft unseren Beitrag dafür leisten. Also, um dich von deinen schweren Gedanken zu befreien, gebe ich dir nun einen kleinen Einblick in unsere wichtigen Abteilungen Klima und Versorgung."

Sie gehen zu einem Transporterraum und erreichen von dort aus die Abteilung Versorgung. Als sie den dortigen Transporterraum verlassen und durch eine Tür in die Abteilung kommen, stößt Michael einen lauten Schrei aus, zittert am ganzen Körper und schwankt, als würde er jeden Augenblick umfallen. Er tut ihr jetzt sehr leid. Hanna legt ihre Arme um ihn und drückt ihn ganz zärtlich. Darüber ist er so sehr überrascht, dass er sich schnell wieder beruhigt. Dabei erinnert er sich an das Verhalten seiner Mutter, die ihn ebenfalls an sich drückte, wenn er als kleiner Junge große Angst hatte. So wirkt jetzt auch Hannas spontane, nette Geste. Was jedoch für ihn bleibt, ist das wunderbare Gefühl der zärtlichen Berührung.

Michael sieht jetzt beherzt in die Runde, seine Augen sind weit aufgerissen. Er sieht kleine und große Felder mit den verschiedensten Pflanzen: Getreide, Mais, Kohl, Kartoffeln, Tomaten …; verschiedenartige Sträucher: Johannisbeeren, Stachelbeeren, Himbeeren …; in der Luft schwirren kleine Vögel, Schmetterlinge, Bienen, Fliegen …; am Boden kriechen Käfer, Würmer … Das tollste sind aber Obstfelder mit Äpfeln, Birnen, Kirschen, Pflaumen, Aprikosen, Feigen, Datteln … Es sind alles kleinwüchsige Arten von Obstbäumen mit herrlichen Früchten dran. Im großen und ganzen betrachtet sieht alles sehr ertragreich und nach purer, herrlicher Natur aus. Allerdings fehlen größere Tiere und mächtige Bäume wie Buchen, Eichen, Pappeln. Doch es leuchtet ihm schnell ein, dass das unmöglich ist wegen der Höhe dieses Bereiches. Aber was ihn am meisten beeindruckt, ist die Weite, er sieht kein Ende. Das Ganze erscheint ihm wie ein einziger Raum. Die Felder sind in alle Richtungen gekrümmt und erwecken den Anschein, als wären sie auf einer Kugel angeordnet. Nur in geordneten Abständen stehen dicke Säulen, die metallisch schimmern und den Blick über die Felder etwas beeinträchtigen. Er schätzt sie auf eine Höhe von etwa neun Meter. Darüber ist eine ebenso weite, durchgehend leuchtende Decke, die wie ein

Dach wirkt, und er fühlt die Lichtstrahlen von oben mit ihrer wohltuenden Wärme. An der Decke befinden sich überall Rohrleitungen, und in bestimmten Abständen sind an ihnen Zerstäuber angebracht, mit denen bei Bedarf künstlicher Regen erzeugt werden kann.

Durch das warme Licht aufmerksam gemacht, fragt er Hanna erneut nach dem fehlenden natürlichen Sonnenlicht hier drinnen, und sie antwortet: „Das Licht in Atlantis ist dem natürlichen Sonnenlicht draußen, sollte es dort überhaupt mal sichtbar sein, bis auf geringe Abweichungen gleich. Es ist eine weitere Meisterleistung unserer Physiker und Chemiker. Demnächst wirst du auch die Abteilung Forschung kennenlernen, wo diese Technik entwickelt wurde und weiterhin einem ständigen Wandel unterliegt."

Er guckt kopfschüttelnd herum und bringt nun sehr lange Zeit keinen Ton heraus. Hanna stört ihn nicht dabei und lässt ihn staunen.

Nach vielen Minuten des Schweigens sieht er sie an und sagt leise: „Was ist das hier? Ist es das Paradies, von dem meine Großeltern so gern erzählten und aus einem Buch – sein Großvater hütete es stets wie einen Schatz - vorlasen?"

Sie antwortet mit freudigem Lächeln: „Ja, ein Paradies, so kann man es bezeichnen. Es sichert unseren Fortbestand. Und es umfasst einen mächtigen Teil von Atlantis. Hier sind auch die meisten von uns tätig, nämlich mit Erdbearbeitung, Pflanzenanbau, Ernte, Transport und vielen weiteren Tätigkeiten. Du hast ja bereits an deinem ersten Tag einen der Speiseräume betreten, hast nach ängstlichem Zögern die Qualität unserer Nahrung erkennen müssen. Die Speiseräume und die dazugehörigen Küchen, wo unsere Speisen zubereitet werden, sind zwar in allen Abteilungen vorhanden, gehören aber organisatorisch mit zur Abteilung Versorgung."

Beide gehen nun auf schmalen Wegen zwischen den Feldern hin und her. Die Wege sind mit Moospflanzen und ähnlichem kleinwüchsigen Zeug bedeckt, so ist es sehr angenehm, darauf zu gehen. Er nimmt etwas Erde von einem Feld auf und riecht daran, lächelt entzückt und sagt: „Es riecht wie beste Erde. Schön, dass es das hier gibt! Ich dachte bisher, hier wäre alles nur aus Metall und so."

„Es ist beste Erde, von der Welt draußen nach Atlantis verbracht, viel Erde, sie macht die zweitgrößte Masse von Atlantis aus. Übrigens, die hier herrschenden klimatischen Bedingungen, bei denen neben den Warmzeiten auch kältere simuliert werden, bringen uns je Jahr mehrere Ernten. Ab morgen wirst du an den Informationstagen alles darüber hören. Die Zahlen und Tatsachen werden dich wahrscheinlich wieder erdrücken!"

Danach transportieren sich beide nach der Abteilung Klima. Als sie eingetreten sind, sagt Hanna: „Diese Abteilung ist so wichtig, dass es ohne sie und ohne ihre reibungslose Arbeit kein Überleben in Atlantis geben würde. Die Werkstätten um Atlantis herum, wir können sie besser Fabriken nennen, bekommen gefilterte, gereinigte Atemluft von draußen. Das war bis vor kurzem auch für Atlantis so. Doch nun sind wir hier unabhängig davon. Wir stellen unsere Atemluft selbst her. Es ist ein sehr komplizierter Prozess. Zum einen wird die verbrauchte Luft von schädlichen Stoffen gereinigt; hinzugefügt wird ihr dann ein Teil der Luft aus der Abteilung Versorgung, die durch den von den Pflanzen erzeugten Sauerstoff angereichert ist; und schließlich kommen noch bestimmte gasförmige Stoffe, besonders Sauerstoff, aus der Abteilung Wiederverwertung hinzu. Es ist eine in Jahrzehnten entwickelte, sehr effektive Technik. Und sie ist garantiert auch sehr sicher. Überschüssiger Sauerstoff kann zum Beispiel in riesigen Sauerstofftanks in flüssiger Form zwischengelagert werden. Was ich dir erklärt habe, ist nur eine grobe Darstellung, und alles weiß ich auch nicht darüber. Es ist das größte technische Wunder von Atlantis. Das Betreten dieser Abteilung ist nur ganz wenigen von uns erlaubt. Ich habe eine Sondererlaubnis, weil ich hier für Wartung und Reparatur eingesetzt bin."

Michael kann kaum glauben, was er eben gehört hat und sieht. Soweit sein Blick reicht, sieht er viele übergroße Metallbehälter, welche miteinander durch kurze Rohrleitungen verbunden sind, außerdem erblickt er verschieden aussehende, sehr viele große und kleine Maschinen. Ein starkes Rauschen und Gluckern ist im ganzen Raum zu hören. Dieser erscheint Michael auch sehr groß, und er sieht hier wiederum, dass die Decke ebenfalls durch viele Säulen gestützt wird.

Hanna erkennt, dass Michael nun sehr erschöpft ist und beendet die Besichtigung der Abteilungen.

Sie transportieren sich zur Abteilung Technik zurück. Da es kurz vor der Mittagpause ist, begeben sie sich anschließend in den Speiseraum. Ein sehr bezeichnendes Gespräch, fast wie unter gegenseitig Vernarrten, beginnt.

Michael fragt: „Sind alle Wohnräume wie meiner gestaltet oder gibt es auch größere?"

Sie lacht lauthals: „Was denkst du denn! Wenn ein Paar mit Kindern darin wohnt, sind es zwei verbundene Räume oder mehr."

„Wie … Paar? Meinst du damit eine Familie? So wurde das Zusammenleben von Mann, Frau und Kindern früher genannt, das weiß ich von meinen Eltern. Gibt es so etwas hier?"

„Warum nicht! Sollen wir denn warten, bis der letzte von uns gestorben ist? Wir sind eine Gemeinschaft, die weiterbestehen will und muss, so wie es immer in der Menschheit war. Also, viele wohnen für sich allein, wie es bei dir und mir der Fall ist, andere leben als Paar mit oder ohne Kinder."

Er sagt traurig: „In den draußen lebenden Sippen sind die meisten Menschen allein, selten nur leben Männer und Frauen zusammen, ganz wenige haben Kinder. Das Schlimmste ist, Kinder sterben oft in den ersten Lebensjahren. Es liegt an der schlechten Ernährung, und die Frauen haben oft zuwenig Milch, um ihre Kleinen zu stillen. Was sonst da draußen gegessen wird, ist für Neugeborene und längere Zeit auch für Kleinkinder untauglich."

Sie lacht wieder: „Hör auf mit deiner Sippe! Vergiss das doch endlich mal! Du lebst jetzt hier und solltest dich ganz darauf konzentrieren. Wir Menschen sollten nicht immer rückwärtsgerichtet denken!"

Er zeigt jetzt ein bekümmertes Gesicht und sagt: „Was bist du garstig zu mir. Dort draußen war ja lange mein Zuhause. Kann ich etwas dafür, dass ich dort leben musste?"

Sie erfasst mit ihren Händen seine, streichelt sie und sieht ihn sehr lieb an. Er zieht seine Hände schnell zurück und presst heraus: „Hör auf mit dem Säuseln, das fehlt mir gerade noch!"

„Warum reagierst du so schroff?" hört er, „ich meine es gut mit dir und möchte auch dein Einleben mit etwas Wärme erleichtern."

Er sagt mit harter Stimme: „Hör auf! Hör auf damit! Bleib bitte so sachlich und freundschaftlich wie bisher zu mir", dann ändert sich seine Stimme in ihre normale Tonlage, „erzähle mir bitte mehr über euer Leben miteinander. Wie viele Menschen leben eigentlich in Atlantis?"

Sie antwortet kurz: „Das erfährst du alles an den Informationstagen."

Während des Mittagessens läuft ihr gegenseitiges Verhalten normal weiter. Die Unmutswolken haben sich verzogen. Den ganzen Nachmittag über wird noch einiges in der Abteilung Technik betrachtet und erklärt. Sie sieht erneut, wie geschickt er bei der Ausführung kleiner Proben ist, aber sie sagt es ihm nicht. Am Ende des Arbeitstages gehen beide zu ihren Wohnräumen.

Dabei flüstert sie noch vor sich hin: „Schade! Ich möchte doch so gern nett zu ihm sein", und nach kurzem Nachdenken, „schön wäre, wenn er auch etwas für mich empfinden würde."

8

Als Michael am Morgen aufwacht, denkt er sofort an das heutige Ereignis - erster Informationstag. Er ist freudig erregt, und alles, vom Aufstehen bis zum Ankleiden, erledigt sich fast ohne sein Nachdenken. Seine Neugier ist infolge alles Unwissens übergroß angewachsen. Beim Betreten des Speiseraumes merkt er, heute ist alles anders, Spannung liegt in der Luft. Der Speiseraum ist so voll von Bewohnern, dass er glaubt, der letzte zu sein, der ankommt. Was ihn jedoch am meisten wundert und ihm auffällt … es sind heute viel mehr Kinder und Jugendliche im Speiseraum dabei als sonst zu so früher Zeit. Der Schulunterricht fällt an den Informationstagen aus. Die drei- bis sechsjährigen Kleinen, das hatte Hanna ihm schon erklärt, werden in den Kindergärten der Abteilungen betreut oder von den Müttern selbst. Und auch sie sind jetzt hier. Sogar die Unterhaltung beim Essen ist lebendiger als sonst, das Stimmengewirr ist übergroß. Hanna begrüßt ihn heute besonders nett und legt, bevor sie sich niedersetzt, ihren Kopf seitlich an seinen. So verharren sie einige schöne Sekunden Wange an Wange.

Sie sagt ihm: „Heute morgen können wir etwas länger essen. Wie du siehst, habe ich auch deinen Anteil bereits auf unserem Tisch platziert. Die Veranstaltung beginnt um 8 Uhr. Das gilt für die vier Informationstage. Alle in Atlantis, bis auf eine Notbesatzung, müssen daran teilnehmen. Damit du es vorher weißt, alle Vorträge, Filme und Präsentationen werden auf unseren Großbildschirmen, die es in jedem Speiseraum gibt, angezeigt. Unserer ist dort an der Längswand, und von uns aus gut zu sehen. Sie dienen nur besonderen Anlässen. Wir haben keinen so großen Raum, um alle Bewohner von Atlantis gemeinsam zu versammeln. Du weißt ja inzwischen, dass wir ausreichend Raum für viel wichtigere Sachen brauchen. Zuerst wird sich der Hohe Rat vorstellen, das ist nötig für alle, die ihn noch nicht näher kennen, und anschließend wird der Programmablauf beginnen", sie schubst ihn leicht, „nun fang endlich an zu essen! Du scheinst mir sehr nervös zu sein, starrst nur herum."

„Ja, sehr nervös", entgegnet Michael, „ich hoffe, dass sich das bald legt, denn normalerweise bin ich viel gelassener in Bezug auf kommende Dinge. Doch betrachte auch mal die anderen, so lebhaft sah ich die Unterhaltung in meinen wenigen Tagen hier noch nie."

„Ja, das stimmt!" sagt sie. Dann beginnen beide zu essen, größtenteils schweigend.

Pünktlich, um 8 Uhr, leuchtet der Bildschirm auf. Gleichzeitig ertönen Klänge von atemberaubender Schönheit. Eine halbe Stunde lang werden sehr beeindruckende Filme und Bilder aus vergangenen Zeiten der Erde gezeigt und von einem Sprecher erläutert. Die Zuschauer sehen das offene Meer, den blauen Himmel mit weißen Wölkchen, Wälder in leuchtenden Farben, Felder mit wogenden Pflanzen, weitere Felder mit den verschiedensten Früchten, Flüsse und Seen, Hochgebirgsketten und tiefe Täler, Vogelschwärme in der Luft, viele Tiere in großen Herden. Danach werden ehemalige Siedlungen der Menschen gezeigt. Es sind bezaubernde Dörfer und Kleinstädte mit gefälliger Bebauung. Die Menschen tragen verschiedenartige und unterschiedlich farbige Kleidung, es ist regsames Leben und Treiben. Schließlich sehen die Zuschauer eine kurze Einblende riesiger Großstädte des vergangenen Jahrhunderts, deren abstoßende Hässlichkeit mit Massenansammlungen von Hochhäusern, teils bis zu tausend Meter hoch. Im Raum hört man leises und vielstimmiges „ah" … „oh", oder vereinzelte Sprachbrocken „War das früher mal so?" … „Warum konnte es auf der Erde nicht so bleiben?" … „Hast du diese fiesen, riesenhaften Wohntürme gesehen?".

Michael fragt ganz leise: „Was ist das für herrliche Musik?"

Darauf flüstert sie: „Es sind Musikstücke von Komponisten aus vergangenen Zeiten der Menschheit. Wir hören welche von Bach, Beethoven, Brahms, Wagner und vielen anderen. Sie geben den Informationsveranstaltungen einen klangvollen Rahmen, um die Bewohner von Atlantis auf den großen Tag einzustimmen. Diese herrliche Musik ist genau wie die Literatur und jedes sonstige Wissen der Menschheit in Atlantis für kommende Generationen gesichert. Du kannst sie in Zukunft in der Abteilung Freizeit, aber besser noch jederzeit in deinem Wohnraum hören. Ich zeige dir sehr gern die richtige Bedienung von Tonempfänger und Bildschirm, wenn du mich mal zu dir einlädst."

Er sagt: „Wie … einlädst?" und sie lacht ihn fröhlich an und antwortet: „Ja, ganz einfach! Du fragst mich, ob ich mal zu dir komme, und ich würde dann bei dir auftauchen … meine Güte, sind alle männlichen Wesen draußen auf der Erde so kompliziert?"

Jetzt lächelt er nur und sagt: „Kann ich mir mal überlegen."

Sie gibt auf und fährt mit Erläuterungen fort: „Bisher bist du ja jeden Morgen automatisch mit schöner Musik geweckt worden, doch du kannst selbst einstellen, wann und was du hören, sehen oder wissen möchtest. Dein Wohnraum ist ja dein Privatbereich, er gehört dir allein. Niemand darf ihn ohne deine Erlaubnis betreten, außer bei Gefahr der Sicherheitsdienst,."

Dann schweigt sie erstmal eine Weile und denkt: Kann oder will er mich nicht verstehen. Als sie dann doch noch etwas sagen will, verebbt die Musik langsam, und die Zuschauer sehen auf dem Bildschirm einen Raum mit einem breiten Tisch. Dahinter sitzen fünf Männer. Sie haben auf ihren Namensschildern an der Brust zusätzlich drei silberne Sterne. Vor jedem einzelnen steht auf dem Tisch ein Schild mit seinem Namen und seinen Dienstbezeichnungen.

Dann erhebt sich einer von ihnen, auf dessen Namensschild „Andreas Busch – Physiker – Hoher

66

Rat" steht. Er sagt lächelnd und mit sonorer, gedämpfter Stimme: „Meine Freunde, ich freue mich mit euch allen über unser gelungenes Werk. Es ist auch das erste Mal in der Geschichte unserer neuen Heimat, die wir bezeichnenderweise ‚Atlantis' nennen, wo wir wirklich alle, wenn auch nur über technische Geräte, verbunden sind. Das soll uns nicht stören! Ohne unsere großen, bahnbrechenden Erfindungen, unseren Eifer, unsere unverdrossene Arbeit, unseren Glauben an das Gelingen, hätten wir das Ziel, welches wir vor neunundvierzig Jahren vor uns sahen, nie erreicht. Ich danke jedem in Atlantis im Namen des Hohen Rates für seine bisherige Tatkraft und seinen Fleiß. Das gilt für alle Männer, Frauen und sogar Heranwachsende, die mehr oder weniger ihren Beitrag leisteten. Wir können in hohem Maße stolz auf uns sein."

Er gibt nun, von leiser Musik untermalt, einen Überblick über das gesamte Informationsprogramm. Und danach erscheinen wieder Filmaufnahmen der Erde, diesmal aus der Luft aufgenommen.

Die Zuschauer hören Andreas' Stimme, sie klingt traurig: „Der erste Teil der Luftaufnahmen wurde bis Mitte der 2050er Jahre von Flugzeugen aufgenommen. Das waren Fluggeräte mit großen Tragflächen, die mit hochexplosiven Treibstoffen mittels Motor- oder Düsentriebwerken flogen. Wir entdeckten die Aufnahmen in den Resten einer ehemaligen Hochschule und übernahmen sie in unser Informationssystem. Der Rest der Aufnahmen wurde mit einem von uns entwickelten Fluggerät gemacht."

Er erläutert mit präzisen, knappen Worten, wo es, was es ist und wann es aufgenommen wurde. Die Zuschauer sehen – zu Beginn waren ja bereits solche Aufnahmen gezeigt worden, diese ergänzen nun das Gesamtbild - mit Erstaunen eine wunderbare Welt: scheinbar endlose Wälder, große und kleine Seen, Berge und Täler, Flüsse, weite Flächen der Meere, Inseln, blühende Landschaften und karge Wüstengbiete, vom Sonnenschein hell angestrahlte Landstriche, Regen, Schnee und Eis. Etwa eine Stunde herrscht fast atemloses Schauen und Staunen. Vor allem die von Andreas angegebenen Jahreszahlen für die einzelnen Filmszenen, beginnend um das Jahr 2000, geben den Zuschauern ein klares Bild des sich stetig verschlechternden Zustandes der Erde. Sie erkennen eindeutig, wie die Wälder verschwinden, die landwirtschaftlich genutzten Flächen rapide abnehmen, die Siedlungsflächen und Verkehrsstraßen atemberaubend zunehmen, die Wüstengebiete erschreckend anwachsen, die Weltmeere sich auf große Festlandgebiete ausdehnen und vielem anderen mehr an Umweltzerstörung. Selbst die ständig zunehmende Wetterverschlechterung ist klar zu erkennen. Die schlimmsten Aufnahmen sind die von Wirbelstürmen und die dadurch anfallenden gewaltigen Schäden. Schneisen der Verwüstung ziehen sich teilweise über mehrere der einstigen Länder hin. Die Bewohner von Atlantis wussten das meiste davon mehr oder weniger schon, doch durch den heutigen

Vortrag sind sie zutiefst erschüttert, und langanhaltendes Schweigen folgt.

Dann ist Mittagpause, und selbst hier ist die Stimmung allgemein gedrückt. Zu gewaltig wirkte die sichtbare Verschlechterung in so komprimierter Form. Verschiedene Abteilungsleiter melden die negativen Reaktionen der Bewohner an den Hohen Rat. So wird eine einstündige Erholungspause nach dem Mittagessen angeordnet.

9

Als nach dem Mittagessen und der anschließenden Pause alle wieder in den Speiseräumen versammelt sind, fährt Andreas fort: „Auch wenn es euch weh tut, möchte ich in Worten noch einmal zusammenfassen, was in den ersten sieben Jahrzehnten des einundzwanzigsten Jahrhunderts ablief und zu den jetzigen schlechten Lebensbedingungen auf der Erde führte. Ich bemühe mich, meinen Vortrag kurz zu fassen! Meine Freunde, wenn Fragen zu den von mir vorgetragenen Fakten aufkommen, dann meldet diese bitte an das Sekretariat des Hohen Rates. Wir werden sie dann im Anschluss an meinen Vortrag beantworten. Aber bitte nur ganz wichtige Fragen stellen."

Nach einer kleinen Pause infolge leisen Getuschels zwischen den Ratsmitgliedern, sagt Andreas: „Bereits vor dem Ende des zwanzigsten Jahrhunderts wurden von uns Menschen gravierende Fehler begangen, wurden Veränderungen in Gang gesetzt, die anfänglich harmlos wirkten, zum Teil auch als Fortschritt betrachtet wurden, am Ende aber verheerende Folgen zeitigten. An diesen Folgen ging letztendlich die Menschheit mit großen Schritten in archaische Zustände zurück."

Die Zuhörer hören einen tiefen Seufzer von Andreas, dann sagt er: „Da wäre zuerst die Globalisierung, das weltumspannende Netz der Wirtschaft, der Finanzwelt und des Handels. Augenscheinlich eine gute Sache, die nach unbegrenzter Freiheit riecht, aber gefährlich wie nichts anderes seit Menschengedenken war. Die einzigen Nutznießer sind, ich korrigiere mich, waren die weltweit agierenden großen und mittelgroßen Unternehmen, die Banken, aber auch die vielen gierigen, menschenverachtenden Spekulanten und Geschäftemacher. Noch nie in der Menschheitsgeschichte waren die Unterschiede zwischen arm und reich bei den Menschen in allen Ländern der Erde so gravierend gewesen. Ein Schlagwort der damaligen Zeit war ‚Wachstum', womit der weltumspannend immer mehr wachsende industrielle Ausbau und der damit verbundene Anstieg des Welthandels gemeint ist. Alles wurde immer größer, schneller, mächtiger. Gebrauchsgegenstände wurden so hergestellt, dass sie in einer vorherberechneten Zeit kaputt gingen, neu gekauft werden mussten. Damals entstand auch der Begriff ‚Wegwerfgesellschaft', ein sehr bezeichnender Begriff des schnöden Zeitgeistes und Unwort höchster Negativität. Es grassierte auch der Begriff ‚Plastikzeitalter', denn überall auf der Erde wurde Kunststoffmüll zu einer der Hauptbelastungen der

Umwelt. Es gab fast nichts mehr einschließlich Nahrung, das nicht in feste Kunststoffhüllen eingeschweißt war. Stark litten darunter die Weltmeere, sie wurden in unvorstellbarer Weise durch diese Kunststoffe, deren Verwendung von Jahrzehnt zu Jahrzehnt explosionsartig zunahm, verschmutzt. Das hatte schlimme Auswirkungen auf die dortige Tierwelt. Aber auch der Anstieg von Abfällen jeglicher Art hatte sich vervielfacht. Sehr negative Folgen brachte das ‚Internet' genannte internationale Netzwerk. Naiv betrachtet, eine ganz große Errungenschaft, ein sehr schneller und einfacher Austausch von Wissen und anderen Informationen. Doch die Menschen konnten damit bis in den intimsten privaten Bereich hinein belauscht werden. Ja, es entstand eine Art gläserne Welt, und das war möglich von den Wohnstuben mit elektronischen Kommunikationsgeräten bis hin zu den Geheimarchiven von Regierungen und Unternehmen. Kein Mensch war mehr sicher. Riesige Datenströme umspannten die Welt, darin auch Unmengen von Datenmüll. Wenn in Japan, einem weit östlich von uns gelegenen Land, plötzlich ein fünfjähriges Kind virtuos Geige spielen konnte, dann wussten das in kurzer Zeit viele andere Menschen auf der ganzen Erde. Zu dieser Zeit wurde immerfort von Freiheit, Gerechtigkeit und von der Herrschaft des Volkes verlautbart."

Er grinst amüsant nach den letzten Worten und sagt weiter: „Kurz gesagt, jeder Mensch wusste nun auch, wo und in welchem Land der Erde Unruhen, Aufstände wegen Armut und Not und so weiter stattfanden, wo Katastrophen passierten. Die Folge waren ständig zunehmende Unruhen und Umstürze in anderen Teilen der Erde. Die Habenichtse, und das waren in allen Ländern die Masse der Menschen, wollten endlich die jahrzehntelang versprochene Verbesserung ihrer Lebensbedingungen. Die vielen unstabil gewordenen Länder führten zu wirtschaftlichen Zusammenbrüchen und zunehmender Verarmung vieler Gebiete der Erde. Eine Massenwanderung ganzer Volksgruppen setzte ein. Da die überwanderten Länder den Massenzustrom nicht in den Griff bekamen, wurden sie unregierbar, Chaos brach aus. Mit dazu beigetragen hatte auch die im Zuge der Globalisierung stattgefundene Öffnung aller Grenzen zwischen allen Ländern der Erde. Einzelne Länder brachen allein durch den Massenzustrom von Menschen zusammen und verstärkten damit das Chaos. Bis Ende der 2030er Jahre war der Erdteil Afrika fast menschenleer geworden, es gab dort fast nur noch Wüste. Infolge der Erderwärmung durch die bis dahin in allen Ländern, ich betone das, in allen stark vorangetriebene Industrialisierung und die damit verbundene hohe Anreicherung von Kohlendioxyd in der Erdatmosphäre, war die durchschnittliche Jahrestemperatur auf der Erde so um sechs Grad angestiegen. Sämtliche Eisbestände der Erde, das heißt, die riesigen Eiskappen am Süd- und Nordpol und sämtliche Gletscher der hohen Berge waren abgeschmolzen. Die gesamte Erdoberfläche war selbst im Winter völlig frei von Eis und Schnee. Der Meeresspiegel stieg bis dahin um nahezu fünf Meter an. Viele ehemals bewohn-

bare Landgebiete lagen nun im Meer beziehungsweise unter dem Meeresspiegel. Die Hitze in Afrika
wurde unerträglich. Übrigens, die Menschheit war
zu dieser Zeit auf etwa neuneinhalb Milliarden
Menschen angewachsen, einfach zuviel für die Erde. Viele Tierarten starben aus oder wurden stark
dezimiert."

Er macht eine merklich lange Pause und sagt:
„Ich wollte eigentlich nicht darüber sprechen, aber
es gab noch eine andere Ursache für den Niedergang. Der seit dem zwanzigsten Jahrhundert weltweit ständig sehr stark angestiegene industrielle
Ausbau führte zu einer Verknappung von Rohstof-
fen: Erdöl, Gas, Kohle, Erze ... Mit Wasser- und
Windkraft betriebene, elektrischen Strom erzeu-
gende Generatoren, konnten das nicht ausgleichen,
zumal Wirbelstürme, Springfluten, Erdbeben und
sonstige Störungen deren Einsatz einschränkten
oder sie unbrauchbar machten. Elektrischer Strom
aber und Licht, das wissen wir in Atlantis sehr genau, ist ein Zaubermittel, ist … unsere Zukunft.
Und dennoch gingen zu jener Zeit nicht in allen
Ländern die Lichter gänzlich aus, gab es noch industrielle Aktivitäten."

Andreas lächelt wieder und trinkt aus einem Glas,
bevor er sagt: „Just zu dieser Zeit fanden Astronomen mit einem extrem starken Fernrohr drei Son-
nensysteme mit für uns bewohnbaren Planeten in
unserer Galaxie, und zwar in demselben Galaxiearm, wo auch unsere Sonne mit ihren Planeten
steht. Genau gesagt, sie befinden sich in diesem
Galaxiearm nicht zu weit weg von unserer Sonne.

Diese Sonnen sind jünger als unsere Sonne. Doch diese Erkenntnis nützte damals nichts. Die Sonnen sind fünfzehn, siebzehn und dreiundzwanzig Lichtjahre entfernt von uns. Das Lichtjahr ist ein Entfernungsmaß, es beträgt grob gesagt 9 Billionen Kilometer, das ist eine 9 mit 12 Nullen dahinter. Eine riesige Entfernung für uns Menschen und unsere damaligen Möglichkeiten. Was das bedeutet und ob diese Sterne von uns erreichbar sind, erfahrt ihr in einem weiteren Vortrag. Mein Großvater arbeitete zu jener Zeit an einem Observatorium, einer astronomischen Beobachtungsstation, in einer Stadt, deren Namen ich vergessen habe.

Kommen wir nun zu den 2040er Jahren. Die Ausbeutung aller Naturschätze hatte bis zum Ende dieses Jahrzehnts ein ungeheures Ausmaß angenommen. Es kam zu einer rasanten Erschöpfung und damit dem schnellen Niedergang der industriellen Produktion in fast allen Ländern. Die Herstellung von Gütern, Handel und Beziehungen zwischen den Ländern brachen zusammen. Gewaltige Stürme, teils als Wirbelstürme, erledigten ein übriges, um die Stromversorgung gänzlich zum Erliegen zu bringen; Solarfelder und Windkraftparks wurden vielfach von ihnen hinweggefegt. Mit dem fehlenden elektrischen Strom brachen Verkehr, Wasserversorgung – es gab ja allgemein nicht wie in früheren Jahrhunderten Brunnen -, Müllentsorgung, Heizung der Wohnstätten und alle anderen für menschliche Siedlungen nötigen Dinge, genannt ‚Infrastruktur', zusammen. Eine Massenflucht aus den riesig angewachsenen Städten setzte ein und

vernichtete die noch einigermaßen funktionierenden ländlichen Gebiete. In den 2050er Jahren setzte
sich die negative Entwicklung fort. Der Kampf
ums Überleben setzte große Gewaltbereitschaft
frei. Einzelne Gewalttätige oder Banden mit hoher
Kampfkraft und Rohheit setzten sich durch. Das
große Sterben zog sich wie ein Schatten über dieses
Jahrzehnt hin. Am besten standen sich diejenigen
Länder, die noch mehr ländlichen Charakter hatten,
in dünnbesiedelten Gegenden der Erde lagen, die
klimatischen Bedingungen noch einigermaßen erträglich waren. Die starken Veränderungen führten
am Ende dieses Jahrzehnts zu einer Art Kurz-
schlussreaktion zwischen den Völkern, ich möchte
das einschränken – zwischen den noch einigermaßen intakten Völkern. Obwohl ihre Wirtschaft
ziemlich am Boden lag, geschah das Ungeheuerli-
che. Seit der Mitte des zwanzigsten Jahrhunderts
beschäftigten sich Wissenschaftler in allen Ländern,
zuerst in wenigen, am Ende in fast allen, mit der
Entwicklung furchtbarer Waffen, Atom- und Was-
serstoffbomben genannt. Sie wurden bis zu diesem
Jahrzehnt kaum eingesetzt, abgesehen von Versuchen und kleinen Einsätzen im zwanzigsten Jahrhundert, waren aber zu vielen Tausenden vorhanden. Man kann sagen, bis zu diesem Zeitpunkt exis-
tierten sie mit wenigen Ausnahmen in allen Ländern. Die Geschichte der Menschheit lehrt uns,
dass alle Waffen, die erfunden und hergestellt sind,
irgendwann auch eingesetzt werden. Es ist quasi ein
Gesetz! So geschah das große Unheil. Noch funkti-
onierende Länder sahen sich bedroht, und niemand

wusste später, welches dieser Länder es war, das angefangen hatte mit dem Wahnsinn. Flugzeuge, Raketen und andere Flugkörper, mit explosiven Stoffen angetrieben, trugen nun diese gefährlichen Bomben kreuz und quer über die Erde zu Tausenden von Zielen, zu Zielen, die irgendwann mal den Todbringern vorgegeben wurden. Länder, die angegriffen wurden und in der Lage waren, diese gefährlichen Waffen noch einzusetzen, wehrten sich und schickten ihre eigenen Todbringer gegen andere los. So wurde ein weiterer Teil der verbliebenen Städte, Industrieanlagen, aber auch ländliche Gebiete, dem Erdboden gleichgemacht, pulverisiert, verbrannt, unbewohnbar. Niemand weiß oder könnte ermessen, wie viele Menschen bei diesem Irrsinn umkamen, bei Tieren ist das noch schwieriger. Schätzungen sind vage, ich hörte mal einen unserer Wissenschaftler sagen, es wäre wohl mehr als die Hälfte der noch verbliebenen Menschheit gewesen. Danach trat auf der Erde völlige Ruhe ein, man könnte es Totenstille nennen. Auch die letzten Beziehungen zwischen den noch existierenden Ländern kamen zum Erliegen. Die meisten Verkehrs- und Handelwege. Brücken, Straßen, Tunnel waren zerstört, der Handel gänzlich zusammengebrochen. Lange Zeit nach dem großen Atomschlag, wahrscheinlich sogar bis jetzt, starben noch Menschen und Tiere an den Folgen. Schlimm war auch zu dieser Zeit, dass es im Anschluss an dieses Unheil längere Zeit gewaltige Erdbeben, Seebeben und Ausbrüche von Vulkanen gab. Sie bewirkten ein Übriges, um eine weitere Vernich-

76

tung von Gütern der Menschheit anzurichten. Der Sauerstoffgehalt der Atmosphäre ging zurück, und für alle Lebewesen auf der Erde wurde das Leben mühevoll, am meisten für Alte und Kränkliche. Alle Aktivitäten der Menschen geschahen nur noch in wenigen Regionen und in kleinem Umfang. Und nur langsam erholten sich die Verbliebenen vom Schrecken. Die Menschheit war wieder in einen Zustand wie vor Hunderten Jahren zurückgeworfen. Es herrschte dämmerige Ruhe. Und das blieb so bis Mitte der 2060er Jahre. Da geschah ein neues Unheil."

Andreas macht wieder eine kleine Pause und bespricht sich mit den anderen Ratsmitgliedern. Sie nicken ihm zu, dann folgt: „Wir Menschen glauben alles zu wissen, aber die Natur lehrt uns manchmal eines Besseren. Zuerst müssen wir gedanklich zurück in die 1960er Jahre. Da begannen, besser glaubten die Menschen, den Weltraum für sich erobern zu können. Ab diesem Jahrzehnt wurden mit riesigen Raketen und gewaltigem Energieverbrauch künstliche Satelliten auf Umlaufbahnen um die Erde geschossen. Sie dienten am Anfang der Beobachtung des Weltraums und dem Ausspionieren anderer Länder, dem Fotografieren und Kartieren der Erdoberfläche, der Übertragung von Bild- und Tonobjekten und vielem mehr. Und am Ende, einhundert Jahre später, gab es sogar riesige, bemannte Weltraumstationen für die Forschung, in denen am Ende teilweise bis zu hundert Menschen lebten und arbeiteten. Von wenigen Satelliten am Anfang bis zum großen Atomschlag wurden es etwa achtundsiebzigtausend an der Zahl - große, kleine und kleinste. Mit wenigen Ausnahmen besaßen nun alle Länder der Erde eigene Satelliten. Die waren nun unbrauchbar, weil nicht mehr steuerbar oder zu erreichen. Einige stürzten unkontrolliert zur Erde herab und verbreiteten Angst und Schrecken. Da der Himmel jetzt meistens durch Wolken verdeckt war, bemerkten die Menschen zuerst nicht, was am Himmel vorging. Sie bemerkten aber, dass die Zahl und Mächtigkeit der Wirbelstürme, schier endloser Regengüsse, Sturmfluten am Meer mit Wellenbergen bis zu fünfzig Meter Höhe und einiges andere passierte. Dann, eines Tages, Ende der 2060er Jahre, riss die dichte Wolkendecke für einige Tage ganz auf. Die Menschen drängte es nach draußen, und staunend sahen alle des Nachts die vielen, vielen Sterne am Himmel, am Tage eine strahlende Sonne. Sie waren glücklich, konnten das Wunder kaum fassen. Doch was war das? Anstatt eines Erdmondes standen jetzt zwei Erdmonde am Himmel. Der alte, gute Erdbegleiter befand sich wie immer weit entfernt, der andere war kleiner und der Erde näher. Und beide leuchteten sie am Nachthimmel. In den nächsten Nächten sahen sie das gleiche Schauspiel. Es dauerte Wochen, bis Wissenschaftler – einer war in jungen Jahren Astronom an einer Sternwarte in der einstigen Stadt Bochum gewesen – erkannten, dass hier eine Zusammenballung der gesamten von Menschen geschaffenen Satelliten stattgefunden hatte. Das also war die Erklärung für die Zunahme der widrigen Wetterverhältnisse! Die Wissenschaftler nannten

78

den neuen Erdmond ‚Mondie'. Ab da übten die beiden Erdmonde eine stärkere Anziehung auf die Erde aus. Ja - und deshalb gab es diese hohen Meereswellen und die weitere Klimaverschlechterung. Es war ein weiterer gewaltiger Schock für die Menschheit. Und niemand war in der Lage, zu erklären, welche Naturgesetze, welche Kräfte am Werke waren. Es blieb bis jetzt ein Rätsel. Es ist eine Herausforderung für die in Atlantis heranwachsende junge Generation von Wissenschaftlern, dieses Rätsel zu ergründen. So, meine Freunde, das war es für heute, und ich bin überzeugt, auch genug. Morgen kommen wir zu angenehmeren Themen, sie betreffen unsere Zukunft."

Eine Frau kommt ins Bild und spricht mit Andreas. Danach sagt er: „Es sind keine Fragen eingereicht worden. Umso besser, vergessen wir das unerfreuliche Vergangene!"

10

Am nächsten Tag, wieder um 8 Uhr, beginnt der zweite Vortrag. Die Zuschauer sehen wieder die fünf Ratsmitglieder. Andreas Busch eröffnet: „Ab heute wird es, wie bereits gestern gesagt, nicht mehr so traurige Schilderungen und Bilder geben. Stattdessen bekommt ihr ab jetzt ein genaues Bild vom Ablauf der Bauzeit von Atlantis. Wir als Gemeinschaft müssen nach den Informationstagen an einem Strang ziehen, jeder von uns muss eingeschworen sein auf das gemeinsame, neue Ziel – auf unseren glücklichen Aufbruch. Jeder von uns soll, ja, muss seinen Platz dabei bestmöglich ausfüllen. Ich übergebe nun das Wort an das Ratsmitglied Wolfgang Primel, einen unserer Chemiker und Physiker."

Wolfgang erhebt sich und begrüßt die Bewohner von Atlantis. Dann sagt er: „Heute Vormittag werde ich über den Anfang der langen Bauphase von Atlantis berichten, am Nachmittag geht es damit weiter. Um euch eine klare Vorstellung von diesem Werk zu geben, werde ich meinen Vortrag mit vielen Zeichnungen und Bildern, auf denen die Einzelheiten besser verständlich sind, ergänzen."

Nach einer kleinen Pause fährt er fort: „Es war im Sommer des Jahres 2087, als einundvierzig Männer und Frauen, mehrheitlich Wissenschaftler, in den Resten der einstigen Stadt Goslar zusammenkamen, um einen Weg aus dem Chaos zu finden. Drei von ihnen, hochgebildet, ein Astronom, ein Ingenieur für Metallurgie, der sich auch als Höhlenforscher betätigte, und ein Biochemiker, hatten eine grundlegende Idee. Sie konnten die anderen Gleichgesinnten mit ihrem Eifer überzeugen. Die Zusammenkunft konnte auch nur deshalb stattfinden, weil diese drei, besessen von ihrer Idee, alles unternahmen, um alte Freunde und Bekannte, darunter vor allem Wissenschaftler, zu erreichen und zu überzeugen. Da es keine Kommunikationsverbindungen mehr gab, war es eine harte Sache, zu Fuß, mit Pferd oder Esel", er lacht schallend, „die anderen zusammenzutrommeln. Doch betrachten wir das Wesentliche!"

Anschließend sehen die Bewohner eine Zeichnung auf dem Bildschirm. Auf ihr ist ein Lagerplatz abgebildet. Er sagt, und man hört jetzt nur seine Stimme: „Seht her! So fing alles an. Zuerst bauten wir hier ganz in der Nähe dieses Lager. Mit Holz aus Häuserresten zimmerten wir feste Hütten. Das Lager wurde befestigt. Wir legten Palisaden und Fallgruben an, um uns gegen herumstreunende Gruppen verteidigen zu können. Aber, werdet ihr wohl denken, warum wählten wir ausgerechnet diese Gegend hier als Standort unserer Aktivitäten?"

Er zeigt eine weitere Zeichnung und sagt: „Diese Zeichnung ist der Grundriss eines weitverzweigten Höhlensystems, das Günter Suchowski, einer unserer Ingenieure, mit zwei Freunden erforschte und dessen möglichen Ausbau für einen unterirdischen Zufluchtsort mit sicheren Behausungen und Werkstätten erkannte. Er hatte bereits früher von einer Höhle in dieser Gegend erfahren. Seiner Leidenschaft für Höhlenforschung frönend, entdeckte er, dass es viele mittlere und große Höhlen sind, teilweise nur durch Spalten oder schmale Durchgänge verbunden. So kam es zu dem Entschluss, unterirdisch, vor fremden Gruppen und Störern sicher, abseits des täglichen Elends auf der Erde, zu forschen und Lösungen für ein Fortbestehen zu finden. Denn es ist untrüglich, dass das Leben allgemein durch starke Umbrüche in vielen Dingen, beispielsweise Klimaänderungen, gezwungen ist, neue Lösungen oder Auswege zu suchen. Wir, als intelligente Wesen, haben noch den großen Vorteil, die Natur bei ihren Bemühungen zu unterstützen, oder", er macht ein grimmiges Gesicht, „die Erde durch unsere Unvernunft in den traurigen Zustand zu versetzen, in dem sie sich jetzt befindet. Das ist unsere Stärke oder wie bereits gesagt, Unvernunft, und das macht unsere besondere Stellung unter allen Lebewesen aus."

Wolfgang erklärt jetzt lang und breit die Erforschung des Höhlensystems. Er berichtet, wie einige andere Höhlenbegeisterte aus dem Lager sich unter Lebensgefahr durch enge Röhren und Spalten zwängten, Begeisterung aufkam beim Entdecken sehr großer Höhlen, der Plan für den Ausbau und die Nutzung entstand. Seine Freude beim Vortrag und die Schilderung aller Vorgänge nimmt lange kein Ende.

Die Zuhörer werden teilweise schon müde, da werden sie durch seine erhobene Stimme aufgeschreckt: „Meine Freunde, das Ergebnis ist großartig, unsere damalige Begeisterung für den Plan war meistens Wunschdenken. Doch nun sitzen wir hier alle sicher in Atlantis, ja, mitten in dem in Jahrzehnten stark ausgebauten und erweiterten Höhlensystem."

Es folgen lange Berichte, teilweise mit Bildern dokumentiert, über die Anwerbung anderer Wissenschaftler – eigentlich zu neuer Aktivität erweckter ehemaliger Wissenschaftler -, Handwerker, Bauern, Hilfskräften für schwere und schwerste Arbeiten; über die Heranschaffung noch vorhandener Maschinen, Werkzeuge, elektronischer Geräte und sonstiger Technik verschiedenster Art aus alten

Fabriken, Werkstätten und Verwaltungen; über den komplizierten Aus- und Umbau der Höhlen zu dem heutigen Komplex. Er erklärt dann, was am Anfang das Wichtigste war und unbedingt geschaffen werden musste, nämlich die dauerhafte Erzeugung von Elektrizität. Einige in der anfänglichen Gruppe entwickelten sich zu geschickten Jägern und Sammlern, weil die Ernährung der Gruppe das zweitwichtigste Ziel bedeutete. Wasser war in der Nähe ausreichend vorhanden. Im Laufe der Bauzeit wurden Brunnen und Tiefbrunnen für eine sichere Wasserversorgung von Atlantis angelegt. Ohne diese Voraussetzungen hätte es damals keinen Anfang, sondern ein schnelles Ende gegeben. Es waren halt die richtigen Köpfe für die Lösung der Anfangsprobleme in der Gruppe zusammengekommen.

Dann wünscht Wolfgang allen eine gute Mittagpause. Die Zuhörer sind froh darüber, denn mehrere Stunden des Zuhörens ermüden stark und sind schlimmer als die gleiche Zeit sinnvoller Arbeit.

11

Nach dem Mittagessen sehen die Bewohner von Atlantis den Bildschirm erneut aufleuchten. Diesmal erhebt sich ein Ratsmitglied, auf dessen Namensschild „Horst Ödefeld – Biochemiker – Steuermann - Hoher Rat" steht.

Er sagt: „Meine Aufgabe ist es nun, den sehr schwierigen Anfang von Atlantis weiter zu erklären.

Wie mein Vorredner bereits sagte, es fehlte die Elektrizität. Den Chemikern und mir war glasklar, dass unsere Gruppe nicht nur technische Einrichtungen und unsere Werkstätten schaffen musste, sondern die Abgrenzung von der Außenwelt es erforderte, vom kargen Nahrungsangebot der Erde unabhängig zu werden. Beide Bedingungen waren sehr schwer zu verwirklichen. Die ersten zehn Jahre waren hart, und wir kamen mit dem Bau unterirdischer Werkstätten, Unterkünften und der Forschung nur in ganz kleinen Schritten voran. Unsere Gruppe war inzwischen auf über hundert angewachsen, vorrangig ergänzt durch tüchtige Handwerker verschiedenster Art. Doch einige von uns wollten schon wieder aufgeben, wieder draußen leben und sich dem scheinbar Unabänderlichen fügen. Da machten unsere Bergleute – vorrangig für den Ausbau der Höhlen zuständig - im Jahr 2098 beim Verbinden von zwei großen Höhlen eine merkwürdige Entdeckung. Sie fanden im Gestein massenhaft Objekte in Tropfenform, großen Tropfen, teilweise bis zu fünfzehn Zentimeter lang. Die Gebilde sahen aus wie geschmolzenes Glas, hatten eine leicht rötliche Färbung. Als ein Bergmann eines der Objekte aufschlug, sah er die Bruchstücke innen metallisch glänzen. Er brachte einige der Objekte zu den Wissenschaftlern. Fünf Geologen, die in der Anfangsphase von Atlantis ebenfalls mit am wichtigsten waren, untersuchten die Teile. Andere Wissenschaftler beteiligten sich am Rätselraten, das nun eifrig im Gange war."

Horst zeigt nun ein Bild von einem solchen Objekt und einem aufgeschlagenen. Dann sagt er: „Die Wissenschaftler kamen zu der einstimmigen Meinung, dass es so etwas nicht auf der Erde gibt. Die Geologen unter ihnen ermittelten das Alter des die Objekte teilweise umschließenden Gesteins auf siebzigtausend Jahre. Weitere Forschungen in elektronischen Aufzeichnungen ergaben, dass zu jener Zeit der Beginn der letzten Eiszeit auf der Erde war. Diese wurde sehr wahrscheinlich durch Meteoriteneinschläge in vielen Teilen der Erde ausgelöst. Das wiederum führte zu einem Massensterben vieler Geschöpfe, gewaltige Brände vernichteten große Teile der Pflanzenwelt, lang anhaltende Vulkanausbrüche verschmutzten die Atmosphäre. Hier im Harz, wo wir sind, einem Mittelgebirge mit seiner höchsten Erhebung, dem über tausend Meter hohen Brocken, gibt es andere seltsame Dinge. Meine Großmutter erklärte mir mal, wie der Name dieses Berges wohl entstanden ist. Der Brocken besteht tatsächlich aus sehr vielen großen, kleinen und kleinsten übereinander geschichteten Felsbrocken. Sie war als Kind bei einem Aufstieg auf den Brocken dabei, so hatte sie auf dem Weg hinauf die wild übereinander getürmten Felsbrocken sehen können. Wahrscheinlich ist diese Auftürmung auch eine Folge der Meteoriteneinschläge! Sehr möglich ist also, dass die tropfenförmigen Objekte zu jener Zeit die Erde erreichten oder geformt wurden, dass einer der hier niedergegangenen Meteoriten das bewirkte. Doch das Erstaunlichste ist eben, dass die Objekte hauptsächlich aus einem Metall bestehen, das es auf der Erde sonst nicht gibt. Es ist viel leichter als Eisen oder andere Metalle, vielfach stärker magnetisch als Magneteisen, sein Schmelzpunkt liegt bei hohen 5140 Grad Celsius. Wenn man mehrere der Gebilde zusammenlegt, vervielfacht sich ihr Magnetismus. Weitere Prüfungen in dem nun fertigen ersten Labor in Atlantis ergaben noch mehr erstaunliche Eigenschaften. Weil die Atome dieses Metalls auch die Eigenschaft haben, sich so in Gruppen anzuordnen, dass sie eine Art von Zellen bilden, wurde dem Metall der Name ‚Zellulan' gegeben. Zellulan war ein Segen, ein Geschenk des Schicksals, und es entwickelte sich bis heute zum vielseitig verwendbaren Baustoff zur Vollendung von Atlantis. Zellulan oxydiert nicht wie Eisen durch Sauerstoff oder bei der Verbindung mit anderen Elementen, also es verwittert nicht. Das ist eine sehr wichtige Voraussetzung für die Verwirklichung unseres großen Zieles. Die meisten von uns wissen es, ohne Zellulan gebe es nicht die unerschöpfliche Menge an stets verfügbarem elektrischem Strom, der Festigkeit unserer Decken, Wände und vielem anderen in Atlantis. Und das besonders Gute ist: Zellulan gibt es für uns und unsere Zwecke in reichlichen Mengen hier in den Höhlen. Doch Zellulan hat noch andere Vorteile für uns. Gemeinsam mit Magnetit beziehungsweise Magneteisenstein, den es auf der Erde gibt, sind beide Stoffe die Grundlage für das gewaltige Magnetfeld, welches Atlantis vor vielen Gefahren schützt. Ja, ihr habt richtig gehört, und unser Magnetfeld hat auch wie die alte Mutter Erde einen Nord- und einen Südpol. Tief in Atlantis sind beide Stoffe in großer Menge gelagert und spielen eine entscheidende Rolle für unsere zukünftige Existenz."

Horst zeigt noch viele Bilder über die Verwendung und den Einsatz von Zellulan und Erläuterungen dazu. Am Schluss sagt er: „So, Freunde, das wäre es für heute. Morgen hört ihr Erstaunliches über die weitere Entwicklung von Atlantis. Ach, da wäre noch etwas! Es gibt eine Anfrage von Michael Grether aus der Technik. Er fragt, ob Atlantis eine Kugelform hat", er lacht amüsant, „in gewisser Weise ... ja ... aber nicht ganz. Übermorgen wissen alle wirklich alles. Michael, bitte gedulde dich bis dahin."

12

Der dritte Informationstag bricht an und alle Einwohner sind auf andere staunenswerte Neuheiten gespannt. Diesmal eröffnet das vierte Ratsmitglied den Vortrag, auf dessen Namensschild „Peter Feldermann – Biologe – Steuermann - Hoher Rat" steht.

Er beginnt: „Guten Morgen! Ich freue mich mit euch, dass wir jetzt zu einem sehr erfreulichen Punkt kommen, an dem wir uns alle seit Jahrzehnten besonders erfreuen konnten und können. Ich wurde heute morgen gefragt, was es mit dem Magnetismus von Zellulan auf sich hat und ob es heute mit diesem Thema weiter geht. Nein, muss ich sagen! Das ist eventuell ein Punkt für morgen oder später mal. In diesen vier Tagen können wir nicht alles zu ausführlich abhandeln."

Peter lässt jetzt einen halbstündigen Film ablaufen, untermalt von entspannender, wohlklingender Musik. Die Bewohner bekommen einen kompletten Überblick über die Felder von Atlantis. Die aufnehmende Kamera wurde so geführt, dass sie in die letzten Winkel schaute. Vögel zwitschern, Bienen summen, kleine Tiere huschen umher, ein leichter Wind lässt die Pflanzen hin und her biegen. Es ist wie in einem schönen Traum. Besonders das von oben herabfallende Licht vertieft die guten Eindrücke. Die Zuschauer sehen andere Bewohner – manchmal sich selbst – beim Bearbeiten der Erde, Sähen, Pflanzen, Ernten und allgemeinen Arbeiten: Transport, Lagerung, Verarbeitung, Essensausgabe.

Danach spricht er: „Das, was ihr jetzt gesehen habt und wohl alle auch kennt, wird durch das zweite große Wunder nach dem Besitz von Zellulan möglich. Unseren Wissenschaftlern, Ingenieuren und Technikern ist es im Jahr 2100 gelungen, ein besonderes Licht und die dazugehörigen Gerätschaften zu entwickeln, das dem natürlichen Sonnenlicht in etwa gleichkommt. Es wurden spezielle Lampen, die eigentlich keine sind, sondern Leuchtplatten, entwickelt. Auch die Übertragungstechnik für den elektrischen Strom, die hier drahtlos geschieht, wurde neu geschaffen, eine großartige Leistung. Das Traurige ist nur: Diese hervorragenden Männer und Frauen, wir nennen sie Pioniere oder Wegbereiter, können den Bauabschluss, das Ergebnis ihrer Erfindungen und die heutige Wirtschaftlichkeit von Atlantis nicht mehr sehen. Sie, die einundvierzig Denker, welche den Entschluss fassten und das große Werk begannen, die bei Baubeginn nicht mehr die jüngsten waren, sind nicht mehr unter uns. Aber sie leben in unserem Gedächtnis und in ihren Nachfahren unter uns fort. Ihrer zu gedenken ist ehrenhaft! Ihre Begabung und ihr Wissen aber haben sie systematisch an die jüngere Generation weitergegeben. Auch jetzt haben und brauchen wir begabte Wissenschaftler, Ingenieure und Techniker. Dabei dürfen wir die vielen anderen fleißigen Hände nicht vergessen, auch sie sind genauso wichtig für unser Fortbestehen."

In den Speiseräumen beginnen einige Zuschauer zu schluchzen und zu weinen, und auch die fünf Ratsmitglieder kämpfen mit den Tränen. Peter schaltet schnell sehr beruhigende, schöne Musik ein.

Etwas später folgt die Mittagpause. Danach fährt Peter mit seinem Vortrag fort: „Unsere Denker hatten von Anfang an ein weiteres Problem zu lösen. Da wir in Atlantis keine großen Tiere halten können und kleine auch nicht in genügender Zahl, gibt es auch wenig tierische Produkte: Fleisch, Eier und anderes für die Essenszubereitung. Doch wir Menschen sind seit Hunderttausenden Jahren daran angepasst. Unser Verdauungsapparat ist darauf eingestellt. So entwickelten wir künstlich hergestellte Ersatzstoffe, die unserer Nahrung beigegeben werden, um die geringen tierischen Nährstoffe zu ergänzen. Ansonsten ist unsere Nahrung vollkommen aus pflanzlicher Herkunft, wir sind in Wahrheit fast reine Vegetarier geworden."

Nach vielen weiteren Bildern, Filmen und Erläuterungen ist dann der dritte Informationstag zu Ende. Michael und Hanna hatten zuletzt ziemlich ermüdet zugesehen und zugehört. Plötzlich sagt Michael: „Hanna, ich weiß jetzt was Atlantis ist. Auch wenn meine Frage gestern nicht beantwortet wurde."

Sie sieht ihn erstaunt an und fragt: „Meinst du damit eine Kugel? Ich aber weiß es wirklich! Doch weil du manchmal nicht nett zu mir bist, erfährst du es nicht von mir. Warte ruhig bis morgen!"

Er sagt: „Eine Kugel? Ja! Aber noch etwas anderes."

„Was denn?"

„Sag ich nicht!"

„Spielverderber, ich mag dich gar nicht!"

So geht es noch eine ganze Zeit hin und her. Dabei nehmen beide ihr Abendessen ein und gehen anschließend in Richtung ihrer Wohnräume. Da sagt Michael unvermittelt: „Komm doch noch ein bisschen mit zu mir. Wir könnten noch gemeinsam etwas spielen, hören oder sehen."

Sie denkt: Aha, langsam taut das Eis. Und sie antwortet, indem sie dabei ihr schönstes Lächeln zeigt: „Ach! Auf einmal denkst du daran, dass ich mich in meinem Wohnraum einsam fühlen könnte."

Er schaut sie sehr nachdenklich an, grinst und sagt: „Entschuldige! Du musst verstehen, dass in den paar Tagen, die ich hier bin, so viele, neue Dinge auf mich zukamen. Kurz und gut, ich hatte abends den Kopf voll, doch auf einmal freue ich mich sehr auf einen schönen Abend mit dir."

Sie ergreift eine seiner Hände und so gehen sie Hand in Hand in Michaels Wohnraum. Dort angekommen, fragt sie – wie Frauen halt so sind - doch noch einmal: „Was meinst du, was ist Atlantis?"

Michael sagt darauf ganz ruhig: „Ein Raumschiff."

Sie nickt mit dem Kopf.

13

Michael wird am Morgen wieder durch sehr schöne Klänge aus seinem Tonempfänger geweckt. Er liegt auf der linken Körperseite und wundert sich, dass etwas sehr weiches und warmes an seinem Rücken anliegt. Er fühlt mit einer Hand danach, und dann wird ihm ruckartig bewusst, was gestern Abend ablief. Hanna und er liegen jetzt Rücken an Rücken auf dem Bett. Sie hatten sich gestern Abend zuerst sehr nett unterhalten, gegenseitig viele Fragen gestellt und beantwortet, tiefgründige Gedanken ausgetauscht und schließlich mit einem Würfelspiel amüsiert. Sie wurden aber infolge des anstrengenden Tagesgeschehens immer müder. Da hatte sie vorgeschlagen, etwas Musik zu hören und dabei auf dem Bett zu liegen. Die Betten in Atlantis haben keine Federfüllung und keine Matratzen, so wie es früher mal in der Kulturgesellschaft üblich war. Woher die Federn in Atlantis auch nehmen? Anstatt Matratzen gibt es dicke, weiche Bettauflagen aus einer Art Filz, mit Tüchern abgedeckt, und als Oberbetten gibt es angenehm weiche, gut wärmende Decken. Wenn die Bewohner sich nur ausruhen wollen, legen sie sich einfach auf die Decken. Siedend heiß wird es Michael, als er nun feststellen muss, dass beide ihre Uniformen anhaben, das heißt, sie sich gestern Abend weder gewaschen haben, noch Hanna in ihr Zimmer zurückgegangen ist. Sie haben also die ganze Nacht zusammen durchgeschlafen. Er bewegt sich nicht, denn sie scheint noch fest zu schlafen. Er möchte sie nicht aufwecken.

Er denkt gerade: Sind wir doch beim Musikhören eingeschlafen, wir Schlafmützen. Da hört er überraschend klar und deutlich Hannas Stimme: „Ist es nicht schön so? Nicht so allein zu sein."

Sie dreht sich zu ihm um, legt ihren Kopf zärtlich an seinen und streichelt ihm übers Haar, seine Wangen und ganz vorsichtig seine Augenbrauen. Auch er dreht sich auf die andere Seite, und Auge in Auge lächeln sie sich zu. Er denkt: Wie gut sie riecht, das habe ich bisher gar nicht mitgekriegt.

Doch sie sagt energisch, denn Hanna kann blitzschnell von verträumt auf sachlich umschalten: „So, gleich ist Morgenessen! Wir sollten uns waschen und schönmachen für den Tag."

Sie springt über ihn hinweg und verlässt den Raum.

Später, im Speiseraum, sehen alle anderen, dass Michael und Hanna heute näher zusammenrücken, sich zärtlicher ansehen und berühren, einfach aufmerksamer zueinander sind. Bei den folgenden Vorträgen sitzen sie ganz eng beisammen.

Heute beginnt das fünfte Ratsmitglied, auf dessen Namensschild – Manfred Glotzer – Astronom – Hoher Rat – steht, mit seinem Vortrag: „Freunde, ich weiß, die letzten drei Tage waren anstrengend, doch sie waren nötig, und das ist der heutige auch. Wir alle in Atlantis müssen ab jetzt in allen wichtigen Dingen möglichst auf gleichem Wissensstand sein. Das ist zwingend! Meinen Vortrag werde ich mit vielen Bildern noch lebendiger gestalten."

Was er dann auch laufend ausführt. Er zeigt zuerst eine Zeichnung. Zu sehen ist eine oben und unten leicht abgeflachte Kugel. Dann sagt er: „Die meisten von uns kennen diese Zeichnung bereits, da sie an der Planung und dem Bau von Atlantis bis heute mehr oder weniger beteiligt waren. Für die anderen: Ihr seht richtig, Atlantis ist eine Kugel. Das hier ist ein schematischer Plan. Und nun zu den Einzelheiten: Atlantis … ist … ein Raumschiff … unser Raumschiff … unsere Hoffnung für eine Zukunft auf einem anderen Planeten."

Unter den Zuschauern wird es mäuschenstill. Manche der bisher Uneingeweihten werden blass, andere fassen sich an den Kopf, einige grinsen vor sich hin. Die Reaktionen sind sehr unterschiedlich.

Manfred sagt weiter: „Ganz innen ist ein kugelförmiger Bereich von 600 Meter Durchmesser. Dessen Inhalt besteht hauptsächlich aus Zellulan, Magnetit, technischen Geräten und Aggregaten für unseren elektrischen Strom. Dort wird lange Zeit kaum etwas verändert werden müssen. Hier in die Einzelheiten zu gehen, wäre zu umfangreich und zu hochtechnisch. Nur wenige Fachleute haben Zutritt. Über dieser Kugel, dem innersten Bereich, befinden sich zwei Kugelschalen von je 10 Meter Höhe. In diesen beiden Schalen sind alle Abteilungen außer den Biotopen, sprich Feldern, untergebracht. Sie enthalten die Abteilungen, Werkstätten, Lagerräume, Kontrollräume, Verbindungstunnel und das allerwichtigste, die Brücke unseres Raumschiffes. Darauf folgen zwei Kugelschalen von je 8 Meter Höhe. Dort sind unsere Biotope. Allein letztere machen zusammen eine Nutzfläche von etwa 2,5 Quadratkilometer aus. Die fünfte Schale, unsere Außenhülle mit einer Höhe von 13 Meter, beinhaltet Teleskope, schier unzählige Kameras, Mikrofone, Fühler, Sensoren und viele andere Messinstrumente. In ihr befinden sich auch die Antriebsaggregate für das Raumschiff. Sie ist mehrschichtig und wabenartig, weit über die exakten Berechnungen hinaus aufgebaut, sehr widerstandsfähig gegen äußere Einflüsse. Für die Außenhülle wurde extra ein besonderer Federstahl entwickelt. Um unser Raumschiff wird im All ein sehr starkes Magnetfeld zwischen dem Nordpol und dem Südpol sein. Dieses reicht bis zu 10 Kilometer ins All. Die elektronischen Hauptrechner stehen auf der Brücke, die anderen sind verteilt in den Abteilungen, alle sind miteinander drahtlos vernetzt. Es gibt vielfach mehr Elektronik und Sicherheit als erforderlich. Und in der dafür zuständigen Abteilung Informatik wird nicht nur repariert, sondern eifrig an leistungsstarken Neuentwicklungen gearbeitet. Ohne unsere Elektronenrechner wäre ein Flug durch das Sonnensystem und danach in unserer Milchstraße nicht möglich. Und überhaupt, auf unserem Flug ist durch unsere Werkstätten in Atlantis alles reparierbar, ersetzbar, erneuerbar. Und auch die Forschung an Verbesserungen schläft nicht."

Er überlegt kurz, sagt dann: „Ich weiß, für etliche von uns ist das eben gesagte der große Hammer. Aber in diesem Raumschiff steckt die Geistes- und Arbeitsleistung von neunundvierzig Jahren. Wenn die Menschheit vor zweihundert Jahren unseren jetzigen Wissensstand gehabt hätte, wäre die Erde heute in einem besseren Zustand. Wir dürfen jedoch nicht überheblich werden, denn ein Großteil unseres heutigen Wissens und Könnens ist unser Erbe aus der Hochzeit der Menschheit. Ich komme nun zu einer Tatsache, welche denen, die es nicht wussten, nie aufgefallen ist. Die Gravitation von Atlantis ist fast so stark wie die der Erde. Ein Beispiel: Wenn dieses Gravitationsfeld von Atlantis jetzt in der Abteilung Technik nicht wirksam wäre, würden dort alle Anwesenden kopfüber nach unten fallen, gleichfalls die gesamte Einrichtung der Abteilung, weil in dieser Richtung der Mittelpunkt unserer alten Mutter Erde ist. Die Gravitation der Erde würde sie anziehen. Das heißt, von der Erde aus betrachtet, steht ihr in der Abteilung Technik nämlich auf dem Kopf. Fehlende eigene Gravitation hätte vernichtende Wirkung für unsere Existenz, denn unser Flug ist kein Spaziergang und extrem lang. Ohne diese eigene Gravitation von Atlantis wären wir auf unserem Flug für sehr viele Jahre schwerelos, es würde unseren Körperbau stark verändern oder gar zerstören. Es ist auch sinnlos, darüber nachzudenken, denn nur so wie Atlantis aufgebaut ist und funktioniert, ist ein Raumflug über viele Jahre oder Jahrzehnte möglich. Bedenkt vor allem: Es gäbe weder Felder, die Vielfalt der Räumlichkeiten, Werkstätten und anderes mehr. Und was die Bauzeit betrifft, da hätten wir in dieser Kugel nicht normal leben und wirken können. Darüber hört ihr später noch mehr. Ach, bald hätte ich es vergessen! Atlantis hat einen mittleren Durchmesser von circa 695 Meter. Noch mehr Sachen so kompakt zu erfahren, wäre nicht gut. Wir haben auf unserer langen Reise genug Zeit für weitere Einzelheiten. Ich wünsche euch eine schöne Mittagpause, es ist die letzte vor unserem Abflug. Danach geht es weiter mit dem Abschlussvortrag."

14

Michael macht während des Mittagessens einen bedrückten Eindruck. Hanna merkt es sofort. Sie fragt ihn: „Was ist los? Freust du dich denn gar nicht? Du bist doch noch rechtzeitig ins Raumschiff gekommen."

Er sieht sie traurig an und antwortet: „Du hast es doch auch gehört, es dauert viele Jahre, bis wir einen geeigneten Planeten erreichen. Lohnt sich das? Vielleicht geh ich doch wieder auf die Erde zurück."

Er lässt bei dem letzten Satz den Kopf hängen und sitzt nun mit geschlossenen Augen da.

Sie sagt: „Mir ist es auch nicht ganz wohl bei diesem Gedanken. Doch mein Vater ist einer von vier Kapitänen unseres Raumschiffes. Er hat mir erklärt, dass Atlantis wahrscheinlich außerhalb unseres Sonnensystems eine hohe Geschwindigkeit erreichen wird. Wie hoch, weiß jetzt noch niemand. Es gibt ja keinen Menschen, der bisher so weit draußen war."

Er sagt: „Wie, du hast einen Vater hier? Das freut mich! Ich hätte es vermuten müssen. Du bist ja noch so jung, also müssen deine Eltern auch zu den Jüngeren gehören. Und dann hat dein Papa noch so eine verantwortungsvolle Aufgabe. Da muss ich mich aber vorsehen, dir nicht auf die Füße zu treten."

„Untersteh dich, mich zu treten! Ich habe nämlich auch noch eine Mutter. Sie heißt Johanna und ist Arzt. Wenn du böse zu mir bist, kannst du was erleben. In deiner Haut möchte ich dann nicht stecken!"

Hanna holt tief Luft und hält inne. Und wie sie ihn jetzt ansieht, bekommt er einen Eindruck, als würde ihn aus ihren Augen ein kleiner Blitz treffen. Ihm wird ganz heiß, und er grinst sie liebevoll an.

Dann sagt er: „Spaß beiseite, und was meine Gedanken von vorhin betrifft, weg damit! Hier bei dir ist mein Zuhause. Das sage ich ein für alle Mal!"

Hanna weiß nun … er liebt sie.

Manfred beginnt nun seinen Abschlussvortrag: „So, meine Freunde, abschließend eröffne ich euch noch einige Geheimnisse von Atlantis. Einige wissen es, weil sie mit Beschaffung und Herstellung zu tun hatten, die meisten wissen es nicht. Ein ganz wichtiges Element in Atlantis ist Gold. Es ist in fast allen Dingen enthalten, in Wänden, Decken, Elektronik, unserem äußeren Schutzschild, und genauso in Möbeln, Stützsäulen und vielem anderen. Es war immer in der Menschheit einer der begehrenswertesten Stoffe. Kriege wurden um seinen Besitz geführt. Protz und Macht von Hohlköpfen wurde damit demonstriert. Doch Gold ist weit mehr! Gold als Beigabe zu anderen Metallen ist veredelnd, als Schmuck schön, doch als ein bestimmter Anteil in unseren Legierungen, also Metallmischungen mit Zellulan und anderen, ist es ein wahres Wunderelement. Die gesamte Konstruktion von Atlantis ist gekennzeichnet durch extreme Festigkeit, verbunden mit höchster Elastizität und Unverformbarkeit. Es ist ein Meilenstein der wissenschaftlichen Entwicklung. Atlantis ist auf dem langen Weg durch unsere Galaxie besonders gut geschützt."

Die Bewohner können jetzt ein Bild sehen, auf dem eine Art Röhre zu sehen ist, die rotgolden glänzt, daneben steht ein Mann. Durch seine Größe können sie in etwa die Größe der Röhre abschätzen. Sie ist an beiden Enden stark abgerundet. An der sichtbaren Seite sind mehrere kleine, runde Fenster zu sehen. Manfred vergrößert einen Ausschnitt des Bildes, der den Mann zeigt. Auf der Uniform an der Brust können die Zuschauer lesen: Adam Wagner - Erster Kapitän. Vor dem Namen sitzen zwei silberne Sterne. Das Bild wechselt wieder in die vorherige Ansicht.

Manfred fährt fort: „Ihr seht hier einen der wichtigsten Bewohner von Atlantis. Er ist der Erste Kapitän, Adam Wagner, ihr konntet es ja eben auf dem Bild lesen. Er und drei weitere Kapitäne werden unser Raumschiff leiten. Es gibt während des Fluges pro Tag vier Schichten zu je sechs Stunden Arbeitszeit, und das gilt für alle in Atlantis. Dazu gehören noch vier in Ausbildung befindliche Ersatzkapitäne. Daneben haben wir Steuermänner, Navigatoren, Beobachter. Das schöne ist, all diese wichtigen Posten sind mit Männern … und … Frauen besetzt, je nach Qualifikation. Bei so wichtigen Posten für die Steuerung eines Raumschiffes müssen stets mindestens vier von ihnen auf der Brücke sein, zwei Kapitäne und zwei Steuermänner, manchmal auch welche in Ausbildung. Bei gefährlichen Situationen sind es zum Teil noch mehr. Obwohl unsere Elektronenrechner Präzisionsarbeit erbringen, ist der Mensch als Aufsicht und letzter Entscheidungsträger nicht ersetzbar. Ab dem Ende des zwanzigsten Jahrhunderts glaubten die Menschen, dass Maschinen, darunter sogenannte Roboter, den Menschen in bestimmten Tätigkeiten einst ganz ersetzen können, auch wenn es wichtigste Entscheidungen und logisches Handeln erfordert. Das war ein verhängnisvoller Fehler und Trugschluss. Trotz schier unendlichem Aufwand an Geisteskraft, Energie und Material, musste dieses Hirngespinst wieder aufgegeben werden. Nach dem großen Atomschlag meinten hochkarätige Denker sogar, dass diese Katastrophe vermutlich durch elektronische Automaten ausgelöst worden sein könnte, weder dass Menschen durch ihre Intelligenz eingreifen noch es verhindern konnten. Die Leistung unseres menschlichen Gehirns ist durch nichts zu ersetzen, dieses selbst ist eines der Wunder der Natur. Wir können und dürfen es nicht nachbauen, bereits der Versuch ist gefährlich!"

Das Bild mit der Röhre ist wieder weg, und Manfred ist zu sehen. Er trinkt aus einem Glas, sieht kurz auf ein elektronisches Notizbuch und berichtet: „Was ihr eben gesehen habt, ist Paulus, so heißt unser kleines Proberaumschiff, mit dem wir nach seiner Fertigstellung im Jahr 2101 lange Zeit wichtige Forschungsergebnisse prüften und dabei vorrangig Erfahrungen mit unserem Antriebs- und Steuerungssystem sammelten. Sein Antriebsystem ist im Verhältnis zu dem von Atlantis winzig, das sieht man schon an der Größe von Paulus, aber sehr leistungsfähig und zuverlässig. Und es diente als Muster für das gewaltige Antriebssystem von Atlantis. Paulus ist nicht für mehrtägige Flüge bestimmt und auch nicht geeignet. Es hat einen zu geringen Raum und fehlende Einrichtungen des täglichen Lebens. Auch ausreichend Sauerstoff und Lebensmittel müssen für die Flugzeit im Schiff vorrätig sein. Der führende Wissenschaftler für dieses Projekt hieß Paul Schlauer, deshalb wurde der Name Paulus für das Schiff gewählt. Paul ist vor dreizehn Jahren gestorben. Ihm verdanken wir viel. Glück ist, dass er den Erfolg seines Erfindungsgeistes noch miterleben und Paulus fliegen konnte. Wie gesagt, der Antrieb musste vor der Fertigstellung von Atlantis mit Paulus geprüft und verbessert werden. Der Erfolg kann sich sehen lassen! Hier einige Daten von Paulus, jeweils abgerundet: Länge: 16 Meter, röhrenförmige Bauweise, Dicke: 4,5 Meter, drucksichere Fenster: 7, davon 1 vorn, 3 je links und rechts, Sitzplätze: 5, Stauraum für Gütertransport: 54 Kubikmeter, erreichte Geschwindigkeit in der Erdatmosphäre in 8000 Meter Höhe: 2450 Kilometer pro Stunde, erreichte Geschwindigkeit im Weltraum innerhalb des Sonnensystems: 67200 Kilometer pro Stunde, Prüfungsflug von der Erde zum Mond, Landung und Rückflug: circa 12 Stunden."

Manfred sagt noch, dass der Liegeplatz von Paulus am Rande des für den Bau von Atlantis genutzten Geländes in einer überdachten Halle ist. Diese ist innerhalb eines für Menschen unzugänglichen Hügels mit wild ineinander verschachtelten Felsen, toten Bäumen und anderem Unrat. Der Zugang zu dieser Halle ist nur von den Werkstätten neben Atlantis möglich. Er zeigt die vorgelesenen Daten noch einmal als Tabelle auf den Bildschirmen, lässt den Zuschauern Zeit, alles noch einmal zu überdenken, macht eine Pause.

Im Speiseraum der Technik fragt Hanna leise: „Michael, weißt du, was für ein Hügel das ist, von dem gerade gesprochen wurde?"

„Nein, wieso sollte ich das wissen!"

Sie lacht verhalten, kommt nahe an ihn heran und flüstert ihm ins Ohr: „Es ist der Hügel, auf den du zugestürmt bist, als die Sicherheitsleute dich einfingen. Dort wärst du nicht weit gekommen, die Verfolger hätten dich erwischt", sie gibt ihm einen Kuss auf die Wange, „ich bin froh, dass unsere Leute dich einfingen."

Er streichelt sie zärtlich und flüstert: „Ich auch. Doch sag mal! Dein Vater, der uns eben gezeigt wurde, sieht dir aber sehr ähnlich."

Sie sagt strahlend: „Ja, er ist mir auch im Wesen ähnlich, das gibt es öfter bei Vater und Tochter."

Dann hören sie wieder Manfred sagen: „Der Antrieb von Atlantis wird um ein gewaltig vielfaches stärker sein, sonst könnten wir unseren Aufbruch vergessen. Kurz gesagt, der Antrieb von Atlantis geschieht mit Lichtquanten, sogenannten Photonen, beziehungsweise der Umkehr ihrer elektrischen Ladung und Verstärkung mit Zentrifugen. Wir sprechen deshalb von Superphotonenantrieb. Genau so wie unser elektrischer Strom, und eben wegen diesem ist auch der Antrieb von Atlantis unerschöpflich. Wissenschaftler vergangener Jahrhunderte würden sich die Haare raufen und wahrscheinlich sogar verrückt werden, wenn sie unsere heutigen Möglichkeiten sehen und nutzen könnten. Sie mussten sich mit ihren Explosionsantrieben begnügen, eine gefährliche und aufwendige Technik. Wir dürfen dabei aber nicht vergessen, und ich muss es noch einmal betonen, dass es ohne ihre Vorleistung in der Wissenschaft, alle Wissenszweige betreffend, für uns nicht so leicht gelungen wäre. Wir sind ihnen dankbar. Mehr davon zu berichten wäre für Nichtwissenschaftler extrem unverständlich. Belassen wir es bei dem, was wir eben sahen und hörten!"

Jetzt zeigt er einen Film vom kleinen Raumschiff Paulus im Flug. Lautlos und langsam fliegt Paulus von der Erde auf, bleibt scheinbar schwerelos stehen, gleitet langsam dahin, wird schneller, dann wieder langsamer, und sacht gleitet das kleine Raumschiff zur Landung auf die Erde zurück. Die Zuschauer sehen dabei mehr oder weniger starke Lichtbündel aus Paulus ausströmen. Danach folgt ein Film von weiten Gebieten der Erde, der von Paulus aus in sehr großer Höhe aufgenommen wurde. Es ist ein Erkundungsflug über mehrere Erdteile. Meistens verhindert eine dichte Wolkendecke den Blick zur Erde hinunter. Das Staunen bei den Zuschauern ist gewaltig. Dieser Film nimmt ihnen wohl die Angst vor dem Abflug. Es ist am Ende an ihren entspannten Gesichtern deutlich zu erkennen.

Dann sagt Manfred weiter: "Ihr habt es gesehen, mit Paulus haben wir wichtige Flüge über die Erde unternommen. Das Gold, das wir in Atlantis brauchten und einen Teil auch für spätere Verwendung lagerten, wurde von verschiedenen Plätzen der Erde mit Paulus nach Atlantis geschafft, auch andere nötige Dinge. Ich selbst war bei verschiedenen Flügen dabei. Und noch etwas ist wichtig zu wissen! Von Paulus haben wir eine Kopie angefertigt, und wir nennen sie Paulus2. Das ist unser kleines Begleitraumschiff, das mit uns auf die große Reise geht. Seinen Platz hat es in einem genau seiner Größe angemessenen Raum unter einer Luke in der Außenhülle. Paulus2 ist ja eine Kopie von Paulus, hat aber mehrere Verbesserungen. Erstens wurde seine Außenhülle einschließlich der Fenster für den Einsatz im All verstärkt. Zweitens hat es nicht einen einzigen großen Laderaum, sondern mehrere kleine. Drittens hat es ausfahrbare Greifarme mit Werkzeugen zum Graben, Schneiden, Hacken, Aufsammeln und vielem anderen. Mit ihm können wir bei Bedarf Landungen auf Planeten, Asteroiden, Kometen und so weiter durchführen, ohne Atlantis direkt einzusetzen oder in Gefahr zu bringen. Eine weitere Einsatzmöglichkeit ist beispielsweise, neben oder um Atlantis herum zu fliegen, weil die Außenhülle per Sichtkontrolle geprüft werden muss. Ihr seht, die Möglichkeiten sind sehr vielfältig. Und damit beende ich meinen Vortrag. Gleich wird euch der Erste Kapitän, Adam Wagner, über seine Erfahrungen mit Paulus und dem zu erwartenden Flug mit Atlantis etwas sagen."

Ein sportlich und sehr selbstbewusst wirkender Mann betritt jetzt den Raum, und Manfred Glotzer sagt: „Ich übergebe das Wort an …"

Eine Frau, der man Nervosität ansieht, ist ganz schnell hereingekommen und spricht leise mit dem Ersten Kapitän. Die Bewohner hören nur Bruchstücke ihrer Sätze: „explodiert … geteilt … nord …". Dann sind die Bildschirme dunkel.

15

Es hatte nur kurz gedauert, und das Bild ist wieder da. Die Bewohner sehen, wie die Frau den Raum wieder verlässt, und Adam Wagner ein elektronisches Notizbuch beiseite legt.

Dann sagt er: „Freunde, wie soeben von der Besatzung von Paulus aus – das Raumschiff ist auf einem Erkundungsflug – gefunkt wurde, haben wir eine Notsituation auf der Erde. An Bord sind unser Kapitän Willi Blenders, der Astronom Edith Wunderberg und der Steuermann Heiner Gnödel. Keine Angst! Uns hier betrifft es im Moment nicht … noch nicht. Ein Meteorit von etwa zwölf Kilometer Durchmesser, den wir schon länger von Paulus aus beobachtet haben, und von dem wir glaubten, er würde in ausreichendem Abstand an der Erde vorbeifliegen, hat ganz plötzlich seine Flugbahn geändert und Kurs auf die Erde genommen. Er ist in dreißigtausend Kilometer Höhe über der Nordhalbkugel der Erde explodiert und in zwei Teile zerbrochen. Nach den Berechnungen des Zentralrechners von Paulus hatte er zu diesem Zeitpunkt eine Geschwindigkeit von 142000 Kilometer pro Stunde. Das größere Teil ist im Atlantischen Ozean, östlich und nahe Nordamerika, eingeschlagen. Das kleinere Teil kam auf Europa zu und ist in der Irischen See zwischen England und Irland eingeschlagen. Die Erdatmosphäre hatte dessen Geschwindigkeit noch abgebremst und seine Flugbahn nochmals geändert, sonst hätte es England direkt getroffen. Die Brücke hat Großalarm eingeleitet, wo zurzeit der in Ausbildung befindliche Kapitän, Helmut Drücker, Dienst hat. Ich werde ihn gleich ablösen. Unser magnetischer Schutzschirm ist auf die höchste Stufe gesetzt. Wir alle werden bald spüren, wie gewaltig die Einschläge und Folgewirkungen sein werden. Bis die Erdbebenwellen hier eintreffen, wird es nicht mehr lange dauern. Geplant waren ja jetzt eigentlich wichtige Hinweise für unseren morgigen Abflug. Das lassen wir vorerst! Der Abflug wird morgen früh, wie geplant, um 11 Uhr stattfinden. Davor, ab 8 Uhr, hole ich meinen Vortrag nach. Begebt euch jetzt alle auf die für solche Fälle vorgesehenen Positionen!"

Die Bildschirme erlöschen. Die Bewohner verlassen die Speiseräume, wo sie die letzten Tage mit so viel Wissenswertem überhäuft wurden. Etwas später hören die Bewohner, wo sie auch sind, Geräusche, als würden tief unter ihnen Kugeln über harten Boden gerollt, ein mächtiges Grollen folgt, in den Räumen wackeln alle Gegenstände, aber nur leicht. Die Wachhabenden in den Kontrollräumen, welche die Erde draußen beobachten, sehen etwas völlig anderes. Die Wirkung der Erdbebenwellen ist angsterregend. Die Erdoberfläche bewegt sich auf und ab, hin und her. Erdspalten öffnen sich und verschlingen das, was eben noch dort war. Von leichten Erhebungen rutschen Erd- und Gesteinsmassen herab, an manchen Stellen entweichen Dämpfe aus der Erde. Das Ganze wiederholt sich in den nächsten Stunden noch mehrmals, aber immer schwächer werdend. Die Bewohner sind äußerst unruhig, teilweise leicht verstört und ängst-

106

lich. Doch Atlantis beweißt Stärke, kann beträchtliches an Störungen von außen abhalten.

16

Am nächsten Morgen geht es beim Essen laut her. Sorgenvolle Gesichter sind allenthalben zu sehen. In der Nacht hatte es noch mehrere Nachbeben und heftiges Rumoren außerhalb von Atlantis gegeben. Vielen Bewohnern scheint heute das Essen nicht zu schmecken, die meisten Teller werden nicht leer. Als die Essenszeit endlich zu Ende ist und der übergroße Bildschirm aufleuchtet, geht ein allgemeines Aufatmen los. Alle sind äußerst gespannt.

Adam Wagner ist zu sehen. Er befindet sich an seinem Dienstplatz auf der Brücke. Neben ihm steht Heiner Gnödel, der Erste Steuermann, über sein Steuerpult gebeugt. Die Situation ist für die Zuschauer beeindruckend. Sie sehen einen Teil der vielen erleuchteten Schaltflächen und mehrere blinkende Lämpchen. Außerdem sind kleine Bildschirme mit Diagrammen zu sehen, welche Linien, Balken und Zahlenwerte anzeigen. Der Steuerstand ist in einem Halbrund angeordnet.

Adam sagt: „Heute ist nun der langersehnte Augenblick. Wir fliegen jedoch etwas früher ab als ursprünglich geplant. In etwa einer Stunde ist es soweit. Dann heißt es für uns ‚auf zu den Sternen, auf zu einer neuen Heimat!' und ich weiß, es ist ein großer Schritt für uns, größer als es sich Menschen jemals in ihrer Fantasie vorgestellt haben. Meine Kollegen von der Brücke haben seit den ersten Erschütterungen gestern ununterbrochen gearbeitet, letzte Prüfungen durchgeführt. Die Verantwortung, die auf uns hier lastet, ist übergroß, aber unsere Hoffnung auch. Ich muss mich kurz fassen! Eigentlich sollte ich heute noch umfangreichere Informationen liefern, doch das ist durch die unerwarteten Ereignisse überholt. Ich zeige euch jetzt eine Weltkarte unserer alten Mutter Erde und erläutere unsere ersten Flugstunden, gebe einen kurzen Eindruck davon."

Viele der Zuschauer sind erstaunt über das jetzige Bild. Ihre fleißige Arbeit für ihr Raumschiff und ausreichend Freizeitaktivitäten verhinderten ein größeres Interesse für die Welt draußen.

Adam erklärt: „Wir werden, von uns aus gesehen, in nordwestliche Richtung abfliegen. Wir wollen die Auswirkungen betrachten, welche die Meteoritenteile angerichtet haben, aber nur, wenn es die Wetterverhältnisse zulassen", er fährt mit einer roten Lichtpunktanzeige über die Landkarte, „und so wird unser Flug sein. Und jetzt noch einige Mitteilungen, welche sehr wichtig sind. Zuerst die neuesten Zahlen über Atlantis. Einige ältere Bewohner haben sich entschieden, hier zu bleiben auf der Erde. Das geschieht meistens aus Altersgründen. Für sie ist gesorgt! Mittlerweile sind weite Teile unserer Werkstätten aus- und umgebaut worden. Sie haben nun ihre eigentliche Aufgabe, für den Bau von Atlantis zu dienen, erfüllt. Aber dort kann die hier bleibende Gruppe unter den gleichen Bedingungen weiterleben wie wir in Atlantis bisher. Das heißt, auch dort gibt es ausreichend elektrischen Strom, lebenserhaltendes Licht, Felder für die Ernährung. Allerdings geschieht es dort in kleinerem Rahmen. Doch was sehr erfreulich ist: Fachleute aus den Werkstätten wechseln noch nach Atlantis, vornehmlich junge Bewohner. Das Hin- und Herziehen ist nahezu abgeschlossen. So kann ich folgendes bekanntmachen: Die Gruppe in Atlantis, wir können sie auch als ‚mutige Auswanderer‘ bezeichnen, besteht endgültig aus 735 Mitgliedern, davon sind 238 Paare, die man auf der Erde früher Eheleute nannte, 121 leben allein, zum größten Teil aus Altersgründen, und 138 sind Kinder bis zu einem Alter von 17 Jahren. Sie alle heil und gesund zu erhalten, ist nicht nur die Aufgabe von uns auf der Brücke, sondern von allen hier, einer Gemeinschaft von Gleichgesinnten. Jeder von uns hat seinen wichtigen Platz, seine Aufgaben, ist der Garant für das Wohl und Leben der anderen.“

Nach einer kurzen Unterbrechung infolge einer eingegangenen Meldung, fährt er fort: „Es ist unmöglich, dass alle in Atlantis in einem großen Raum gemeinsam versammelt sein können. Deshalb hat der Hohe Rat eine außergewöhnliche Zeremonie vorgeschlagen, uns allen gegenseitig ein Versprechen zu geben. So sprecht mir bitte, wo ihr auch seid, folgende Sätze einzeln nach: ‚Ich verspreche, mich nicht eigennützig über andere zu erheben … ich verspreche, stets dem Gemeinwohl zu dienen … ich verspreche, nach den Gesetzen unserer Gemeinschaft zu leben‘.“

Alle an den Bildschirmen und anderen Plätzen –
die Ansprache ist auch zu hören, wenn dort nur
Tonempfänger vorhanden sind – murmeln die einzelnen Sätze des Versprechens leise nach und erkennen sie damit mehr oder weniger als eine heilige
Handlung an.

„Wir nennen die hier verbleibende Gruppe ab
heute ‚Erdstation'. Atlantis und Erdstation werden,
solange dies möglich ist, in Funkverbindung bleiben. So weiß jede Gruppe immer über die Lage der
anderen. Das Problem ist die zunehmende Entfernung unseres Raumschiffes von der Erde, denn die
Nachrichten zum jeweiligen Empfänger werden
immer längere Zeit brauchen, im Endeffekt viele,
viele Jahre. Die Gruppe in der Erdstation besteht
jetzt aus 91 Mitgliedern, davon 24 Paare, 43 leben
allein, es gibt keine Kinder. Meine Freunde ... Kameraden", er wischt sich mit einem Tuch über beide Augen, „in etwa dreißig Minuten ist es soweit.
Für die, welche Dienst haben: Nehmt unbedingt
bis dahin alle euch für den Abflug angegebenen
Positionen ein! Das ist diesmal besonders wichtig.
Ihr werdet durch einen dreimaligen Summton an
allen Plätzen im Raumschiff den Zeitpunkt des
Abfluges erfahren. Jeder von uns wird dann die
Möglichkeit haben, über das Informationssystem
den Ablauf zu verfolgen. Ich wünsche uns allen
eine glückliche Reise."

17

Drei lange Summtöne sind zu vernehmen, diesmal länger als sonst. Alle Bewohner sind an den angewiesenen Plätzen in Atlantis. Eine ganze Weile tut sich nichts. In den Kontrollräumen – es gibt deren sieben – ist nervöse Spannung. Die Bewohner sind allesamt sehr schweigsam. Dann, plötzlich ein leichtes Rütteln. Und überall, wo welche sind, leuchten Bildschirme auf. Auf ihnen sind verschiedene Teile des Gebietes über Atlantis zu sehen. Man hört leichte Schiebegeräusche, Rieseln und Plätschern. In der Erde bewegt sich das Raumschiff leicht nach oben. Es hebt eine Betonschutzhaube, den darüber befindlichen Sand und loses Gestein, schließlich ganz oben die Erdschicht etwas an.

Auf der Brücke sind jetzt der Erste Kapitän, der Erste Steuermann, der Astronom Edith Wunderberg und der Navigator Doris Höner. Sie sind jetzt die Diensthabenden in einem sehr entscheidenden Moment. Diejenigen an ihren Plätzen, die auf einen Bildschirm blicken können, erleben nun erstaunliche Vorgänge. Gut ist, dass zu diesem Zeitpunkt keine Menschen im Sicherheitsbereich und darum herum zu sehen sind.

Der diensthabende Kapitän gibt den Befehl: „Magnetschirm auf Stufe 2 setzen", danach folgt, „Antigravitationswerfer ein, Richtung Norden, Stufe 3."

An der Erdoberfläche fliegen auf dem ganzen Sicherheitsbereich Staubfontänen und kleinere Partikel der Erdoberfläche hoch und fegen davon. Das

Raumschiff befindet sich so in der Erde, dass sein Nordpol nach oben zur Eroberfläche zeigt und sein Südpol zum Erdmittelpunkt.

Der nächste Befehl folgt: „Antigravitationswerfer, Richtung Norden, Stufe 5."

Das Raumschiff bewegt sich fast unmerklich nach oben. Draußen lösen sich Erdstücke, kleine Steine und sonstige Brocken vom Erdboden und fliegen in alle Richtungen davon. Sie fallen unweit des Sicherheitsbereiches zur Erde nieder und bilden damit zunehmend einen kleinen Wall um den Ort des Geschehens.

Und wieder schallt es: „Antigravitationswerfer, Richtung Norden, Stufe 6, und Richtung Süden, Stufe 4."

Dickere Schichten des Erdbodens über Atlantis lösen sich und stieben noch schneller nach allen Seiten davon und erhöhen den Wall. Atlantis hebt sich etwa um einen Meter an und drückt die darüber liegende, auch kugelförmige, Betonschutzhaube – sie ist etwa 3,5 Meter dick und mit Metallgeflecht verstärkt – weiter nach oben.

Weitere Befehle lauten: „Antigravitationswerfer, Richtung Norden, Stufe 7", danach „Stufe 8", und schließlich „Stufe 9."

Es gibt noch eine Stufe 10, die höchste, aber sie wird nicht benötigt. Die Betonabdeckung löst sich in kleine Brocken auf. Das Metallgeflecht hat Sollbruchstellen, welche beim Zerbrechen des Betons ebenfalls reißen. Alle Bruchstücke fliegen zur Seite auf den weiter wachsenden Wall. Danach ist das Raumschiff oben frei und schwebt langsam bis zur

Hälfte aus der Erde heraus. Darum herum ist nun ein hoher, ringartiger Wall.

Die Bewohner sehen nun die Schönheit von Atlantis, den Goldglanz des metallenen Schutzschildes mit allen möglichen andersfarbigen Einsprenkelungen, welche ja Austrittsöffnungen für Fernrohre, Antigravitationswerfer und andere Antriebsaggregate, Sensoren, Messinstrumente und anderes mehr sind. Sie jubeln, schreien, kreischen. Sie sehen nun zum ersten Mal die leicht abgeflachte Kugelform, wenn auch nur die obere Hälfte aus dem entstandenen Loch herausragt. Gut ist es auch, dass die Hunderte von Beobachtungskameras um den Sicherheitsbereich herum es ermöglichen, das Raumschiff von verschiedenen Richtungen her auf den Bildschirmen zu zeigen. Selbst auf der Brücke fallen sich die Wachhabenden in die Arme, schreien ihre Anspannung und Freude heraus.

Der Kapitän gibt den Befehl: „Antigravitationswerfer, Richtung Norden, aus", dann „Antigravitationswerfer, Richtung Süden, Stufe 5."

Das Raumschiff hebt sich nun langsam ganz aus dem Loch heraus. Wieder ist der Jubel an allen Plätzen unbeschreiblich. Es wird jetzt so gesteuert, dass es das entstandene riesige Loch umrundet und mit seinen südlichen Antigravitationswerfern den aufgeschütteten, ringförmigen Wall von allen Seiten in das Loch hineinbläst. Am Ende sieht man zwar immer noch eine tiefe Senke, doch ein Fremder kann die ehemalige Bedeutung dieses Ortes nicht erkennen.

Der Grund für das Verfüllen ist: Vor dem Abflug wurden am Raumschiff die Verbindungsöffnungen zur Erdstation - den ehemaligen Werkstätten - für immer hermetisch verschlossen. Für die Erdstation geschah das ebenfalls. Durch das teilweise Zuschütten mit meterhohen Erd- und Gesteinsmassen kann niemand mehr erkennen, was bis jetzt hier war.

Der Kapitän funkt nach Abschluss dieser Aktion mit der Erdstation und bekommt als Antwort, dass auch dort alles bestens ist. Die Funkverbindung ist ausgezeichnet.

Dann gibt der Kapitän die Befehle: „Magnetschirm auf Stufe 6 setzen, Photonenantrieb an, Richtung Süden, 10 Grad Länge und 5 Grad Breite, Intensität 1."

Das Raumschiff ist von einem Nullpunkt an – er ist an der Außenhülle markiert und dem Zentralrechner bekannt - in 360 Längengrade eingeteilt, ebenso vom Nordpol zum Südpol in 180 Breitengrade. Mehrere runde, voluminöse Lichtbündel entströmen dem Raumschiff unten, nahe seinem Südpol. Es steigt langsam und majestätisch etwas weiter hoch und gleichzeitig leicht zur Seite weg von der verbliebenen Senke. Weitere Befehle bewirken ein Höherfliegen, Anhalten, Drehen und andere Bewegungen. Wie schwerelos schwebt das gewaltige Raumschiff über der Erde.

Wieder ist ein großer Jubel auf der Brücke. Der Kapitän umarmt und zerdrückt fast den Steuermann. Es folgt eine Entschuldigung, aber der Gedrückte lacht und sagt: „Ich könnte selbst alle und alles umarmen, es ist ein wahres Wunder, ein Traum. Paulus ließ sich schon sehr gut steuern, aber das hier ist unvergleichlich. Wenn ich ehrlich bin, leichte Zweifel hatte ich doch wegen der Größe von Atlantis, jetzt schäme ich mich dafür."

Der Kapitän sagt: „Wie Atlantis reagiert, unter deinen Händen reagiert, das ist wirklich beachtlich, herrlich. Du bist zu Recht der Erste Steuermann. Und auch der ganze Vorgang unseres Auftauchens aus der Erde, wo wir so lange an Atlantis arbeiteten, manchmal bange hofften, wenn wir an den heutigen Tag dachten, kommt mir vor wie eine Geburt. Alles klappte so, wie unsere Denker und Entwickler es vorhersagten."

Der Erste Steuermann sagt: „Diese Ansicht ist richtig, ich hatte den gleichen Eindruck. Wenn auch weiterhin alles so gut klappt, was für eine Leistung der ganzen Gruppe. Wir können alle stolz sein."

Ihr Jubel wird durch einen Vorfall draußen gestoppt. Ein stark zerzauster, mittelgroßer Hund guckt nach Atlantis hoch und jault mit entsetzlichen Lauten nach oben.

Der Kapitän sagt: „Wahrscheinlich hält er uns für einen Mond, den er anheulen will?"

Der Steuermann antwortet: „Ich glaube das auch. Sollen wir ihn mal leicht erschrecken?"

„Wenn du meinst! Machen wir uns den Spaß! Mal sehen, wie er reagiert."

Der Steuermann schaltet für einen kleinen Moment eine ganz niedrige Stufe der Antigravitationswerfer zum Hund hin ein. Unten auf der Erde sieht der Hund auf einmal aus, als würde er flach an den

Boden gedrückt, sein Fell liegt ganz glatt an. Dann springt er auf, und mit einem markerschütternden Geheul jagt er davon. Die Zuschauer an den Bildschirmen lachen wie verrückt über diese Szene. Eine kleine Aufmunterung nach der angespannten Zeit ist somit bestens gelungen.

18

Im Raumschiff werden nochmals sehr gewissenhaft wichtige Kontrollen durchgeführt. Als das geschehen ist, und der Kapitän den Abflug einleiten möchte, tauchen um die jetzt vorhandene Senke im Erdboden nach und nach immer mehr wilde Gestalten auf. Atlantis schwebt unbeweglich 140 Meter hoch darüber. Einige von ihnen rufen sich verschiedenes zu: „Ich glaube, das sind Fremde von einem anderen Stern." ... „Seht dieses herrliche Raumschiff oder was es sonst ist, möglicherweise unsere Rettung!" ... „Vielleicht ist es Zauberei?" ... „Darin sind vielleicht Geister, die uns endgültig vernichten wollen!" ... „Nein, ich vermute, es sind Götter, an welche die Menschen früher glaubten. Sie werden uns sicher retten!"

Andere starren nur zum Raumschiff hinauf, ein paar fallen auf die Knie, wieder andere winken hinauf. Es ist eine urkomische Situation, sowohl zum Lachen als auch zum Traurigsein.

Auf der Brücke ist für einen Moment über das Geschehen unten überschwengliche Freude, teils auch tiefe Niedergeschlagenheit. Doch hier ist

Dienst, und schnell kommt wieder ernste Stimmung auf. Der Kapitän fragt den Navigator: „Ist der vorgesehene Kurs eingegeben und berechnet?"

Der Navigator blickt auf Instrumente und sagt: „Der Steuerungsrechner zeigt an, dass alle Systeme einwandfrei arbeiten. Der Kurs ist programmiert."

Darauf sagt der Kapitän mit bewegtem Gesicht: „Abflug frei!" Und sofort bewegt sich das Raumschiff schräg nach oben in nordwestliche Richtung hin. Die Menschen am Erdboden werden geblendet von sehr mächtigen Lichtbündeln und werfen sich vor Schreck alle nieder. Das Raumschiff steigt weiter auf, durchbricht die Wolkendecke und fliegt auf eine Höhe von 8000 Meter und mit einer Geschwindigkeit von 400 Kilometer pro Stunde. Von einem Kontrollraum aus werden alle 20 Sekunden wechselnde Bilder auf den Bildschirmen gezeigt. Zu sehen ist die Welt draußen: die hell leuchtende Sonne, die im hellen Sonnenlicht weiß strahlenden Wolkenformationen unter dem Raumschiff, der blaue Himmel darüber. Mit einem sehr starken Fernrohr aufgenommen, sind einige blasse, jetzt am Tage schwach flimmernde Sterne zu erkennen. Ständig sind neue Eindrücke zu sehen. So viel von der Welt draußen hatten fast alle langjährigen Bewohner von Atlantis noch nie sehen können. Diejenigen, welche noch sitzen, springen von ihren Plätzen auf und tanzen herum, kreischen, klopfen sich gegenseitig auf die Schultern. Die Begeisterung scheint grenzenlos zu sein. Doch langsam kommt allen zu Bewusstsein, dass sie sich tatsächlich in einem Raumschiff befinden, das sich bewegt, alles

Wirklichkeit geworden ist, ja genauso, wie sie es jahrelang erträumt und sich gewünscht haben. Sie begreifen auch, dass sie genau in diesem Augenblick für immer von der alten Mutter Erde Abschied nehmen, für immer und ewig.

Michael Grether sieht sehr gebannt auf die Bilder. Er merkt gar nicht, dass Hanna ihn anspricht, etwas fragt. Er denkt an seine Eltern und die anderen Vorfahren, welche da unten sind, wenn auch nur als tote Materie. Ihm kommen wieder einmal für einen winzigen Moment Bedenken, ob es richtig ist, die Erde zu verlassen. Wir müssen alle einmal sterben, das ist unser Los als lebende Wesen, und wo, ist eigentlich egal, denkt er schließlich. Dann zeigt sich in seinem Gesicht wieder ein freudiges Lächeln. Doch Traurigkeit wechselt bei ihm ständig mit Freude und umgekehrt. Hanna stupst ihn an. Sie sieht seine oft traurigen Blicke. Doch ihn beschäftigen nur die wunderschönen Bilder.

Das Raumschiff fliegt jetzt in einer Höhe von 9500 Meter, die Geschwindigkeit beträgt 1600 Kilometer pro Stunde. Die Erde ist immer noch in eine geschlossene Wolkendecke eingepackt. Von der Brücke aus wird jetzt angegeben, dass das Raumschiff England überfliegt. Doch unten ist nichts davon zu sehen. Aber sehr viele, riesige Rauchsäulen ragen weit aus dem Wolkenmeer in die Atmosphäre. Aus Sicherheitsgründen werden sie durch eine geringe Kursänderung umflogen.

Mittlerweile ist die übliche Mittagpause gekommen. Während des Essens - Michael ist wieder entspannter - sagt Hanna: „Ich muss dir noch sagen, dass sich ab morgen die Dienstzeiten ändern. Bei unserem Flug ist das zwingend. Ich glaube, du hast es bereits in einem Vortrag gehört. Die 24 Stunden des Tages sind in 4 Schichten eingeteilt, jede Schicht hat 6 Stunden. Das gilt ab jetzt für alle in Atlantis ohne Ausnahme. Es ist für unsere Sicherheit äußerst wichtig, dass alle Positionen stets voll besetzt sind. Und wer Dienst hat, darf auch nicht krank oder müde sein. Dafür ändern sich die Zeiten für Essen, Schlafen und Erholung gleich mit. Wir nehmen auch darin Abschied von den Gewohnheiten auf der Erde. Unser beider Bereitschaftsdienst ist vorerst von 12 bis 18 Uhr."

„Ich verstehe!"

Sie sagt: „Sollen wir uns gleich ein wenig ausruhen? Die vielen Eindrücke heute Morgen haben mich sehr ermüdet. Ich war immer besorgt, ob alles klappt. Heute im Übergang ist alles ein bisschen anders, und in den Werkstätten sind genug Leute. Es ist also nicht schlimm, wenn wir etwas später zum Bereitschaftsdienst gehen. Wir könnten beim Ausruhen das weitere Geschehen auf dem Bildschirm im Wohnraum verfolgen."

Er lächelt sie verschmitzt an: „Wie meinst du das? Vielleicht wieder bei mir? Oh je, dann wachen wir erst wieder morgen früh auf! Oder …? Das kann jetzt, wo wir zur Ordnung verpflichtet sind, böse enden. Ich denke dabei an deinen Vater."

Sie sagt äußerst ruhig und liebevoll: „Du kannst dir mal meinen Wohnraum ansehen. Bei mir ist es viel gemütlicher als bei dir. Das heißt aber nichts!

Frauen haben halt ein besseres Gefühl für behagliches Wohnen."

So sagt er einlenkend: „Ja gut, machen wir!

So kommt es, dass sie nach dem Mittagessen in Hannas Wohnraum gehen.

„Hm", sagt Michael, und er schaut sich interessiert um, „tatsächlich, bei dir ist es gemütlicher. Ich kann zwar nicht sagen, was anders ist, aber du hast Recht."

In Wirklichkeit freut er sich sehr, mit ihr wieder allein zu sein. Der Bildschirm wird eingeschaltet, sie setzen sich an den Tisch und verfolgen die laufenden Ausblicke auf die Erde.

Das Raumschiff ist mittlerweile stetig weiter auf eine Höhe von 20000 Meter gestiegen, die Geschwindigkeit wird gleichfalls erhöht auf 4100 Kilometer pro Stunde. Plötzlich ist freie Sicht auf die Erdoberfläche. Auf dem Bildschirm sehen die beiden den Atlantischen Ozean. Das ist ein Anblick, der sie so begeistert, dass sie wiederum laut jubeln. Dabei fallen sie sich wie zufällig in die Arme, und dann drücken sie sich, fester und immer fester. Weder sie noch er wollen loslassen. Das schöne Gefühl soll bleiben, denken beide. Sie streicheln und küssen sich einmütig. Dann, ganz unverhofft, – später wissen beide nicht, wie lange das Drücken dauerte -, löst sich Hanna unsanft von ihm.

Sie sagt energisch: „Lassen wir das! Wir sind kein Paar. Eines unserer Gesetze besagt: Wir müssen, um ein Paar zu werden, vor einem Mitglied des Hohen Rates oder einem Kapitän zu einem Paar ernannt werden und ein Gelöbnis ablegen. Außerdem ist es Pflicht, uns vorher einer gründlichen Untersuchung bei einem Arzt zu unterziehen."

Michael unterbricht sie: „Aber ich bin doch an meinem zweiten Tag hier bereits gründlich untersucht worden!"

Sie antwortet lachend: „Ja, ich weiß doch! Aber trotzdem ist das bei uns vorgeschrieben, wenn ein Mann und eine Frau eine Verbindung eingehen."

„Na, gut!" sagt er lapidar.

Sie sagt ergänzend: „Unsere kleine Gemeinschaft muss sich vor schweren Krankheiten hüten. Früher war das anders auf der Erde, das weiß ich von meinen Eltern. Da gab es die Begriffe Hochzeit und Ehe. Versprochen wurde stets viel, aber in den meisten Fällen nicht gehalten. In unserem Informationssystem habe ich Berichte und Filmausschnitte gesehen, die deutlich machen, dass ab den 1970er Jahren Sitten und Gebräuche, Tugenden wie Treue und Redlichkeit, kaum noch etwas galten. Die Missachtung von Traditionen, ein rasant ansteigender Menschenhandel, die vermehrte Ausbeutung und Verarmung der Menschen, die sogenannte freie Liebe, noch nie dagewesene Grausamkeiten gegenüber Tieren, beispielsweise fabrikmäßige Massentierhaltung und viele andere abartige Akte gegen die Schöpfung, waren weitere Gründe für den Niedergang der Menschheit. Bis Mitte der 2040er Jahre steigerte sich das ins beispiellose. Bis dahin wurden sehr viele wunderbare Tierarten aus Habgier und Gewinnsucht fast ausgerottet. Tausende Elefanten wurden zum Beispiel nur getötet, um an das Elfenbein der Stoßzähne zu kommen,

Hunderttausende Haifische wurden nur getötet, um die Flossen für Mahlzeiten zu verwerten. Mehrere furchtbare, bisher nicht gekannte, trotz massiver Forschung unheilbare Krankheiten, breiteten sich explosionsartig aus. Der Großteil der Menschheit war damals betroffen. Wir in Atlantis können uns keine Fehler erlauben, sonst wäre aller Aufwand, alles Streben, alle Hoffnung umsonst gewesen. Ich könnte dir noch viel darüber erzählen. Warum ich das überhaupt tue, weiß ich nicht. Es kann sein, dass ich sehr viel Vertrauen zu dir habe."

Sie sieht ihn darauf fragend an, und er sagt: „Danke! So oder ähnlich haben es mir meine Eltern auch erzählt. Ich wusste aber nicht, dass es so schlimm zuging. Du hast mich überzeugt, ich bin nun der gleichen Ansicht wie du. Doch … ist es nicht komisch? Wir brausen mit immer höherer Geschwindigkeit weiter weg von der Erde und reden, als hätten wir nichts anderes zu tun, als uns über die Vergangenheit Gedanken zu machen. Sieh doch auf den Bildschirm! Was ist das?"

Auf einmal taucht Land auf, und beide sehen ganz gebannt auf die Bilder. Es ist die Ostküste von Nordamerika. Aus dieser Höhe können die Zuschauer eine sehr lange Küstenstrecke und das Land dahinter erblicken. Auf der Brücke, wo die Einstellungen der Kameras ausgeführt werden, wird die Brennweite so verändert, dass Einzelheiten auf dem Land unten zu erkennen sind. So sehen sie die großen Zerstörungen auf der Erde. Riesige Schuttberge scheinen einmal große Städte gewesen zu sein. Es sind noch Bruchstücke von Gebäuden zu erkennen. Aber auch im Landesinneren ist entsetzliches Durcheinander zu sehen. Große Flächen sind durch Brände hell erleuchtet. Rauchwolken behindern oft den Blick zur Erde.

Der Kapitän sagt zum Zustand unten: „Die Ostküste Nordamerikas und die Gebiete weit ins Landesinnere hinein wurden bereits durch den großen Atomschlag in den 2050er Jahren stark zerstört. Danach brachten gewaltige Sturmfluten und Erdbeben ein Übriges an Verwüstung. Doch das Bild, welches sich uns heute bietet, ist erschütternd. Was wir im Augenblick sehen und über Nordeuropa gesehen haben, sind die Auswirkungen der auf die Erde gestürzten Meteoritenteile."

Er wischt sich die Augen, die etwas feucht glitzern, dann sagt er mit heiserer Stimme: „Welch ein blühendes, leistungsstarkes und großartiges Gebiet der Erde war das dort unten einst gewesen."

Nach einer kleinen Zeit des Nachdenkens folgt: „Der Zeitpunkt ist nun gleich gekommen, um von der Erde endgültig Abschied zu nehmen."

Letzte Bilder sind zu sehen, dann werden die Bildübertragungen eingestellt.

Hanna und Michael haben während des Schauens lange geschwiegen, dann ergreift Michael zärtlich ihre Hände, sieht ihr lange in die Augen und sagt ganz unverhofft: „Möchtest du meine Frau werden? Ich muss gestehen … ich liebe dich vom ersten Augenblick an, dem Augenblick, als du mir vorgestellt wurdest."

Ihr Gesichtsausdruck wechselt in ein verzücktes Lächeln, und sie antwortet: „Ja! Ich möchte es. Bei mir war es gleichfalls so, auch vom ersten Sehen an. Ich habe bis heute nichts angedeutet, weil ich deinen Kampf mit dir selbst sah, – der Entscheidung für Erde oder Atlantis. Und nun gibt es keinen Weg zurück, auch für dich. Ist es nicht irre? Wir werden ein Paar ... und das auf dem Flug zu einer neuen Heimat auf einem anderen Planeten ... und das erste auf dem Flug ins All überhaupt. Ich schlage vor, dass wir heute noch mit meinen Eltern sprechen. Bist du einverstanden?"

„Ja!"

Er sagt es ernsthaft. Nachdem sie noch einige Zeit im Tonempfänger Informationen gehört haben, gehen sie zum Dienst in die Technik.

19

Der Kapitän gibt jetzt den steilen Aufstieg frei. Der Navigator korrigiert im Steuerungsrechner die Kursdaten zum vorgesehenen Ziel, dem ersten anzufliegenden Sonnensystem mit sieben Planeten, von denen der dritte - vom Zentralstern aus gesehen - erdähnlich ist. Beobachtungen mit Fernrohren und Untersuchungen des von dort ankommenden Lichtes zeigen, dass es dort Ozeane gibt, und eine Atmosphäre mit einer für Menschen verträglichen Zusammensetzung vorhanden ist. Es ist nicht alles ganz genau wie auf der Erde, aber der Mensch ist ja sehr anpassungsfähig.

Die gewaltigen Brände und Zerstörungen am Erdboden, die vielen Rauchsäulen noch auf den

Bildschirmen der Brücke im Blickfeld der Mannschaft, steigt das Raumschiff zuerst in einem langen, weiten Bogen hoch und dann senkrecht von der Erde weg. Die Fluggeschwindigkeit wird nun laufend erhöht. Am Rande der Erdatmosphäre liegt die Geschwindigkeit bei 7500 Kilometer pro Stunde. Auf der Brücke und in den Kontrollräumen ist wieder große Begeisterung, denn die Messinstrumente an der Außenhülle von Atlantis melden keine ungewöhnlichen Werte. Die Temperatur ist, wie vorhergesagt, weit unter der kritischen Höhe. Atlantis erweist sich nun tatsächlich als ein bestens gelungenes, leistungsfähiges Raumschiff. Die Geschwindigkeit nimmt nun weiter zu. Als die Umlaufbahn des Mondes erreicht ist, liegt die Geschwindigkeit bei 148000 Kilometer pro Stunde. Seit dem steilen Aufstieg über Nordamerika sind eine Stunde und sechzehn Minuten vergangen.

Mehrere Wissenschaftler sind seit einiger Zeit in den Kontrollräumen mit Beobachtungen und Messungen beschäftigt. Sie wollen herausfinden, welche Wechselwirkungen zwischen der Erde, dem Mond und Mondie bestehen. Sie finden heraus, dass Mondie sich anders verhält als der Mond. Der Mond umkreist die Erde in einem Abstand von etwa 384000 Kilometer, und er zeigt ihr immer die gleiche Seite, dreht sich nicht um sich selbst. Mondie umkreist die Erde in einem Abstand von 52000 Kilometer – die von den Menschen geschaffenen Satelliten umkreisen die Erde in einem Abstand von bis zu 36000 Kilometer -, hat einen Durchmesser von 17 Kilometer und dreht sich in neunzehn

Tagen einmal um sich selbst. Und, was schon durch Flüge mit Paulus festgestellt wurde, ist seltsam genug. Wenn man vom Mittelpunkt des Mondes eine gedachte Linie zum Erdmittelpunkt zieht, dann ist die Position von Mondie immer nahe dieser Linie, manchmal gänzlich auf ihr. Mondie pendelt leicht hin und her. Doch er dreht seine Umlaufbahn wie festgenagelt in der gleichen Zeit einmal um die Erde wie der Mond, nur ist sein Weg dabei kürzer, weil er der Erde näher steht. Irgendeine unbekannte Kraft hält Mondie in dieser Position.

Als der Bereitschaftsdienst von Hanna und Michael um 18 Uhr zu Ende ist, transportieren sie sich in die Abteilung Raumschiffzentrale. Dort wohnen die Ratsmitglieder, Kapitäne, Steuermänner, Wissenschaftler …, doch es gibt da keine herrschaftlichen Räume, sie sind genau so ausgestattet wie die der anderen Bewohner. Hanna hatte im Laufe des Tages mit ihren Eltern gesprochen und gefragt, ob ein Besuch von Michael und ihr heute Abend zeitlich möglich wäre. Andeutungsweise nannte sie den Grund dafür.

Ein Gesetz von Atlantis bestimmt, dass erwachsene Männer und Frauen ab dem Alter von 18 Jahren selbst entscheiden können, ein Paar zu werden. Trotzdem wird der alte Brauch geachtet, dass die Eltern mit einbezogen werden. Eine Verbindung unter diesem Alter ist nicht erlaubt.

Die allgemeine Begrüßung und Vorstellung ihres zukünftigen Mannes bei ihren Eltern verläuft für die beiden Kandidaten zur vollsten Zufriedenheit aller Beteiligten. Johanna Wagner ist ihrem zukünftigen Schwiegersohn gleich sehr zugetan. Allerdings stellen Adam und Johanna - lustig lachend - Bedingungen. Sie, als Arzt, möchte die gesundheitlichen Untersuchungen bei ihrer Tochter und dem zukünftigen Schwiegersohn nicht machen, er, als Kapitän, besteht vehement darauf, die feierliche Zeremonie durchzuführen. Am Ende sind alle einig und zufrieden. Es ist für Michael einer der glücklichsten Momente seines bisherigen Lebens. Wer hätte das vor wenigen Tagen für möglich gehalten, denkt er. Und noch etwas Gutes geschieht, denn Adam Wagner bestimmt den nächsten Tag für die feierliche Handlung.

Dann ist er da, der zweite Tag des Fluges. Michael und Hanna haben den heutigen Tag arbeitsfrei bekommen. Am Morgen, um 8.15 Uhr, haben sie Untersuchungstermine bei einem Arzt. Die Ergebnisse sind gut, es gibt keine ernsthaften Befunde. So kann am selben Tag um 10 Uhr die feierliche Handlung auf der Brücke stattfinden. Und bei solchen Anlässen ist es in Atlantis selbstverständlich, dass eine Übertragung auf die Bildschirme erfolgt. Alle Bewohner können, wenn sie wollen, teilnehmen und sich mitfreuen. Der Zeitpunkt solcher Anlässe wird normalerweise bereits Tage vorher angekündigt. Doch heute ist es ein Sonderfall.

Bei einer Geschwindigkeit des Raumschiffes von 394000 Kilometer pro Stunde, etwa 8 Millionen Kilometer von der Erde entfernt, und dort, wo Erdbewohner noch nie waren, ist auf der Brücke heitere Stimmung. Der diensthabende Kapitän, Willi Blenders, ein Steuermann, ein Navigator, ein

Astronom und zwei andere Wissenschaftler gehen ernst ihrer Arbeit nach. Obwohl das automatische Steuerungssystem Ausweichmanöver und Kurskorrekturen selbständig ausführt, hauptsächlich bei der Erkennung von kosmischen Objekten wie Meteoriten, ist ja dennoch der Mensch der alles entscheidende Faktor für einen sicheren, glücklichen Flug.

Und auch die feierliche Handlung findet etwas abseits von den Diensthabenden auf der Brücke statt. Viele der Bewohner, die Gelegenheit dazu haben, schauen freudig erregt auf die Bildschirme, als Adam Wagner sagt: „Ich habe jetzt eine Pflicht zu erfüllen, die mir großes Vergnügen bereitet. Meine Tochter Hanna und Michael Grether haben sich vorgenommen, als Paar zu leben. Das ist eine segensreiche Entscheidung! Als Kapitän ist es eine meiner Pflichten, den Bund der beiden zu besiegeln. Hanna und Michael, kommt her zu mir, reicht euch die Hände! Als sie wie verlangt Hand in Hand vor ihm stehen, sagt er feierlich: „Sprecht mir gemeinsam folgendes nach: Wir sind bereit für einen gemeinsamen Lebensweg in Liebe, Vertrauen, Ehrlichkeit und Würde." Sie sprechen es nach und sehen sich dabei sehr lieb an.

„Sprecht mir nach: Was uns auch widerfährt, ob Freude, Glück, Krankheit, Not oder sonstige Dinge des Lebens, wir versprechen, einer für den anderen da zu sein." Sie sprechen es nach.

„Sprecht mir nach: Unsere Verbindung ist für immer und ewig." Sie sprechen es nach.

Ein Gesetz in Atlantis bestimmt, dass die Trennung eines Paares, solange beide leben, nicht möglich ist.

Der Kapitän schließt mit: „Nun, da ihr euch den Bund fürs Leben versprochen habt, seid ihr als Paar in unserer Gemeinschaft noch wertvoller. Ich bestätige hiermit euren Bund. Herzlichen Glückwunsch und eine gute Zukunft in Atlantis!"

Die Verbindung der beiden wird genauso in das elektronische Logbuch eingetragen wie alle nennenswerten Begebenheiten des Fluges. Später, auf dem Weg zu ihren Wohnräumen, kommt ein kleines Streitgespräch auf, wie es unter Paaren üblich ist. Sie können sich nur mit Mühe einig werden, wer zu wem umzieht. Aber wie Frauen von Natur aus sind, unkompliziert denken und handeln, findet Hanna die dienlichste Lösung. Wenig später zieht Michael zu seiner Frau um.

20

Bei Dienstbeginn am nächsten Tag werden Michael und Hanna in ihrer Abteilung mit Glückwünschen überhäuft. Hannas Namensschild trägt nun den Familiennamen ‚Grether'. Da es in Atlantis weder alkoholische Getränke noch andere Rauschmittel geben darf – stelle man sich nur einen volltrunkenen Steuermann auf der Brücke eines Raumschiffes vor -, wird mit dem gängigen Getränk des Tages gefeiert. Die Stimmung ist trotzdem sehr gut.

Derweil fliegt das Raumschiff mit durchschnittlich 400000 Kilometer pro Stunde in Richtung des Planeten Mars. Die Bewohner erfuhren bereits kurz nach dem Abflug, dass diese Geschwindigkeit sehr wahrscheinlich bis an die Grenze des Sonnensystems nicht überschritten werden kann. Wenn keine besonderen Zwischenfälle passieren, wird die Umlaufbahn des Mars um die Sonne – gemeint ist der Abstand von ihr - wahrscheinlich in 9 Tagen erreicht. Das wird deshalb interessant, weil der Mars zu dieser Zeit in einer Position steht, in welcher das Raumschiff ungefähr in einer Entfernung von 90000 Kilometer an ihm vorbeifliegt. Die Flugleitung – Kapitäne und Steuermänner – hat den Bewohnern mitgeteilt, dass beim Vorbeiflug sehr beeindruckende Bilder vom Nachbarplaneten der Erde zu sehen sein werden.

Am Nachmittag geht ein Funkspruch von der Erdstation ein. Er lautet: „Erdstation an Atlantis. Letzte Nacht hier erneut Erdbeben, Erdaufbrüche, Erdabsenkungen, Vulkanaktivitäten und Stürme. Hinzu kam Bombardement von heißer Asche und Gesteinsbrocken. Haben mit Paulus nach Beruhigung Aufklärungsflug unternommen. Schäden gewaltig! In der gesamten Rheinebene ist ein breiter Erdspalt entstanden, und auch an vielen anderen Plätzen sind große Risse zu sehen. Im ehemaligen industriellen Ballungszentrum ‚Ruhrgebiet' sind weite Flächen viele Meter abgesackt. Wahrscheinlich Zusammenbruch von Hohlräumen tief in der Erde aus ehemaligem Bergbau. Riesige Seenlandschaft entsteht. Ruinen ehemaliger Ruhrstädte ragen aus ansteigendem Wasser. Erdstation ohne Schäden. Wie ist eure Situation? Grüße an alle in Atlantis. Ende des Funkspruchs."

Die Antwort lautet: „Danke für Bericht. Hier keine besonderen Probleme. Erreichen in neun Tagen Mars. Berichten davon. Grüße von uns hier oben. Ende des Funkspruchs."

Der Hohe Rat hat über die neue Situation, die mit Beginn des Fluges begann, nachgedacht, diskutiert und Entscheidungen getroffen. Da überhaupt nichts mehr neu zu bauen ist, nur Reparaturen und Verbesserungen anfallen, sind einige Bewohner in ihrer Dienstzeit nicht mehr ausgelastet. Eine Entscheidung betrifft den Einsatz der freien Kräfte an anderen Stellen. Hanna bekommt eine neue Aufgabe. Sie übernimmt zusätzlich zu ihrer bisherigen Tätigkeit die Steuerung des Arbeitseinsatzes. Bei ihr gehen in Zukunft Meldungen der Abteilungen über fehlende oder überschüssige Arbeitkräfte ein. Und von dort erfolgt ihr sinnvoller Einsatz. Auf diese Weise wird gerecht gehandelt und zeitweise Arbeitskraft umverteilt. Oft kamen Klagen von der Abteilung Versorgung, beispielsweise bei der Feldbearbeitung, Aussaat, Ernte …, dass zuviel Arbeit von zu wenigen dort Beschäftigten erledigt werden muss. Das ändert sich jetzt schlagartig. Nur durch Gerechtigkeit untereinander und Gleichbehandlung aller ist der Geist dieser verschworenen Gemeinschaft auf Dauer zu erhalten. Und das tut Not, denn bis zum gelobten Ziel wird noch viel, viel Zeit vergehen. Welche Zeit, das wissen nur Eingeweihte und die urteilsfähigsten Köpfe. Irgendwann müssen es auch die anderen begreifen lernen.

21

Sieben Tage ist das Raumschiff nun auf seinem Weg in Richtung Mars unterwegs. Zeitweise wurden aus der Ferne Bilder von diesem Planeten gezeigt, dessen Durchmesser ungefähr halb so groß ist als der der Erde. Die hervorragenden Fernrohre und Kameras des Raunschiffes schießen erstaunlich scharfe Aufnahmen.

Gegen Mittag spüren die Bewohner ein leichtes Zittern im ganzen Raumschiff. Es ist nicht so, dass Gegenstände verrücken oder umfallen, doch es ist eindeutig fühlbar. Alle Mess- und Überwachungsinstrumente des Raumschiffes zeigen keine Notsituation an, aber leichte Störungen des eigenen Magnetfeldes. In drei der Kontrollräume sind einige Wissenschaftler emsig bemüht, den Grund dafür herauszufinden. Denn die Ursache muss außerhalb des Raumschiffes liegen. Da sie stets auch die Sonne in die Überlegungen und Kontrollen mit einbeziehen, wird die Ursache schnell ermittelt. Die Sonne ist wieder einmal überaktiv. Gewaltige, aus dem Sonneninneren weit hinaus ausströmende, glühende Gasmassen mit elektrisch geladenen Teilchen treffen mit hoher Geschwindigkeit die Planeten. So ist auch das Raumschiff davon betroffen. Auf der Brücke wird entschieden, zur eigenen Sicherheit die Geschwindigkeit während dieser Auswürfe zu verringern. Die Einwirkungen dauern einen ganzen Tag, danach fliegt das Raumschiff wieder mit der gleichen Geschwindigkeit wie vorher seinen vorprogrammierten Weg.

Michael war inzwischen zwei Tage an verschiedenen Maschinen beschäftigt. Es wurden von ihm damit Ersatzteile für die Beleuchtung hergestellt und bearbeitet. Danach arbeitet er auf den Feldern.

Hanna scherzt mit ihm herum: „Na, mein fleißiger Bauer, hattest du eine gute Ernte?" … „Wahrscheinlich bekommen deine schönen Hände bald Schwielen!"

Erst schmunzelt er nur über diese Äußerungen. Doch als sie sagt: „Da wird unsere kleine Familie in Zukunft keine Not haben!" stutzt er und fragt sie: „Wieso kleine Familie? Was meinst du damit?"

„Na ja! Mir ist es seit Tagen so komisch, besonders im Magen. Ich habe heute mit meiner Mutter darüber gesprochen. Sie lachte herzlich darüber, und ich wunderte mich, war zuerst wütend auf sie. Doch als sie sagte, du und ich wären wohl nicht mehr lange allein, ging mir ein Licht auf. Doch danach beschwichtigte sie mich wieder, meine Beschwerden kämen für einen solchen Fall viel zu früh."

„Nein, sag bloß, wir bekommen ein Kind!"

„Weiß ich doch nicht! Und wenn … bekomme ich es. Eine Untersuchung beim Arzt wird Klarheit schaffen."

Michael sieht sie erst mit großen, ungläubigen Augen an, dann schlingt er seine Arme um sie und drückt sie sehr zärtlich.

Vier Tage später ist ein Großereignis gekommen. Das Raumschiff wird am Mars vorbeifliegen, etwas später als ursprünglich erwartet. Bis zu diesem Zeitpunkt ist eine Flugstrecke von 78 Millionen Kilometer erreicht. Bis auf die augenblickliche Besatzung auf der Brücke, kleben die Blicke der anderen beim Vorbeifliegen an den Bildschirmen fest. Die verschiedenen, ständig wechselnden Einstellungen der Fernrohre und Kameras, mal näher an den Objekten und mal weiter weg, geben einen überwältigenden Eindruck von diesem Planeten. Die Aufnahmen werden vom Astronomen Götz Lichtenau und vom Chemiker Ingrid Alchemnow kommentiert, begleitet von Freudenlauten und Zwischenrufen an den Bildschirmen.

Der diensthabende Kapitän, Hans Petersen, sagt mit nachdenklichem Gesichtsausdruck zum Steuermann: „Es wäre schön, wenn wir uns da unten mal umschauen könnten. Ob es Spuren von Leben in Form von Mikroorganismen gibt, konnte bisher nur vermutet werden. Zu bestimmen, ob es einst höheres Leben gab, müsste mit tiefen Bohrungen und Grabungen verbunden sein. Unbemannte Roboter, vor vielen Jahrzehnten von der Erde zum Mars geschickt, konnten keinen Nachweis für früheres oder existentes Leben erbringen."

Der Steuermann nickt: „Ja, mein Großvater berichtete mir ausführlich davon. Auch wir sind ja in der Lage, einen unserer Außenroboter Untersuchungen durchführen zu lassen, doch anhalten oder landen ist aus Zeitgründen völlig ausgeschlossen. Es würde uns Tage, Wochen, wenn nicht Monate kosten. Unsere Mission ist unantastbar, unser weiter Weg zu der neuen Heimat verbietet es."

Es gibt zwölf einsatzfähige Roboter im Raumschiff, sieben davon sind hinter Luken in der Außenhülle gelagert. Von Ingenieuren oder Technikern innerhalb des Raumschiffes aktiviert und gesteuert, können sie für Kontrollen oder Reparaturen an der Außenhülle oder weiteren Aufgaben verwendet werden. Ihre Augen sind Kameras. Was, wie und wo sie arbeiten, bestimmt der Mensch. Allein ihre Hände sind Meisterwerke der Technik. Sie können sogar mit Werkzeugen umgehen und schwierigste Arbeiten ausführen. Doch denken können sie nicht. Ersatzteile, Werkzeuge und so weiter sind auf die gleiche Art in der Außenhülle gelagert. Es gibt auch Raumanzüge, und der Ausstieg mit ihnen aus dem Raumschiff ist möglich, birgt aber große Gefahren, kann die ganze Mission vereiteln, und ist nur für den äußersten Notfall vorgesehen.

Kapitän und Steuermann sehen einen Moment traurig auf den Mars, dann sagt der Kapitän leise: „Wir haben nur ein Ziel, einen Auftrag! So war es im Sinne aller in Atlantis von Anfang an geplant und so muss es zum Abschluss gebracht werden."

Die Oberfläche des Mars ist völlig anders als die der Erde, es gibt nur wilde Einöden, wüstenartige Gebiete, und alles scheint übertüncht in rötlicher Färbung. Die Atmosphäre ist hier sehr dünn, bestehend aus hohem Anteil an Kohlendioxid, geringem Anteil Stickstoff und Argon, ganz geringem Anteil Sauerstoff, Kohlenmonoxid und einer geringen Menge Wasserdampf. Alles ist lebensfeindlich und sieht auch so aus. Die Temperaturschwankungen zwischen hohen Plus- und Minusgraden sind für Lebewesen von der Erde unverträglich. Die zwei kleinen Monde des Mars wirken wegen ihrer grotesken, wie verbeult aussehenden Form, seltsam. Sie haben Durchmesser von etwa 15 und 25 Kilometer. Eine der zwei Polkappen des Mars ist beim Vorbeiflug zu sehen, sie ist großflächig eisbedeckt. Die andere soll auch so beschaffen sein, wird erklärt. Viele dunkle, große Flächen, sehr hohe Vulkane und unzählige Einschlagskrater von Meteoriten sind zu erkennen. Trockene Flussbette, teilweise mit fächerförmigen Mündungsbereichen, und Seen lassen darauf schließen, dass es auf dem Mars vor langer Zeit Wasser gegeben hat.

Der Vorbeiflug, bei dem die deutlichsten Bilder des Mars zu sehen sind, dauert zwar nur etwa fünf Minuten, aber die Flut der Bilder beeindruckt alle. Die Begeisterung bei dem Spektakel ist riesengroß. Der Kapitän lässt einige der Bilder samt einer Nachricht an die Erdstation senden. Alle Daten des Vorbeiflugs werden elektronisch aufgezeichnet.

Und schon geht der Flug weiter im Sonnensystem in Richtung seines Grenzbereiches. Das nächste Ziel, die Umlaufbahn des Planeten Jupiter, ist 550 Millionen Kilometer entfernt von hier. Wenn alles wie bisher klappt, kann dieses nächste Ziel mit der augenblicklichen Geschwindigkeit in etwa 61 Tagen erreicht sein.

22

Zwei Tage später muss das Raumschiff einem Schwarm von Kometen ausweichen, die in breiter Front und sehr hoher Geschwindigkeit darauf zufliegen. Den Messungen und Beobachtungen der Wissenschaftler zufolge, bestehen sie fast nur aus Eis. Darin sind wenige Einlagerungen von Gestein und Spuren von Metallen. Der größte hat einen Durchmesser von 950 Meter. Bei der Berechnung ihrer weiteren Flugbahnen wird ermittelt, dass sie zum Zentrum des Sonnensystems unterwegs sind. Sie könnten die Sonne treffen oder knapp verfehlen, aber keinem der weiter zur Sonne hin befindlichen Planeten zu nahe kommen.

Ab jetzt wird der Flug für viele Tage schwieriger. Zwischen den Planeten Mars und Jupiter existiert eine Zone, in der es schätzungsweise bis zu 800000 Asteroiden gibt. Sie umkreisen die Sonne auf Flugbahnen wie die großen Planeten. Es sind Objekte vom kleinen Sandkorn bis zu Zwergplaneten. Benannt ist diese Zone bezeichnenderweise als Asteroidengürtel, weil auch Kleinplaneten darin sind. Die Flugleitung ist voller Hoffnung, dass das Raumschiff auch hier den Vorbeiflug meistert. Die große Zahl an Objekten bedeutet aber nicht, dass sie alle sehr nah beieinander stehen, zwischen ihnen sind bei den riesigen Umlaufbahnen auch große Freiräume. Das Raumschiff muss nun wieder einmal zeigen, was seine Planer und Erbauer geleistet haben.

Als die Asteroiden nah genug sind, um sie mit Fernrohren zu betrachten, ertönt in allen Abteilungen der dreimalige Summton als Warnung für eine kritische Situation. Und wie stets gehen dabei alle Bildschirme an. Bewohner, denen es möglich ist zuzuschauen, starren gebannt auf die gezeigten Bilder. Der Anblick ist wiederum überwältigend. Diese Vielfalt an Formen, Größen, Farben der Asteroiden oder Asteroidenschwärme, konnten die Menschen mit Fernrohren von der Erde aus nicht in dieser Pracht sehen.

Die Fluggeschwindigkeit und die Flugrichtung wechseln nun ständig. Die automatische Steuerung erweist sich als sehr zuverlässig. Die Steuermänner brauchen kaum einzugreifen.

Doch plötzlich, am äußersten Rande des Asteroidengürtels, passiert etwas Unerwartetes. Eine starke Kraft bringt das Raumschiff von seinem Kurs ab und lenkt es zunehmend auf eine Flugbahn wie die der anderen Objekte. Auf der Brücke und in den Kontrollräumen ist Hochspannung. Ein Gegensteuern bewirkt gefährliche Erschütterungen im Raumschiff. Nach einer kurzen, hektischen Absprache zwischen Wissenschaftlern und dem Kapitän wird entscheiden, die Antigravitationswerfer einzusetzen. Sie werden langsam hochgefahren und der Photonenantrieb zurückgenommen. Langsam, sehr langsam, kommt das Raumschiff von diesem Sog frei und auf seinen alten Kurs zurück. Die Erschütterungen gehen gleichermaßen zurück. Einige der Diensthabenden sehen sehr blass aus, andere haben Schweißperlen im Gesicht. Es dauert lange, bis sich die Aufregung bei allen Bewohnern gelegt hat.

Eine Diskussion unter den Wissenschaftlern, die einige Tage in Anspruch nimmt, ergibt, dass es sich bei der starken Kraft wohl um eine Kombination der weit ins All reichenden Gravitation, also Anziehungskraft der Großplaneten Jupiter und Saturn handeln muss. Eine weitere Überlegung führt zu einer erstaunlichen Annahme. Es kann sein, dass diese Kraft sehr nützlich für eine Bindung vieler aus dem All in das Sonnensystem eindringender Himmelskörper ist – und Milliarden Jahre lang war. Vielleicht konnte sich nur so, unter diesem Schutz, das Leben auf der Erde ohne allzu viele Meteoriteneinschläge entwickeln. Die Wissenschaftler haben nun eine sehr wichtige Aufgabe zu lösen. Sie müssen das Ziel der Reise, das anzufliegende Sonnensystem, genauestens auf solche Gegebenheiten prüfen.

Aus Vorsicht hat der Flug am Asteroidengürtel vorbei 40 Tage gedauert. Feine Staubkörnchen, die es hier auch gibt, wurden vom Magnetschirm abgelenkt, das Raumschiff ist unbeschädigt. Doch die Begeisterung hält sich in Grenzen. Die Bewohner bekommen durch dieses Erlebnis eine Ahnung von dem, was noch alles auf sie zukommt. Sie sind zwar frei in Raum und Zeit, aber gleichzeitig auf Gedeih und Verderb an die Unverwundbarkeit ihres Raumschiffes, aber auch an die hohe Intelligenz und Leistungskraft der Fachleute gebunden.

Es dauert noch einmal 17 Tage, da hat das Raumschiff nach insgesamt 59 Tagen die Umlaufbahn des Planeten Jupiter erreicht. Nunmehr sind seit dem Abflug 630 Millionen Kilometer zurückgelegt. Der Jupiter ist der größte Planet im Sonnensystem, ein Gasriese. Sein Durchmesser beträgt 143000 Kilometer. Die Erde ist im Vergleich mit ihm winzig. Zum Glück ist er auf seiner Umlaufbahn weitab von der jetzigen Position des Raumschiffes. Er hat das größte Magnetfeld unter den Planeten im Sonnensystem, etwa zwanzigmal so groß als das der Erde, und es reicht weit ins All hinaus. Das heißt, auch seine Gravitation ist sehr groß. Ein naher Vorbeiflug, das hat das Geschehen am Rande des Asteroidengürtels gezeigt, wäre erneut eine ernste Gefahr.

Die Bewohner sehen auf ihren Bildschirmen Bilder vom Jupiter, allerdings nur auf der von der Sonne angestrahlten Oberfläche, viele seiner zig Monde und feine Staubringe um ihn. Sehr interessant sind die Eindrücke von riesigen roten Flecken an der Oberfläche seiner Atmosphäre, die wohl durch große Stürme gebildet werden. Irgendwelche Einzelheiten oder eine feste Oberfläche sind nicht zu erkennen.

Da ab hier keine gefährlichen Objekte den Flug beeinträchtigen können, entscheidet sich die Flugleitung für eine Erhöhung der Fluggeschwindigkeit auf 1 Million Kilometer pro Stunde. Doch im Raumschiff selbst ist davon nichts zu merken. Das nächste Ziel ist die Umlaufbahn des Planeten Saturn. Sie ist etwa 650 Millionen Kilometer von der jetzigen Position entfernt. Bei der neuen Geschwindigkeit ist sie wahrscheinlich in 27 Tagen erreichbar.

23

Neunzehn Tage sind ohne besondere Vorkommnisse vergangen. Als Michael und Hanna heute vom Speiseraum zurück in ihren Wohnraum kommen, schalten sie ihren Bildschirm ein und rufen wie üblich – es geschieht mindestens dreimal je Tag - die neuesten Informationen ab. Sie erfahren dort alles allgemein Wichtige in der kleinen Gemeinschaft und besondere Ereignisse vom Flug. Eine Mitteilung überrascht sie, denn seit dem Aufbruch ins All war so etwas noch nicht vorgekommen.

Sie lautet: „Peter Nonnenmacher aus der Abteilung Entwicklung ist gestern Abend um 22.17 Uhr im Alter von 43 Jahren plötzlich und unerwartet verstorben. Als Ingenieur war er vielfältig für Atlantis tätig. Sein Spezialgebiet aber waren die Roboter, an deren Entwicklung er maßgeblich beteiligt war. Die Trauerfeier und anschließende Einäscherung findet heute ab 15 Uhr im engeren Kreis statt. Die Zeremonie wird im Informationssystem aufgezeichnet."

Michael sieht Hanna mit großen Augen an und sagt: „Komisch, seit ich im Raumschiff bin, habe ich an so etwas noch nicht gedacht, obwohl das … ich meine damit das Sterben … von alters her zur Menschheit gehört wie kaum etwas anderes. Weißt du wie die Einäscherung gemacht wird?"

„Ja, ich erkläre es dir. Wir haben im Raumschiff ein Krematorium. Feuerbestattungen gab es von alters her ja auch auf der Erde. Hier ist es ein Muss! Entschuldige bitte, du musstest in der kurzen Zeit bei uns so viel Neues erfahren", sie lächelt ihn flüchtig an, „was hättest du wohl gedacht, wenn ich bei unseren zaghaften Annäherungsversuchen von einem Krematorium gesprochen hätte?"

Er macht ein sehr nachdenkliches Gesicht und sagt: „Ja, du hast Recht! Aber erkläre es mir bitte."

„Wir haben im Raumschiff zwei Schmelzöfen, viel kleiner als die in den Werkstätten beim Bau von Atlantis, jedoch mit hoher Leistung. Sie werden kaum gebraucht, weil wir für Reparaturen genügend Ersatzteile gelagert haben."

Er unterbricht: „Was? Dort findet das statt!"

„Nein, du solltest mich ausreden lassen! Ich sagte doch bereits, wir haben ein Krematorium, das ähnlich arbeitet oder besser ausgedrückt, ähnlich betrieben wird wie die Schmelzöfen. Alle drei benötigen bei ihrem Einsatz enorm viel elektrischen Strom. Deshalb nenne ich alle drei. Die genaue Bezeichnung ist Elektrolichtbogenofen. Die Ummantelung dieser Öfen ist mit das einzige im Raumschiff, was teilweise aus bestimmtem Steinmaterial besteht, außerdem aus einer sehr hitzebeständigen Legierung aus verschiedenen Metallen. Also, im Krematorium kann eine maximale Temperatur von 5600 Grad Celsius erzeugt werden. Dieser Ofen ist etwas komplizierter konstruiert als die Schmelzöfen. Bei der Verbrennung bleibt nur ganz wenig Asche übrig. Alles andere geht in den Kreislauf unserer kleinen Raumschiffwelt ein. Du brauchst gar nicht so entsetzt zu gucken, denn auf der alten Mutter Erde war es auch nie anders. Die Materie geht nicht verloren, und, wie bereits gesagt, in den Kreislauf aller Dinge ein."

Am Abend sehen sich die beiden die Aufzeichnung der Trauerfeier an. Sie findet zuerst im Wohnraum des Verstorbenen statt. Wunderbare, getragene Musik begleitet das ganze Geschehen. Nur wenige, enge Verwandte, Freunde und ein Kapitän sind anwesend. Der Körper des Toten ist mit einem weißen Tuch umhüllt.

Der Erste Kapitän, Adam Wagner, hält die Ansprache. Er sagt: „Peter Nonnenmacher, du warst uns ein Freund und fleißiger Kamerad. Vor 43 Jahren wurdest du in Atlantis beziehungsweise einem Wohntrakt der Werkstätten geboren. Bereits während deiner Schulausbildung wurde dein großes Talent für die Technik erkannt. Deine Ausbildung zum Ingenieur und anschließende Mitwirkung beim Bau unseres Raumschiffes, ist ein wahrer Segen. Dir ist es nun nicht vergönnt, unsere zukünftige Heimat mit eigenen Augen zu sehen. Deine Seele ist jetzt frei. Aber wir wissen nicht, ob sie bei uns bleibt oder einen anderen Weg in die Ewigkeit findet. Das weiß nur der Allmächtige. Wir übergeben dich in den nächsten Minuten dem Feuer. Dessen Flamme möge in unseren Herzen bleiben und mit uns reisen. Dein Name wird im Verzeichnis der großen Wegbereiter verewigt sein."

Sechs Ehrenmänner – es sind besonders tatkräftige, sehr angesehene und verdienstvolle Personen -

treten in den Raum, nehmen die Umhüllung mit Peter, drei links und drei rechts, auf ihre Schultern, tragen und transportieren ihn zum Krematorium in die Abteilung Technik. Drei Stunden später wird seine Asche von einem Ehrenmann in einem offenen Metallgefäß zu einem besonderen Feld in der Abteilung Versorgung gebracht. Eine schier unendliche, bunte Versammlung verschiedenartiger Wildblumen leuchtet auf diesem Feld von 20 mal 30 Meter Größe. Es ist ein Bild absoluter Schönheit des Lebens. Einer der Ehrenmänner, der mittels Losentscheidung dafür bestimmt wurde, gräbt an einer mit einem Metallstab gekennzeichneten Stelle, nachdem er die oberste Schicht mit der Blumenpracht vorsichtig abgehoben und beiseite gelegt hat, ein Loch. Dorthinein schüttet ein zweiter Ehrenmann anschließend die Asche. Ein dritter Ehrenmann verfüllt das Loch und obenauf gibt er die Schicht mit den Blumen. Alles sieht nun aus, als hätte sich nichts verändert. Doch die gesenkten Köpfe der tief nachdenklich trauernden Anwesenden geben ein anderes Bild. Der Metallstab wird um ein kleines Stück weiter gesetzt. Der ganze Vorgang erfolgt mit tiefem Schweigen aller, ob Verwandte, Freunde oder Ehrenmänner.

Michael und Hanna sind nach dem Schauen sehr gerührt. Er spricht nach einigen Minuten des Schweigens: „Ich freue mich sehr, das gesehen zu haben. Nie mehr will ich mir Gedanken darüber machen, ob es richtig oder falsch war, in dieser, unserer Gemeinschaft zu sein. Wie anders war das zuletzt in den wild herumstreunenden Sippen auf der Erde. Dort wurden Verstorbene meistens wie Abfall weggeworfen oder hastig irgendwo verscharrt, ohne irgendwelche andächtigen Worte und Gesten der Zurückgebliebenen."

Hanna antwortet: „Und ich freue mich, dass du so denkst wie eben. Du bist für mich ein liebenswerter Mann und noch viel mehr. Ich sah deinen mitfühlenden Gesichtsausdruck beim Betrachten der Feier. Nur wenn wir Menschen neben Hilfsbereitschaft, Freundschaft, Gemeinschaftssinn, Liebe und anderen guten Eigenschaften auch zu Mitgefühl fähig sind, können wir uns wahrhaftig Menschen nennen."

24

Seit Michael die Trauerfeier für Peter Nonnenmacher sah und dabei von dessen Leistung für die Entwicklung der Roboter erfuhr, hat sich eine Idee fest in sein Gedächtnis eingebrannt. Sie lässt ihn nicht mehr los. Er fragt sich, ob er nicht mehr darüber erfahren oder irgendwie in dieser Gruppe mitwirken könnte. Doch erst einige Tage danach, bei einem gemeinsamen Abend mit den Schwiegereltern, erfährt er Einzelheiten darüber. Die Roboter wurden mit anfänglich großen Schwierigkeiten konstruiert, ihre Leistung ständig verbessert und ihr möglicher Aufgabenbereich erweitert.

So fragt er schließlich seinen Schwiegervater: „Die Mitwirkung bei der Technikergruppe, die sich mit den Robotern befasst, würde mich interessieren. Bei wem oder wie kann ich erfahren, ob das für mich möglich ist?"

Adam sieht ihn erstaunt an und sagt: „Das ist eines unserer Spezialgebiete! Du müsstest dafür eine harte Ausbildung durchlaufen. Die dort tätigen Spezialisten brauchen vielseitige Begabung. Aber ich kenne den zuständigen Gruppenleiter, Willi Fröhlich, sehr gut, wir spielen zusammen Schach. Da Vetternwirtschaft bei uns verboten ist, musst du dich selbst an ihn wenden. Er ist ja genau so wie du in der Technik. Ich bitte dich deshalb, mich bei deinem Ersuchen nicht zu erwähnen. Ich wünsche dir viel Glück!"

Bereits am nächsten Tag fragt er bei Willi an und bekommt einen Termin für ein Gespräch. Als er seinen Wunsch vorgetragen hat, hört er überraschend, dass sowieso gerade ein Mitarbeiter für die Gruppe gesucht würde. Weil durch den Todesfall ein Ingenieur ausgefallen ist, übernimmt ein anderer, der bisher für die Robotersteuerung tätig war, dessen Position. Michael hört, dass diese Spezialgruppe immer vollzählig besetzt sein muss, und er die Chance hat, bei Eignung eine Ausbildung zu erhalten.

Nur kurz darauf folgt eine Eignungsprüfung, und die hat es in sich. Nachdem Michael einen kurzen Überblick über die Roboter des Raumschiffes bekommen und etliche Fragen beantwortet hat, wird ihm gesagt, dass er jetzt praktisch geprüft würde. Auf sein Erstaunen folgt nur ein amüsantes Grinsen von Willi. Er wird in einen Raum der Technik geführt, welcher hauptsächlich aus einer großen

Freifläche besteht. Nur an den Wänden befinden sich einige Schränke, Regale mit verschiedenen Werkzeugen, Ersatzteilen und ihm selbst unbekannten Dingen. Nachdem Willi einen Schrank geöffnet hat, sieht Michael darin etwas, was er zuerst für einen Mann hält. Beim genauen Hinschauen merkt er, es ist weder ein Mann noch eine Frau. Es ist ein Mensch aus künstlichem Material, der auch keine Bekleidung anhat. Unbeweglich steht er im Schrank. Willi holt etwas aus einem zweiten Schrank, das beim flüchtigen Hinsehen eine Uniform sein könnte.

Willi sagt: „Zuerst sollte ich einiges Wichtige erklären. Noch vor wenigen Jahrzehnten verstiegen sich Fantasten in die Idee, dass es möglich wäre, Roboter, das heißt elektronisch gesteuerte Maschinenmenschen, zu erschaffen, die menschlich empfinden, denken und handeln könnten. Wir in Atlantis haben etwas geschaffen, das vieles kann, nur nicht die eben genannten Fähigkeiten besitzt. Der menschliche Geist ist unersetzlich! Auch nannten diese Überschlauen in ihrer Unvernunft technische Maschinen, die uns Menschen einfache, immer zu wiederholende, eintönige Handlungen abnehmen, irrigerweise Roboter."

Michael sagt: „Ja, so hörte ich es in etwa schon von anderen Kollegen, und ich glaube auch, von meinem Vater. Doch bezeichnen wir etwa diese stumme, künstliche Figur als Roboter. Was kann die denn?"

Willi lacht, nimmt das von Michael für eine Uniform gehaltene Teil und sagt: „Zieh dich bitte bis auf die Unterwäsche aus und das hier an. Ich helfe dir dabei. Wir haben verschiedene Größen, diese müsste dir passen! Wenn du es schaffst, in die Gruppe zu kommen, wird so ein Arbeitsanzug für dich maßangefertigt. Dieser ist sehr leicht, man schwitzt nicht in ihm und friert auch nicht."

Michael hat ein sehr komisches Gefühl, als er den Arbeitsanzug näher betrachtet. Die Ärmel des Anzuges gehen in wie echt aussehende Hände über. Am Kragen ist ein kopfartiger Aufsatz, der vorn in Höhe der Augen eine Klappe hat, angebracht. Vom Bauchansatz bis zum künstlichen Kopf ist vorn eine Öffnung. An dieser Öffnung sind Knöpfe zum verschließen. Auf dem Rückenteil des Anzuges ist eine dicke Erhöhung, welche wie ein Rucksack wirkt.

Michael zwängt sich vorsichtig in den Anzug und wundert sich, dass er ganz leicht in die Schuhe des Anzuges – oder sind es Füße, denkt er - schlüpfen kann. Das gleiche passiert, als er seine Hände in die Hände des Anzuges zwängt. Er hat jetzt ein Gefühl, Handschuhe anzuhaben. Zuletzt steckt er seinen Kopf in den künstlichen Kopf. Willi schließt die Knöpfe. Aus der Öffnung im künstlichen Kopf kann Michael alles im Raum gut sehen. Dann schließt Willi auch die Klappe des künstlichen Kopfes. Und plötzlich sieht Michael den Raum aus einer anderen Position. Gleichzeitig hört er die ruhige Stimme Willis: „Wundere dich nicht! Du siehst jetzt dreidimensional mit den Augen des Roboters, die eigentlich Kameras sind. Fühle mit deiner rechten Hand an der linken Brustseite! Dort sitzt ein Schaltknopf. Drücke ihn, aber bewege dich vorläufig nicht! Michael tut wie verlangt.

Da hört er: „Du hast nun den Übungsroboter aktiviert. Habe bitte keine Angst. Ich bin Ausbilder der Robotersteuerer und greife sofort ein, wenn es nötig ist. Jede deiner Bewegungen, beispielsweise das Heben des rechten Beines, einige Schritte vorwärts, das Bewegen der Finger, einen Gegenstand mit einer Hand ergreifen und überhaupt alles, wird vom Roboter synchron ausgeführt. Sehr viele Sensoren und weitere, hervorragende Elektronik im Arbeitsanzug übertragen all deine Handlungen und Bewegungen auf den Roboter. In gewissem Sinne", er lacht verhalten, „bist du jetzt auch der Roboter selbst. Das einzige, mit dem der Roboter nichts anfangen kann, ist deine eigene Stimme. Wir zwei aber sind über Funk miteinander verbunden und können uns absprechen, zum Beispiel bei Schwierigkeiten oder Störungen."

Michael sagt: „Das ist ja irre! Ich sehe nicht nur mit den Augen eines anderen, sondern wenn ich nach etwas greife, greift in Wirklichkeit der Roboter zu. Ich kann es kaum glauben. Ich habe eben nach unten gesehen und dort die großen Roboterschuhe betrachtet."

„Beruhige dich! Während deiner Ausbildung wirst du erkennen, wie leicht das Ganze im Endeffekt ist. Du wirst zum Beispiel hier im Raumschiff agieren und der Roboter draußen auf der Raumschiffhülle Kontrollen und Reparaturen ausführen, – mit deinen Augen, deinen Händen, deinem handwerklichen Können, deinem Geist. Neben den Robotern, die in der Außenhülle gelagert sind, gibt es auch welche im Raumschiff selbst. Sie werden für Arbeiten in für Menschen gefährlichen Räumlichkeiten eingesetzt."

Doch plötzlich fragt Michael: „Woher bekommt der Roboter den seine Energie, ich meine damit den elektrischen Strom, um zu funktionieren?"

„Die Elektrizität bekommt der Roboter von extrem leistungsfähigen Batterien, welche sich neben der Steuerungselektronik in einem Behältnis auf seinem Rücken befinden. Diese Batterien sind für Atlantis und in diesem Fall für die Roboter weiterentwickelt worden. Ihre Ladung reicht je nach Einsatzgebiet für 5 bis 8 Stunden. Wenn Arbeiten beendet sind und der Roboter an seinen Ruheort zurückkommt, werden die Batterien wieder aufgeladen."

Es folgen nun etliche Prüfungen und Handlungen verschiedenster Art. Willi sagt: „Gehe jetzt aus dem Schrank heraus!" Michael reagiert richtig. Er selbst und der Roboter machen einige Schritte vorwärts. Der künstliche „Mensch" steht jetzt außerhalb des Schrankes. Dann folgen Anweisungen: „Gehe etwas seitlich, rückwärts, hole im zweiten Regal den mittleren Hammer, ergreife das rote Messgerät im Regal daneben", und sogar „knie dich hin und steh wieder auf!"

Willi hört über Funk Freudenlaute von Michael. Und nach weiteren kleinen Handlungen wird die kurze Prüfung beendet. Doch was Michael am meisten freut, er wird für eine Ausbildung angenommen, die drei Monate dauern wird und schon morgen beginnt. Erst danach würde er endgültig erfahren, ob er in diese Gruppe eingegliedert wird. Er hört noch, dass er sich neben der Robotersteuerung sehr viel neues technisches Wissen aneignen muss.

Da die Prüfung nun beendet ist, wird Michael verabschiedet und will gehen, da fällt ihm spontan doch noch eine, wie er meint, sehr wichtige Frage ein, die ihm keine Ruhe lassen würde. Er sagt ziemlich aufgeregt: „Willi, erkläre mir bitte noch, wie sich mein eigener Körper beim Steuern des Roboters orientiert oder besser, unter Kontrolle hat. Ich sehe doch nicht die Bewegungen meines Körpers in meiner tatsächlichen Umgebung, kann irgendwo anstoßen, stürzen und mich verletzen."

„Das ist eine gute Frage! Sie zeigt, dass du klar denken kannst. Doch auch dafür ist gesorgt. Wenn du in dem mit Elektronik vollgepackten Arbeitsanzug steckst, bist du erstens nicht allein, ein Kollege ist dein Assistent, zweitens bedient dieser eine Steuerkonsole, mit welcher der Roboter ohne deine Mithilfe grob gesteuert werden kann. Nehmen wir an, du musst den Außenroboter 5 steuern. Bevor du loslegen kannst, öffnet der Assistent mit der Konsole die Luke von Nummer 5, gibt durch drücken einer Schaltfläche den Befehl ‚aufwachen', wonach der Roboter ohne dein Mitwirken aufsteht und herauskommt. Du brauchst nicht darüber zu lachen, die Konstrukteure haben es so benannt. Er steht danach fest auf der Außenhülle des Raumschiffes. Zur Sicherheit sind seine Schuhe stark magnetisch, sie verstärken die vorhandene Gravitation des Raumschiffes. Der Assistent ist in der Lage, den Roboter zu einem ganz bestimmten Ziel zu steuern. Er sieht auf dem Bildschirm der Konsole auch, was du mit den Roboteraugen siehst. Ihr verständigt euch, wenn dein alleiniger Einsatz kommen soll, um Arbeiten auszuführen oder über Zustände zu berichten. Der gesamte Einsatz wird in Bild und Ton festgehalten und dient den Ingenieuren zur Beurteilung der Lage und Entscheidung über Maßnahmen. So, wir wollen heute der Ausbildung nicht noch mehr vorgreifen! Ich habe wirklich den Eindruck, dass du für diese Arbeit geeignet bist.“

Michael schält sich aus dem Arbeitsanzug heraus. Mit leuchtenden Augen sagt er: „Ich glaube, das wird eine tolle Aufgabe für mich. Ich muss mich sehr bemühen, die Ausbildung zu schaffen.“

„Ja, das hoffe ich auch! Bis auf weiteres findet deine Ausbildung hier und mit denselben Dingen statt, also mit Arbeitsanzug und Übungsroboter, daneben auch Theorie. Ich hatte von dir eigentlich noch eine Frage erwartet, die oft an mich gerichtet wird, nämlich wie die Kommunikation zwischen dem Menschen im Anzug und dem Roboter funktioniert. Ich sagte es ja bereits, es sind sehr leistungsfähige Batterien, welche die Energie liefern. Die Batterien und ein Elektronenrechner sind in der rucksackähnlichen Tasche auf dem Rücken des Anzuges. Der Roboter hat das gleiche auf seinem Rücken. Die Übertragung der Steuerdaten erfolgt wie alles im Raumschiff drahtlos. Also, bis morgen um 6 Uhr! Danke für deine Bewerbung.“

Als Michael später bei seiner Hanna ist, berichtet er ihr mit Begeisterung von seinem heutigen Einstieg in eine neue Richtung und seine wahrscheinlichen Zukunftsaussichten. Ihr Gesicht zeigt ein lang anhaltendes, glückliches Lächeln.

25

Die Umlaufbahn des Planeten Saturn ist erreicht. Das Raumschiff war etwas schneller als geplant, es ist nun 85 Tage unterwegs, hat eine Strecke von etwa 1,3 Milliarden Kilometer zurückgelegt. Und hier braucht kein Umweg geflogen zu werden. Der Abstand zu diesem Planeten ist groß genug, um nicht in seinen Sog zu geraten. Sonst könnte der Saturn den Flug des Raumschiffes beeinträchtigen, es ablenken, denn auch er hat ein starkes Magnetfeld und eine große Gravitation. Außerdem würde eine vorhandene Atmosphäre eines Planeten bei zu nahem Vorbeifliegen und der hohen Geschwindigkeit des Raumschiffes vernichtende Folgen haben. Den Zuschauern an den Bildschirmen werden nun atemberaubende Bilder dieses großartigen Planeten gezeigt. Wieder einmal geben die Präzisionsfernrohre durch verändern der Brennweite scharfe Bilder. Allein die Größe dieses Gasplaneten, er ist der zweitgrößte im Sonnensystem, mit seinen vielen Monden, bietet ein imposantes Bild. Auch bei ihm ist keine feste Oberfläche zu erkennen, das sagt ja schon die Bezeichung Gasplanet. Die sichtbare, obere Gasschicht sieht gestreift aus. Die Streifen sind pastellfarben von hellem grau, hellbraun bis braun, und darin sind einige große, weiße Flecken. Es ist zu sehen, dass starke Winde und Stürme auf diesem Planeten herrschen. Das erstaunlichste sind jedoch seine Ringe, die ihn, wenn man sie als Ganzes betrachtet, als flacher, breiter Ring in der Äquatorebene umgeben. Kein anderer Planet im Sonnensystem hat so etwas Besonderes.

Als Michael das sieht, sagt er zu Hanna: „Mir hat mal jemand aus einem Buch von einem Heiligenschein vorgelesen. Wir hatten drei sehr abgegriffene, schmutzige Bücher in der Sippe, die es früher in Massen gegeben haben soll. Eines gehörte einer Großmutter von mir, und sie nannte es immer ‚Das Heilige Buch'. Die Bücher bestanden aus Papierseiten, welche aus besonders bearbeitetem Holz hergestellt wurden. Die Seiten enthielten gedruckte Texte und Bilder. Heilige, das waren Personen, denen man auf der Erde besondere Fähigkeiten zusprach. Es gab welche, die mit ihrem Heiligsein andere Menschen von Krankheiten befreien konnten. Man sprach dann auch von Wundern, welche die Heiligen vollbrachten. Und diese Heiligen wurden mit so einem flachen, breiten Ring über dem Kopf auf Bildern dargestellt."

Hanna antwortet: „So einen Heiligenschein habe ich mal im Lexikon unseres Informationssystem gesehen und mich sehr darüber gewundert. Auch hörte ich, dass es früher Religionsgemeinschaften gegeben haben soll, besonders drei große, die sehr rechthaberisch, eigensinnig und feindselig gegeneinander gewesen waren. Auch Kriege sind zwischen ihnen geführt worden. Überhaupt Kriege, in denen sich viele Menschen grausam umbringen, und deren Sinn verstehe ich überhaupt nicht."

Michael sieht sie verwundert an und sagt: „Was weißt du schon von Kriegen! Die Menschen streiten, schlagen, morden, betrügen, berauben sich gegenseitig seit Urzeiten an auf der Erde. Wenn das nicht so wäre, säßen wir jetzt nicht hier in diesem Raumschiff, in der Hoffnung auf eine neue, friedliche, geordnete Welt. Die Erde war einmal ein Paradies, doch die Menschen wussten oder begriffen das nicht. Sie veränderten die Erde so stark wie kein anderes Lebewesen vor ihnen. Denk doch nur daran, wie ich um mein Leben rannte, bis ich von den Sicherheitsleuten gerettet wurde. Du, meine liebe Hanna, bist doch ganz anders aufgewachsen."

Sie sieht ihn ernst an und antwortet: „Doch ich verstehe wirklich nicht, habe das nie verstanden, warum das so und nicht anders auf der Erde war und ist. Die Gründer von Atlantis haben in den ersten Jahren unser ‚Heiliges Gesetz' geschaffen. Erinnere mich bitte daran, dass wir uns das bald mal gemeinsam im Informationssystem durchlesen. Mit ihm kann es diese Übel wie auf der Erde nie geben."

„So, glaubst du?"

Sie sieht auf den Bildschirm, stößt ihn an und sagt: „Guck doch! Die jetzigen Bilder von den Ringen zeigen, dass sie aus feinem Staub, kleinen, großen und sehr großen Brocken zusammengesetzt sind. Und die Vielfalt ihrer Formen ist erstaunlich: rund, kantig, langgestreckt, eckig. Das ist ja unglaublich! Das sind ja unzählig viele! Wie kommt nur diese geordnete Form als dünner, breiter Ring zustande?"

Er sagt: „Die Wissenschaftler forschen oder rätseln bereits Jahrhunderte über solche Besonderheiten. Welche Kräfte das bewirken, ist sehr schwer zu ergründen. Und das heutige Wissen darüber besteht mehr aus Vermutungen."

Sie fragt ihn: „Wieso weißt du so viel über wissenschaftliche Dinge? Ihr hattet doch in den letzten Jahrzehnten keine Schulen mehr auf der Erde. Ich bin in Atlantis sechs Jahre zur Schule gegangen, dort wurde uns das der Menschheit bekannte Wissen gründlich vermittelt."

Er sieht sie mit hochgezogenen Augenbrauen an und fragt: „Wie … Schule? Gibt es das etwa auch hier im Raumschiff? Und warum weiß ich noch nichts davon?"

„Weil wir noch keine Kinder haben! Sonst wäre dieses Thema wahrscheinlich schnell aufgekommen."

Er nickt und sagt: „Ich verstehe. Und was meine Kenntnisse betrifft, ich hatte sehr gescheite Eltern und Großeltern. Sie haben mir zwar alles nur mündlich beigebracht, aber in so einer interessanten Form, dass ich nie genug kriegen konnte. Sie waren manchmal entsetzt über meinen Wissensdurst, zumal sie daneben viel Zeit für den Überlebenskampf benötigten. Erzähle mir bitte etwas über die Schule."

Sie sagt: „Sie befindet sich auf der unteren, bewohnbaren Ebene, wo auch die Brücke, die Raumschiffzentrale und so weiter sind, also in der Nähe aller wichtigen Einrichtungen. Es gibt dort fünf Klassenräume, doch zurzeit werden nur drei genutzt und sind jeweils auch nicht voll besetzt. Wir haben zu wenige Kinder im Schulalter zwischen fünf und zwölf Jahren. Ich meine, es ist am besten, wenn du dir selbst ein Bild machst. Wir haben im Augenblick frei, und es ist auch kein Unterricht, so ist Gelegenheit, die Schulräume zu zeigen."

Sie transportieren sich auf die untere Ebene in die Nähe der Schule und gehen den Rest zu Fuß. Nachdem Hanna eine der Schultüren geöffnet hat und sie eingetreten sind, sagt Michael mit trauriger Stimme: „So sieht also ein Schulraum aus? Was habe ich alles in meinem bisherigen Leben versäumt! In solchen Räumlichkeiten und dieser Annehmlichkeit hätte ich gern und viel gelernt. Wenn meine Eltern mir das Rechnen erklärten, schrieben wir mit einem Stock auf eine Sandfläche."

Der Raum hat eine runde Form. In der Mitte sind acht Tische mit je zwei Sitzplätzen zu einem Achteck zusammengestellt. Die sechzehn Stühle laden zum bequemen Sitzen ein. An der Wand sind vier sehr große Bildschirme so angebracht, dass jeder Schüler mindestens einen von ihnen gut sehen kann. Auf den Tischen liegen an jedem Sitzplatz elektronische Bildschirmtafeln und Schreibstifte.

Hanna erklärt: „Die Schüler können durch antippen von Schaltflächen Lernprogramme aufrufen, Texte lesen, zum Beispiel im Lexikon, Texte eingeben, in Bilddateien blättern, Übungsaufgaben bearbeiten und vieles andere mehr. Außerdem arbeiten sie mit den Schreibstiften handschriftlich, denn das Schreiben mit der Hand ist und bleibt wichtig. Die Handschrift ist eines der Wunder der Menschheit. Außerdem ist sie eine der unverwechselbaren Eigenheiten eines Menschen. Elektronische Nachrichten können somit auch in Handschrift an andere gesendet werden. Die Lehrer haben durch die elektronischen Systeme einerseits große Unterstützung, andererseits ist mit ihnen auch der Lernweg und das Tempo vorgegeben."

Er sagt mit Freude in der Stimme: „Ich finde deine Erklärungen einleuchtend. Hier also wird unser Kleines zur Schule gehen. Was wird es denn? Weißt du es bereits von Lydia Hartmann, deinem Arzt? Du warst doch vor kurzem zu einer Untersuchung dort. Bekommen wir einen Jungen oder ein Mädchen?"

„Weder … einen Jungen - noch … ein Mädchen."

„Was dann, das geht doch gar nicht!"

„Doch, das geht! Der Arzt sagt, es schlagen außer meinem eigenen zwei andere kleine Herzen in mir. Das Geschlecht ist leider erst später feststellbar."

Erst wird Michael blass, dann rot, dann drückt er seine Hanna ganz fest.

26

Der dreimalige, lange Summton kündigt Alarm an. Die Bewohner hatten bereits seit kurzer Zeit Geräusche gehört, die sie noch nicht kannten. Diese konnten genau so gut von außen kommen oder im Raumschiff selbst entstanden sein. Merkliche Erschütterungen sind auch dabei.

Der Planet Uranus, 1,4 Milliarden Kilometer vom Saturn entfernt, wird gerade erreicht. Der Vorbeiflug wird in einem Abstand von 65000 Kilometer erfolgen. So kann der Planet mit den Präzisionsfernrohren betrachtet werden, und genaue Bilder fallen für das Informationssystem an. Die Geschwindigkeit des Raumschiffes konnte kurz nach dem Vorbeiflug am Saturn auf 2,5 Millionen Kilometer pro Stunde erhöht werden. Denn es gibt, laut den Beobachtungen der Wissenschaftler, über eine weite Strecke keine Objekte, die den Flug gefährden oder beeinträchtigen. Der Durchmesser des Uranus beträgt etwa das Vierfache des Erddurchmessers. Die Bildschirme zeigen eine bläuliche, kalt wirkende, unwirtliche Eisoberfläche auf dem gesamten Planeten. Verstrichen sind bis zum Uranus wiederum 23 Tage, das ergibt eine bisherige Gesamtflugzeit von 108 Tagen.

Jetzt ist eindeutig von draußen, wohl auf der Außenhülle, ein prasselndes Geräusch zu hören. Auf der Brücke wird entschieden, die Geschwindigkeit herunterzufahren. Doch die Wirkung ist gering, weil das in diesem fast materielosen Raum sehr langsam vonstatten geht. Die Wissenschaftler in den Kontrollräumen arbeiten fieberhaft, um die Ursache festzustellen, und schnell finden sie es heraus. Feinmessgeräte an der Außenhülle melden ganz winzige Eiskristalle, die nur einen Durchmesser bis zu einem zwanzigstel Millimeter haben. Viele dünne, kaum die Durchsicht verhindernde Wolken aus diesen Eiskristallen umschließen den Uranus in einem Abstand von mehr oder weniger 67000 Kilometer und einer Dicke bis zu 15 Kilometer. Diese Wolken streifte das Raumschiff eine ganz kurze Zeit.

Der diensthabende Kapitän, Wolfgang Wagenbrett, meldet sich über das Informationssystem, nachdem die Bildschirme und Tonempfänger automatisch, wie stets bei Gefahren, alle eingeschaltet wurden: „Meine Freunde, wir haben Glück gehabt. Gerade streifte unser Raumschiff dünne Wolken von winzigen Eiskristallen. Wären diese Kristalle größer gewesen, hätte unser automatisches Steuer- und Kontrollsystem bereits weit vor erreichen dieser Wolken Alarm geschlagen, und wir hätten ausweichen können. Mich erfüllt es mit Stolz, und ihr alle könnt darin einstimmen, denn unser Raumschiff ist vielen Gefahren gewachsen! Bitten wir den Allmächtigen, dass es auf Dauer so bleiben möge. Unsere Wissenschaftler sagen, die Kontrollsysteme melden keine Schäden am Raumschiff. Und – da wir im Augenblick alle elektronisch verbunden sind, noch einige Hinweise über unser nächstes Ziel, die Umlaufbahn des Planeten Neptun. Wenn wir mit der gleichen Geschwindigkeit weiterfliegen können wie in den letzten Tagen, erreichen wir den Neptun voraussichtlich in 26 Tagen. Er ist 1,6 Milliarden Kilometer von hier entfernt. Und auch noch etwas sollte uns freuen, denn etwa 30 bis 40 Tage nach dieser nächsten Teilstrecke verlassen wir endgültig und für immer den engeren Bereich unseres Sonnensystems, wo die acht Planeten sind. Zum äußersten Rand ist es noch weit. Es wird noch über ein Jahr dauern, bis wir dieses Ziel erreichen. Wenn unsere Berechnungen richtig sind und die Antriebstechnik das leistet, was wir erwarten, sind von unserem Raumschiff dann außerhalb des Sonnensystems Geschwindigkeiten zu erwarten, die alles Bisherige weit übertreffen. Wir werden dann fast so schnell sein wie das Licht."

Hanna und Michael hören die Meldung des Kapitäns im Speiseraum beim Abendessen. Sie werden genauso von dem Ereignis überrascht wie die anderen. Die vorher fröhliche Stimmung, das Gemurmel der Anwesenden, wechselt in Bedrücktheit und Schweigen. Einige sehen plötzlich sehr blass aus, andere lassen, in sich gekehrt, den Kopf hängen. Fast alle hören auf zu essen, wenige stehen auf und verlassen still den Speiseraum.

Michael sagt nach langem Schweigen: „Ich dachte bisher, wir sind hier absolut sicher. Es scheint aber noch einige Unwägbarkeiten zu geben. Doch denke nur nicht, meine Gute, dass ich große Angst habe oder vorhin hatte. Wir Menschen sind halt sterbliche Wesen und keine Götter, so dachten doch schon die Menschen in den alten Kulturen am Euphrat und am Nil."

„Woher weißt du das denn?"

„Manchmal, wenn ich frei habe, lese ich viel mehr im Lexikon als du denkst. Es ist für mich faszinierend, was beispielsweise die Ägypter über Tausende Jahre lang kulturell vollbrachten."

„Wenn das so weiter geht, wirst du noch ein Schlaumeier! Ich stelle es wieder einmal mit Freude fest … du lernst sehr schnell. Es wäre schade, wenn du dort unten auf der Erde geblieben wärst."

Sie essen zu Ende, gehen in ihren Wohnraum zurück und lesen gemeinsam im Lexikon. Hanna weist ihn auf sehr interessante Textstellen und Bilder hin, welche das vorhin von ihm angegebene Thema vertiefen.

Lange Zeit danach sagt Michael unverhofft: „Guck mal! Und fühle mal meine Muskeln am Arm! Ich meine, sie werden schlaffer seit ich im Raumschiff bin. Ich bewege mich jetzt viel weniger und brauche nicht mehr so schwere Dinge zu tun. Auf der Erde musste ich bei Gefahren oder auf der Jagd vielfach auf Bäume klettern, oft sehr schnell und über weite Distanzen rennen. Kann das denn daran liegen?"

Sie fühlt nach, lacht verschmitzt und sagt: „Alles wabbelig, du hast Recht."

„Übertreiben brauchst du nun auch wieder nicht! Doch hast du einen Vorschlag, was ich dagegen tun kann?"

„Ja, habe ich. Entschuldige, mein Lieber. Wieder einmal muss ich feststellen, dass es so viel war, was auf uns beide in den letzten Wochen zukam, und an alles konnte ich bisher auch nicht denken. Es gibt direkt neben den Schulräumen zwei große Sporträume. Da sind eine Menge Sportgeräte verschiedenster Art, mit denen jeder seine Muskeln, Sehnen, Gelenke und so weiter stählen kann. Zu festgelegten Zeiten sind dort Übungsleiter, unter deren Anleitung es einfacher ist, das für den eigenen Körper Richtige zu üben. Als ich noch ein Schulkind war, mussten meine Klassenkameraden und ich uns dort abquälen. Die Lehrer sagten uns immer wieder, wie wichtig sportliche Bewegung für unsere Gesundheit ist. Und hier, in dieser kleinen Welt, ganz besonders. Ich war immer faul im Sport, mochte diese Räume gar nicht. Wir Schüler hatten einen Spruch, er heißt ‚Sport ist Mord‘. Als mein Lehrer das mal hörte, musste ich als Strafe einen Vortrag vor meiner Klasse halten. Er gab mir das Thema ‚Warum muss ein leistungsfähiger Mensch auch körperlich gesund sein‘. Später habe ich mich an körperliche Ertüchtigung gewöhnt und mit Freunden viel Zeit dafür aufgewendet. Irgendwann machte es mir …“

Michael unterbricht sie und sagt: „Meine Güte, wenn du einmal redest, dann bist du nicht mehr zu bremsen. Zeige mir einfach diese Räume, und ich verspreche dir, nicht noch wabbeliger zu werden. Vielleicht melde ich mich auch bei einem Übungsleiter an.“

Als sie ihm die Sporträume zeigt, ist er begeistert.

27

Die Hälfte der Strecke zum Neptun ist zurückgelegt. Da passiert etwas völlig unerwartetes im Raumschiff. Viele Bewohner haben heute ihren Dienst nicht angetreten. Die Flugleitung und die Abteilung Medizin sind alarmiert. Als nachgeforscht wird, die nicht zum Dienst erschienenen Bewohner in ihren Wohnräumen befragt werden, stellt sich bei allen ein gleiches Krankheitsbild heraus. Sie fühlen sich äußerst schwach und müde, können kaum auf ihren Beinen stehen, und sogar Appetitlosigkeit hat alle befallen.

Die Ärzte sind im Stress, denn ein Drittel von ihnen ist ebenfalls betroffen und kann bei den Untersuchungen nicht mitwirken. Blutproben werden entnommen und die in so einem Fall weiteren Schritte eingeleitet. An die noch gesunden Bewohner ergeht die Anweisung, den direkten Körperkontakt mit den Betroffenen zu meiden. Im medizinischen Labor wird eifrig geforscht, geprüft und auch beraten, ob dem Hohen Rat empfohlen werden soll, den Notstand auszurufen. Dies würde bedeuten, dass die Gesunden zu allen ihnen zumutbaren und durchführbaren Tätigkeiten herangezogen werden können, und wenn es ganz schlimm kommt, kurze Zeit auch rund um die Uhr. Der Anteil von bekannten Bakterien, Viren und so weiter in den Blutproben ist mehr oder weniger zwar bei den Kranken nachweisbar, doch nicht in einem gefährlichen Ausmaß. Festgestellt wird aber, dass die inneren Organe, beispielsweise die Nieren, nicht korrekt arbeiten. Die Ratlosigkeit hält viele Stunden an.

Dann konzentriert sich das Labor auf die Untersuchung von Speisen, Getränken, der Atemluft und weiteren wichtigen Dingen des täglichen Lebens, um zu ergründen, ob etwas davon die Krankheitssymptome ausgelöst haben könnte. Endlich werden sie fündig. In dem Rest eines Getränkes vom Vortage – es gibt jetzt drei unterschiedliche Mischungen je Tag - wird in ganz geringen Mengen eine Substanz gefunden, welche die Nerven schädigt, es ist Phosphorsäureester. Phosphorsäureverbindungen wurden im 20. Jahrhundert in Insektenvertilgungsmitteln und Kampfmitteln für Kriegszwecke verwendet.

Nun gilt es, die verursachende Quelle zu ermitteln. Und auch das geht sehr schnell. Denn es wurde ja in einem Getränk gefunden. Bei der Prüfung der Behälter für die Getränkezutaten wird der Stoff entdeckt, und zum Glück nur in einem. Sonst würde es ein ernstes Problem bei der Herstellung der Speisen und Getränke in den kommenden Tagen geben. Die Abteilung Versorgung hat 65 dieser Metallbehälter, vergleichbar mit übergroßen Fässern. Ab und zu werden sie gereinigt. Und außerdem sind nicht alle ständig im Einsatz, stehen oft nach der Reinigung in Reserve. Wer ist schuld, wie konnte das passieren, wann passierte es, wie kam der Stoff hinein? Viele Fragen bleiben vorerst unbeantwortet. Doch die Sicherheitsvorkehrungen müssen verstärkt werden, das wissen alle im Raumschiff. Eine Epidemie der gesamten Besatzung ist im Weltall tödlich, ein Raumschiff ohne jegliches Leben darin das traurige Ergebnis.

Da sämtliche Arbeitsvorgänge stets elektronisch protokolliert werden, können der Zeitpunkt der Reinigung des Behälters und die beteiligten Personen ermittelt werden. Es ist eine Arbeitsgruppe, die fest für diese Aufgabe vorgesehen ist, und sie besteht aus drei Dienstmännern. Weiterhin ist ersichtlich, dass die Reinigung noch vor dem Abflug ins All erfolgte, und der Behälter seit dieser Zeit bis zum Zeitpunkt des Unglücks nicht benutzt wurde. Zwei Dienstmänner der Reinigungsgruppe sind im Raumschiff. Sie sind schnell von der Flugleitung befragt und werden, wenn auch nur teilweise, entlastet. Sie sind sich keiner Schuld bewusst und können glaubhaft machen, dass diese Gruppe bis zum Abflug seit vielen Jahren zusammenarbeitet. Ihr Gruppenleiter, Heinz Muffler, ist einer derjenigen, die vor dem Abflug ins All aus Altersgründen noch in die Erdstation wechselten. So geht ein Funkspruch der Flugleitung an die Erdstation mit der Bitte um Befragung dieses Dienstmannes ab. Beigefügt wird auch ein kurzer Bericht über die jetzige Position und sonstiges Wissenswerte vom Raumschiff.

Nach bangen 15 Stunden ist eine Antwort von der Erdstation angekommen. Sie lautet: „Erdstation an Atlantis. Heinz Muffler ist vor 11 Tagen im Alter von 69 Jahren verstorben. Schade, wir hätten gern geholfen! Hier geht es weiter bergab. Stürme nehmen an Intensität zu. Mehrere Erdbeben erschütterten wieder die Umgebung. Gewaltige Niederschläge finden fast täglich statt. Geplante Erkundungsflüge mit Paulus mussten vertagt werden. Unsere Sicht mit den Kameras nach draußen wird immer schwieriger, Verschmutzung der Außenluft nimmt weiter zu. So sind wir nicht in der Lage, über die genauen Zustände dort zu berichten. Alle Systeme in der Erdstation arbeiteten bisher einwandfrei. Wir haben noch alles, was wir zum Leben brauchen. Wenn es schlimmer werden sollte, könnt ihr uns ja abholen … ha ha ha … ihr Glücklichen. Weiterhin einen guten Flug. Ende des Funkspruchs."

Der Hohe Rat stellt die Verfolgung der Ursachen des Beinaheunglücks ein. Die Sicherheitsregeln werden verschärft. Nach Reinigungs- und Reparaturarbeiten an Gerätschaften, welche mit der Ernährung zusammenhängen, folgen anschließend doppelte Kontrollen, zusätzlich selbst durch den Sicherheitsdienst. Nach acht Tagen haben die letzten Leidenden ihre Krankheit überstanden. Es gibt keine Todesfälle und keine bleibenden Schäden.

Hanna und Michael haben wie durch ein Wunder nicht dazugehört.

28

Die Umlaufbahn des Planeten Neptun ist erreicht. Nach nunmehr zurückgelegten 4,3 Milliarden Kilometer des Raumschiffes, und in einer bisherigen Gesamtflugzeit von 137 Tagen, ist eine weitere, große Etappe innerhalb des Sonnensystems geschafft. Bei der Flugleitung macht sich großer Stolz über diese Leistung breit. Sie hält es jetzt für angebracht, weitere wichtige Einzelheiten des künftigen Fluges bekanntzugeben. Und diesmal werden sogar die im Moment schlafenden Bewohner für einen kurzen Zeitraum geweckt.

Zuerst sind, untermalt von leisen, wunderschönen Klängen, Eindrücke des Vorbeifluges in einer Million Kilometer Entfernung auf den Bildschirmen zu sehen. Der Neptun ist ebenfalls ein Gasplanet, sein Durchmesser beträgt etwa den vierfachen des Erddurchmessers. Die Betrachter sehen seine Oberfläche in verschiedenen Blau- und Grautönen. Jedoch sind keine besonderen Einzelheiten zu erkennen. Er zeigt sich als kalte, wenig einladende Eiswüste ohne jegliche Möglichkeit von Leben. Allein die Vorstellung, dort zu sein, lässt die Zuschauer frösteln.

Dann hören alle die Stimme des Ersten Kapitäns: „Meine Freunde, der Neptun ist der letzte Planet im Sonnensystem. Einige Astronomen halten den noch weiter entfernt befindlichen Kleinplaneten Pluto mit zum Sonnensystem, jedoch gehört dieser zu einer anderen Formation am äußersten Rande. Der Abschied vom Neptun ist gleichsam ein Abschied vom inneren Sonnensystem und … der Sonne, einem kleinen Stern von vielen Milliarden im All."

Eines der Fernrohre ist jetzt zur Sonne hin ausgerichtet, und er sagt dazu: „Schon sehen wir auf diesen Bildern unser Zentralgestirn viel kleiner als wir es bisher kannten, auch die Farbe ist rötlicher, und seine großartige Wärme würden wir außerhalb unseres Raumschiffes nicht im Geringsten mehr spüren. Behaltet diese letzten Eindrücke in euerer Erinnerung!"

Nach einer Pause sagt er: „Wir kommen bald zum schwierigsten Teil unseres Fluges. Das ist einer der Gründe für meinen heutigen Vortrag. Es war für unsere Wissenschaftler, insbesondere der Astronomen, Physiker und Mathematiker, nicht leicht, die Art und Weise unseres Fluges am Rande des Sonnensystems eindeutig vorherzubestimmen. Das heißt, dort herrschen andere Bedingungen als auf unserem Flug bisher. In mehr oder weniger 1,4 Milliarden Kilometer Entfernung von hier, ziemlich am äußersten Rande unseres Sonnensystems, erreichen wir eine Zone, die uns mehr Aufmerksamkeit und Geschick abverlangt als alles Bisherige. Aber wir kommen nicht daran vorbei, all unser Wissen und Können einzusetzen, um den dortigen Gefahren zu entgehen."

Er spricht kurz mit einem Astronomen, sagt dann: „Jenseits des Neptuns ist da draußen ein riesiger Ring von Asteroiden mit Millionen Objekten. Darin sind sogar etliche Kleinplaneten wie der Pluto. Wir finden dort Eis- und Gesteinsbrocken, Staub und anderes mehr. Doch auch da ist zwischen den Objekten genug Raum, um sie sicher zu umfliegen. Es kann durchaus sein, dass wir dabei unsere Fluggeschwindigkeit laufend den Gegebenheiten anpassen müssen und sogar bis zum Stillstand kommen können. Unser Raumschiff hat auf unserem Flug bis hierher eindeutig bewiesen, dass es solchen Gefahren gewachsen ist. Wir können auch noch damit rechnen, weiter entfernt vom Sonnensystem Objekte zu finden, die aus der Entstehungsphase des Sonnensystems übrig geblieben sind und wie eine riesige Schale die äußerste Grenze umgeben. Und da müssen wir uns wieder durch sehr viele Asteroiden, Eis- und Gesteinsbrocken und Staubpartikel verschiedenster Größe hindurchkämpfen. Natürlich haben auch sie wieder genügend große Lücken für unseren Vorbeiflug. Dahinter beginnt für uns die bereits angedeutete hohe Fluggeschwindigkeit."

Er unterbricht wieder, spricht mit Andreas Busch. Als dieser ihm zunickt, fährt er fort: „Ich glaube, es ist hier und heute an der Zeit, euch allen das bisher noch streng geheime Wissen unseres Fluges mitzuteilen. Nur der Hohe Rat, die Flugleitung und wenige der Wissenschaftler, Techniker und Ingenieure sind in diese Dinge tiefgründig eingeweiht, haben volle Kenntnis davon. Doch wer von euch in der Schule aufgepasst hat oder sich mit der Astronomie und den uns Menschen bekannten Gesetzen des Alls beschäftigt hat, wird wohl bereits bei unserem Aufbruch gewusst oder geahnt haben, was uns alles bevorsteht. Also, wir brauchen für die Vollendung unserer Ziele ausreichend viele Raumfahrer. Das heißt, nur wenn wir immer viele Raumfahrer sind, unsere Anzahl vergrößern oder zumindest halten, kann unser Fortbestand gelingen. Ihr habt richtig gehört, ich nannte uns eben Raumfahrer. Die Bezeichnung Bewohner war für die Bau- und Erprobungsphase von Atlantis richtig. Also, in Zukunft nennen wir uns besser Raumfahrer."

Er macht wieder eine Pause, trinkt aus einem Henkelglas und sagt: „Nun kommt die zweite Wahrheit, und ich leugne nicht, dass wir Eingeweihten uns schämen, so gehandelt zu haben. Doch es war mit Bestimmtheit richtig so! Unsere neue

Heimat, das Sonnensystem mit dem gelobten Planeten, das wir anfliegen, hat unter den Astronomen einen wissenschaftlichen Namen. Die Benennungen von Sternen stammen zum größten Teil aus dem Arabischen oder Lateinischen. Das wollen wir für unsere neue Heimat nicht! Da es kein zurück mehr geben kann, nennen wir ab jetzt unseren neuen Heimatplaneten ‚Neuerde'. Für den dazugehörigen Zentralstern und die anderen Planeten denken wir uns noch unterwegs Namen aus. Die Neuerde hat auch einen Mond. Unsere Astronomen haben während unseres Fluges weitere Beobachtungen und Messungen durchgeführt. Es gibt nun überhaupt keinen Zweifel mehr. Da ist ausreichend Wasser, eine Atmosphäre mit ausreichend Sauerstoff, ein Magnetfeld, und selbst die Temperaturen sind erträglich für uns Menschen. Doch wir können jetzt noch nicht annehmen, genau die gleichen Lebensbedingungen zu finden, die auf der alten Mutter Erde lange Zeit herrschten. Was es dort für Lebewesen gibt, können wir erst in Zukunft ermitteln, wenn wir ziemlich dran sind. Und nun zur eigentlichen Wahrheit: Wenn alles so vonstatten geht wie geplant, sind wir … in etwa … dreiundzwanzig Jahren dort angekommen."

An allen Stellen im Raumschiff ist jetzt große Betroffenheit zu spüren. Die Masse der Raumfahrer, die nicht eingeweiht war, stöhnt, jammert, schimpft und weint zum größten Teil. Und bei einigen von ihnen kommt wie von selbst die Schlussfolgerung, dass sie die Neuerde nie selbst sehen werden, sondern nur ihre Kinder oder Kindeskinder.

Adam, der Erste Kapitän, hat nach dieser Aussage absichtlich eine längere Pause eingelegt, dann sagt er: „Aber bedenkt auch den jetzigen Zustand und die weitere Entwicklung bei denen, die jetzt auf der Erde sind. Sie haben wohl keine Zukunft mehr! Die Menschheit dort geht aller Wahrscheinlichkeit nach dem Ende entgegen, so wie es sich bei den Dinosauriern und anderen ausgestorbenen Arten vor vielen Millionen Jahre ebenfalls abgespielt hat. Wir Menschen hier im Raumschiff, ja, auch wir, die wir mit dazu gehören, haben unser Paradies vernichtet. Uns bleibt nur der Flug zur Neuerde! Denkt immer daran, dass die Jüngeren von uns und diejenigen, welche noch im Raumschiff geboren werden, unser Leben, unser Wissen, unsere Intelligenz weitertragen in ein neues Paradies. Das ist möglicher als die Hoffnung, jetzt auf der Erde das Rad zurückzudrehen. Wir müssen in den kommenden Jahren die von uns erarbeiteten Gesetze nochmals überdenken, damit unsere Nachfahren in einer Menschheit von Freiheit, Gleichheit und Brüderlichkeit leben können. Das nämlich war das Ziel aller Menschen seit der Revolution des Jahres 1789 in Frankreich, und besonders in den Erdteilen Europa und Nordamerika. Doch es blieb bis ins zweiundzwanzigste Jahrhundert immer ein Wunschdenken. Und selbst die Länder, welche diese Ideen in ihre Gesetze aufnahmen, machten die ärgsten Fehler bei dem Versuch, sie zu verwirklichen. Meine persönliche Meinung ist: Wenn sich ein Rest der Menschheit an bestimmten und günstigen Plätzen der Erde gegen das jetzige Chaos behaupten sollte, wird er wohl weiter mit dieser Schande leben müssen.“

29

Hanna und Michael sitzen in ihrem Wohnraum und unterhalten sich über die eben vernommenen Neuigkeiten. Dann fragt Michael: „Hat unsere einheitliche Kleidung auch etwas mit dieser eben genannten Gleichheit zu tun?“

„Ja, natürlich! Auf der Erde war es seit alters her üblich, dass einige, wenige Menschen sich in Samt und Seide kleiden konnten und allerlei anderen Schnickschnack auf ihrem Leibe trugen. Es waren stets die Mächtigen und Herrschenden unter ihnen, die sich das leisten konnten. Sie hatten das meiste Geld, die größten Besitztümer und gleichfalls die höchste Eingebildetheit. Die große Masse aber musste schon damit zufrieden sein, sich mit einfacher, praktischer Kleidung gegen Kälte und sonstige Unbilden der Natur schützen zu können. Diese Ungleichheit soll es bei uns nie mehr geben! Jeder von uns ist wichtig und für eine bestimmte Aufgabe in der Gemeinschaft begabt. Die Gleichheit der Kleidung schützt uns vor Neid, Habgier, Geltungssucht und vielen anderen schlechten Verhaltensweisen. Der falsche äußere Glanz ist Gift für die Seele der Menschen und für ihr Verhältnis zueinander.“

„Danke, Hanna. In diesem Zusammenhang möchte ich gern noch wissen, wo, wie und aus was

unsere Uniformen und die anderen Sachen hergestellt werden."

„Du hast an deinem ersten Tag bei uns ja gesehen, wo deine Kleidung verschwand. Alle Abfälle
landen in der Abteilung Wiederverwertung, wirklich
alle. Du brauchst nur einmal gründlich darüber
nachzudenken, dann weißt du, was hier alles anfällt.
Hier im All kommt doch nicht jemand vorbei und
holt es ab. Im übrigen können wir auch nicht ir-
gendwoher die nötigen Rohstoffe bekommen, um
unseren Bedarf zu decken. Betrachten wir zum
Beispiel Wasser! Das befindet sich hier genau so
wie auf der alten Erde in einem ewigen Kreislauf,
nur ist der hier sehr viel kleiner."

Michael verzieht sein Gesicht und sagt sehr leise:
„Auch die Abfälle aus meinem Körper? Das wäre ja
ekelhaft!"

Hanna sagt sehr betont: „Ich sprach ... doch
eben ... vom Kreislauf aller Dinge. Den gibt es seit
Milliarden von Jahren auch auf der alten Erde. Teile der Luft oder des Wassers, das du dort zum Leben brauchtest, war doch auch schon unzählige
Male in anderen Lebewesen und sonstigen Dingen.
Überleg doch mal! Ist das dort grundsätzlich anders
gewesen?"

Michael macht ein sehr nachdenkliches Gesicht,
schweigt lange und sagt dann: „Du hast Recht!
Doch komisch ist es schon, wenn ich mir das vor-
stelle."

Hanna sagt jetzt sehr energisch: „Es ist alles genau überlegt und funktioniert bestens. Doch kommen wir zu deiner eigentlichen Frage zurück! Unse-

174

re Uniformen und die anderen Sachen, wie beispielsweise Schuhe, bestehen aus Grundstoffen, die in der Abteilung Wiederverwertung aus verbrauchten Stoffen zurückgewonnen werden. Das heißt für die Uniformen: Aus zurückgewonnenen Fasern hergestellte Garne, feinen, elastischen Metallfäden und einigen anderen Zutaten, die zum Teil von den Pflanzen unserer Felder stammen, werden neue Stoffe gewebt, gefärbt und daraus Uniformen genäht. Die Weberei, Näherei und was sonst noch teilhat, gehören zur Abteilung Versorgung."

„Kann ich die Abteilung Wiederverwertung wohl mal sehen?"

„Ja, ruf doch Erich Eilhardt, den Abteilungsleiter, an! Bitte ihn um eine Besichtigung. Doch mach dich, wenn es klappt, auf einiges gefasst. Es ist mithin eine große Abteilung, sauber wie überall auf dem Raumschiff, aber schlechte Gerüche lassen sich nicht ganz vermeiden. Die hier Dienst tun, müssen starke Nerven haben. Außerdem sind sie täglich nur vier Stunden im Einsatz. Und nur durch diese Vergünstigung sind Mitarbeiter für diese Abteilung bereit zu arbeiten. Die technischen Anlagen in der Abteilung Wiederverwertung gehören zu den Meisterwerken der Technik und des Erfindergeistes. Die zuständigen Techniker und Ingenieure haben 25 Jahre lang an dieser Glanzleistung gearbeitet."

Michael will gerade eine neue Frage stellen, da ertönt überall im Raumschiff der dreimalige, lange Summton als Warnung für eine erneute kritische Situation. Nicht eingeschaltete Bildschirme gehen automatisch an. Zu sehen sind eine Menge Raumfahrer, der Kapitän Wolfgang Wagenbrett und der Leiter des Sicherheitsdienstes, Günter Achtsamer. Die Zuschauer erkennen aufgrund von sichtbaren Sportgeräten, dass sich diese Versammlung in einem der Sporträume befindet. Lautes, unverständliches Stimmengewirr ist zu hören.

Wolfgang verschafft sich mit lauter Stimmlage Gehör: „Ruhe, meine Freunde! Ruhe bitte. So geht das nicht, wenn wir alle durcheinanderschreien."

Als der Lärm abebbt, sagt er: „Ihr alle in Atlantis seid zugeschaltet, weil Unstimmigkeit aufgekommen ist. Es sind hier einunddreißig von uns versammelt, die gemeinsam einen Antrag an den Hohen Rat gestellt haben. Es geht für die Antragsteller darum, zur alten Mutter Erde zurückkehren zu wollen. Die Angabe der Zeitspanne, um unsere Neuerde zu erreichen, muss eine Kettenreaktion ausgelöst haben. Wie ein Lauffeuer müssen sich in so kurzer Zeit nach unseren Mitteilungen über die weitere Flugzeit Meinungen verbreitet und Gespräche stattgefunden haben. Dabei sind Unzufriedenheit und Bedenken aufgekommen. Wir sollten Ruhe bewahren, und mit der gleichen Besonnenheit …"

Der Lärm nimmt abrupt wieder zu und Wolfgang kann nicht weitersprechen. Die Bildschirme werden dunkel, die Übertragung ist abgebrochen.

30

Hanna und Michael sehen sich eine Weile betroffen an. Plötzlich klopft es an der Tür. Hanna sagt: „Herein!"

Die Tür geht auf und ihr Vater, Adam Wagner, betritt den Wohnraum. Sein Gesicht ist gerötet und seine Aufgeregtheit ist ihm anzusehen.

Hastig sagt er: „Guten Tag, ihr beiden!" und dann zu Michael gewandt, „komm bitte mit zu der Versammlung der Meuterer. Entschuldige bitte dieses Wort, ein anderes finde ich für diese seltsame Situation im Augenblick nicht. Der Hohe Rat hat mich gebeten, dich zur Versammlung zu bitten, damit du dort über deine letzte Zeit, zumindest über deine letzten Tage, auf der Erde berichten sollst. Mich schicken sie, weil du mein Schwiegersohn bist und ich dich ihrer Meinung nach überzeugen kann. Sie glauben, es ist die geeignete Maßnahme, um die Gemüter schnellstens wieder zu beruhigen. Bei allem Aufwand und der großartigen Leistung der vielen fleißigen Menschen in den letzten 49 Jahren, und dem seit unserem Abflug bestens funktionierenden Ablauf, können wir uns solche Narrheiten nicht leisten."

Beide transportieren sich in die Nähe des Sportraumes und gehen schnell zu der Versammlung. Schon vor der Tür hören sie das laute Stimmengewirr dahinter. Als sie eintreten, ist für einen kleinen Moment Ruhe. Adam Wagner und Michael gehen schnell zu Wolfgang Wagenbrett, der ziemlich nervös wirkt. Und noch bevor die Versammelten wieder loslegen können, sagt Wolfgang betont langsam und mit ruhiger Stimme: „Bitte, hört mir doch einen Augenblick zu. Ihr seht hier bei mir Michael Grether, der in der Technik tätig ist. Er ist zu unserer Versammlung gekommen, um euch etwas zu sagen. Bitte, hört auch ihm jetzt ohne Störungen zu. Danach können wir meinetwegen zusammen weiter diskutieren."

Da der Lärm nun schnell abnimmt, und alle neugierig zu Michael hinsehen, fährt Wolfgang fort: „Michael ist ganz kurz vor unserem Abflug noch zu uns Raumfahrern gestoßen. Er kann bestens über die jetzigen Zustände auf der Erde berichten. Was wir in Gesprächen mit ihm erfahren haben, sollte euch sehr interessieren. Der Hohe Rat ist überzeugt, dass Michaels Aussagen euch überzeugen können, unseren einmal eingeschlagenen Weg, unseren Flug nach dem Planeten Neuerde fortzusetzen. Ihr werdet dann bestimmt einsehen, es ist der einzig richtige Weg für unser künftiges Leben und das unserer Nachfahren. Ich bitte euch, hört ihm zu, und dann entscheidet! Aber entscheidet richtig! Denn wir brauchen jeden von euch und auch einen echten Zusammenhalt aller Raumfahrer. Ich wiederhole - wir brauchen jeden in unserer Gemeinschaft für die Erreichung unseres großen Zieles."

Dann lächelt er Michael an und sagt ihm fast unhörbar: „Keine Angst über diese unverhoffte Situation! Berichte schlicht und der Wahrheit entsprechend, wie deine letzten Tage, Wochen oder Monate außerhalb unserer Gemeinschaft verliefen."

178

Michael steht sehr verlegen da, überlegt noch, was jetzt wohl wichtig ist, und wie er beginnen soll, schließlich sagt er etwas stockend und mit zittriger Stimme: „Ihr solltet, wenn … bitte entschuldigt … ich bin … bin ganz unverhofft aufgefordert worden, euch über meine Zeit vor meiner Aufnahme ins Raumschiff zu berichten."

Nun lachen einige über seinen holprigen Redebeginn, doch sie hängen wie gebannt an seinen Lippen.

Er sagt nun fließend: „Ja, ich war bis kurz vor unserem Abflug draußen, das heißt, auf der Erde in der Nähe des Geländes, unter dem sich so große Dinge abspielten. Doch davon wusste ich nichts. Niemand in meiner Umgebung ahnte etwas von euch. Doch zur Sache! An meine letzte Zeit auf der Erde denke ich nur noch mit Grausen zurück. Aber zuerst solltet ihr wissen, wie ich zu euch kam. Ich lebte in einer kleinen Sippe von 21 Mitgliedern. Unser Leben bestand in den letzten Jahren nur noch aus Hunger, den Launen der Natur ausgesetzt, immer auf der Wanderung und in der Hoffnung, bessere Lebensbedingungen zu finden, ständig in Angst vor Banden, die uns berauben, bekämpfen oder töten wollten. Die Suche nach Essbarem war in den letzten Wochen meistens aussichtslos. Die letzten Funksprüche von der Erdstation bestätigen es doch, es ist in der Zwischenzeit noch viel schlimmer geworden. Stürme, Regenfluten, Erdbeben, Vulkanausbrüche und so weiter haben weiter zugenommen."

Im Sportraum ist es jetzt so still, dass man eine Feder hätte fallen hören.

Und er fährt fort: „Doch was auch euch grausen könnte, ist meine Geschichte darüber, wie ich zu euch kam. Ich war auf der Suche nach Pflanzen, Beeren und Früchten, und auch auf der Jagd nach Kleingetier. Dabei geriet ich in die Fänge von Menschenfressern. Solche gibt es nun vielfach unter den herumirrenden Menschengruppen. Das ist wahrhaftig das Schlimmste, was einem auf der Erde jetzt passieren kann. Ich konnte mich wieder befreien und flüchtete wie besessen in irgendeine zufällige Richtung. Nur weg, dachte ich! So kam ich über die große, freie Fläche, die sich über den Werkstätten und dem Raumschiff befand. Unser Sicherheitsdienst, dem ich sehr dankbar bin, erlöste mich aus meinem elenden Dasein dort draußen, holte mich herein, und seitdem bin ich bei euch. Nichts, rein gar nichts, könnte mich auf den Gedanken bringen, dorthin zurückzuwollen. Viele kennen mich ja bereits und wissen, dass ich kein Schwätzer bin. Und es steht mir auch nicht zu, persönliche Gedanken hinzuzufügen. Ich entschuldige mich für meine nächsten Worte beim Hohen Rat. Denn ich bitte euch eindringlich, dass ihr unserer Gemeinschaft treu bleibt. Ich hatte anfangs, ja, bevor unser Raumschiff aufbrach, selbst solche Gedanken wie ihr heute, wollte wieder aussteigen. Heute bin ich ganz glücklich, hier und euer Kamerad zu sein."

Michael verlässt seinen Platz und strebt durch die Menge in Richtung Ausgang. Er schämt sich, denn ein paar Tränen kullern über seine Wangen. Der

Grund dafür ist seine innere Aufregung, so viele Sätze gesprochen haben zu müssen. Aber er spürt auch, dass sie bei den Zuhörern ankamen. Einige versperren ihm den Weg. Im Sportraum ist einen kurzen Moment Getuschel untereinander, und dann geht der Wortführer der Versammelten, Kurt Brammen, zu Wolfgang hin.

Kurt sagt: „Wolfgang, die Worte unseres Kameraden Michael haben uns zum Besseren überzeugt. Wir ziehen unsere Forderung zurück. Doch wie können wir unser abwegiges Handeln wieder gutmachen?"

Wolfgang sagt erleichtert und froh: „Ganz einfach, indem ihr eurem Dienst wieder nachgeht, als wenn nichts gewesen wäre."

Und Adam Wagner, der Erste Kapitän, fügt hinzu: „Es wird über den heutigen Vorfall keinen Eintrag ins Logbuch unseres Raumschiffes geben. Alles ist vergeben und vergessen."

Danach verlassen alle Versammelten ruhig und geordnet den Sportraum.

31

Das junge Paar ist zu Besuch bei Hannas Eltern. Johanna Wagner ist wie alle Schwiegermütter sehr interessiert – Hanna bezeichnet es treffender mit „neugierig" - am Geschehen um ihre künftigen Enkel.

So fragt sie ihre Tochter: „Hast du schon vom Arzt erfahren, welches Geschlecht eure Kinder haben? Wenn ich mich nicht irre, bist du im fünften Monat schwanger, und man sieht auch schon, du hast ordentlich zugenommen."

„Mama, du nervst! Wie viele Male hast du bereits danach gefragt! Ja, der Arzt sagte mir vorgestern, wir bekommen einen Jungen und ein Mädchen. Davor war es nicht eindeutig feststellbar."

„Das ist ja toll. Ich habe mir schöne Namen für sie …"

Hanna unterbricht sofort: „Mama, glaubst du nicht, dass das unsere Sache ist, die Namen für unsere Kinder auszuwählen."

„Ich meine nur, Mario wäre ein …"

Sie wird erneut unterbrochen: „Gut, wenn du es genau wissen willst! Unser Sohn wird Adam und unsere Tochter Meta heißen."

„Wieso?"

„Adam erhält den Vornamen von einem seiner Opas, also meinem Papa, und Meta von einer ihrer Omas, nämlich der Mutter von Michael. Bist du jetzt zufrieden?"

„Nein!"

Die beiden Männer sehen sich kopfschüttelnd an. Adam Wagner deutet seinem Schwiegersohn mit einer Kopfbewegung an, dass er sich mit ihm etwas weg vom sehr „tiefgründigen Gespräch" begeben möchte. Sie stehen auf und verziehen sich in die äußerste Ecke. Derweil sprechen die beiden Frauen leise weiter über das Hanna aufregende Thema.

Die beiden Männer diskutieren jetzt länger über verschiedene technische Sachen. Nach einer Weile erinnert sich Michael an eine Frage, die er bereits länger im Sinn hat.

Er sagt: „Mir ist nicht ganz klar, warum wir weit weg von der Erde immer noch die Zeitbegriffe und Maßeinheiten von dort verwenden. Warum machen wir das? Die 24 Stunden eines Tages waren doch von der Umdrehung der Erde abgeleitet."

Adam sieht seinen Schwiegersohn stirnrunzelnd an und antwortet: „Es ist einfacher so! Mit Zeitangaben wie Stunde, Tag, Woche und so weiter, oder Entfernungsangaben wie Kilometer, sind alle bei uns vertraut. Die wenigsten haben sich näher mit Astronomie beschäftigt, brauchten das auch nicht. Unsere Fachleute benutzen selbstverständlich wissenschaftliche Begriffe. Ihre Entfernungsangaben lauten ,Astronomische Einheit', ,Lichtjahr' und andere. Wir behalten für unsere Gemeinschaft das jetzige System bis zum Erreichen von Neuerde bei. Dort sind dann wirklich andere Verhältnisse. Die neue Erde dreht sich anders, hat eine kürzere oder längere Umlaufbahn um ihren Zentralstern. Bevor wir da mit viel Glück ankommen, sind diese Daten berechnet und festgelegt, und dann stellen wir sofort auf die neuen Gegebenheiten um. Und noch etwas sollst du wissen! Wenn wir den äußersten Rand unseres alten Sonnensystems erreicht haben, verzichten wir auf die Angabe zurückgelegter Kilometer in allgemeinen Informationen. Dann zählt nur noch die Zeit. Du erfährst hiermit als einer von wenigen davon."

„Danke. Das war sehr lehrreich für mich. Demnächst beschäftige ich mich noch mehr mit unserem Informationssystem, besonders mit dem Lexikon und insbesondere mit der Astronomie. Von meinem Vater habe ich mal den Spruch ‚Wissen ist Macht' gehört. Erst jetzt weiß ich, was er damit meinte."

„Langsam, junger Mann! Es war in den letzten Wochen sehr viel, was auf dich einstürzte. Übertreiben brauchst du es damit nicht! Denk auch an die vielen Jahre, die wir noch mit wenig Möglichkeit für entscheidende Neuerungen hier im Raumschiff verbringen müssen. Also, du hast eine Menge Zeit. Es ist auch möglich, dass du in deiner Freizeit am Schulunterricht teilnimmst, wenn ein dich interessierendes Thema behandelt wird. Bei uns gibt es keine Klassen nach Alter geordnet, sondern nach Wissensstand. Jeder kann sich jederzeit anmelden und teilnehmen."

Michael sieht, wie Hanna mit hochrotem Kopf den Raum verlässt, und ihre Mutter ihr mit zornigem Gesichtsausdruck hinterher blickt. Er denkt eine Weile über den Vorfall und die letzten Worte von Adam nach.

Schließlich sagt er: „Es ist schön, einen Schwiegervater wie dich zu haben. Davon kann ich … glaube ich wenigstens … mehr noch als bisher für mein Fortkommen erzielen."

„Glaube nur das nicht! Ich dachte, du wüstest bereits, dass Günstlingswirtschaft bei uns strengstens verboten ist. Wer damit auffällt, wird in seinen Aufgaben zurückgestuft. Für mich würde das bedeuten, kein Erster Kapitän mehr zu sein. Dein Ansatz vorhin, was hinzulernen betrifft, war genau richtig. Nur durch deinen eigenen Fleiß und Weiterentwicklung deiner Fähigkeiten kannst du hier allgemein Aufmerksamkeit, Anerkennung und Aufstieg erreichen. Wir vergessen besser diesen Teil unseres Gespräches."

Michael bedankt sich mehrmals, entschuldigt sich für sein Verhalten, verabschiedet sich und geht. Als er bei Hanna angekommen ist, handeln beide vernünftig, sie sprechen kein Wort über den Besuch bei ihren Eltern.

32

Das Raumschiff hat jetzt einen Punkt erreicht, wo der Blick auf einen weiteren Asteroidengürtel gekommen ist. Einige Astronomen nennen ihn „Kuipergürtel" nach einem seiner Entdecker, dem niederländisch-amerikanischen Astronomen Kuiper. Wiederum geht das Informationssystem an, und diejenigen Raumfahrer, denen es möglich ist, streben zu den Bildschirmen. Diesmal gibt der Kapitän Willi Blenders einen Überblick über diese erstaunliche Ansammlung von Asteroiden im Sonnensystem.

Er berichtet: „Dieser riesige, scheibenförmige Ring um die Sonne beginnt hinter der Neptunbahn. Er hat eine Ausdehnung von bis zu drei Milliarden Kilometer und besteht aus Millionen von Asteroiden vom kleinen Brocken bis zu Kleinplaneten. Der bekannteste von letzteren ist der Pluto. Tausende Objekte haben mehr als 100 Kilometer

Durchmesser. Die meisten Objekte bestehen aus Eis. Manche Astronomen glauben, dass diese riesige Masse von Asteroiden bei der Entstehung des Sonnensystems entstanden beziehungsweise übrig geblieben ist. Die Umlaufzeiten der Objekte um die Sonne betragen viele hundert Jahre. Der Kleinplanet Pluto, der kleiner ist als der Erdmond, braucht beispielsweise 247 Erdenjahre für eine Umrundung der Sonne."

Der Vorbeiflug erfolgt in 12 Millionen Kilometer Abstand. Denn auch hier gibt es, von der Sonne ausgehend, ein sehr starkes Gravitationsfeld, das nicht nur diesen Asteroidenring formt und beeinflusst, sondern auch auf Atlantis einwirken könnte. Auf der Brücke ist höchste Konzentration vonnöten, es muss ständig wechselnd gegengesteuert werden. Erinnerungen an den Asteroidengürtel zwischen den Planeten Mars und Jupiter kommen auf, wo es auch Schwierigkeiten gab. Die eingesetzten Fernrohre zeigen überwältigende Bilder in allen möglichen Einstellungen. Da die Strahlung der Sonne nur in abgeschwächter Form bis hierher reicht, werden Spezialeffekte eingesetzt, um die Qualität der Aufnahmen zu erhöhen. Die Vielfalt der Farben, Formen und Lichteffekte ist beeindruckend für die staunenden Zuschauer. Viele Male werden erneut Bilder des Vorbeifluges gezeigt. Dann ist auch dieser Abschnitt des Raumfluges vorbei.

Nach dem Vorbeiflug gibt Willi bekannt: „Jetzt, da wir die acht Planeten des Sonnensystems und abermals einen Asteroidengürtel hinter uns gelassen haben, ist es an der Zeit, sehr wichtige Einzelheiten unseres weiteren Raumfluges bekanntzugeben. Unser Raumschiff ist jetzt 207 Tage unterwegs. Es hat in dieser Zeit 9,5 Milliarden Kilometer zurückgelegt. Das ist wenig zu dem, was wir noch vor uns haben. Es sind ab hier, wenn alles läuft wie geplant, mathematisch berechnet und geprüft wurde, noch 142 Billionen Kilometer bis zum Ziel. Eine gewaltige Herausforderung für Atlantis, den Zusammenhalt unserer Gemeinschaft über eine lange Zeit und die ständige Bereitschaft von uns. Im Mittelalter, das ist so die Zeit vom Jahr 400 bis 1500 laut unserem Kalender, gab es auf dem Erdteil Europa Kämpfer, die Musketiere genannt wurden. Deren edelmütiger Wahlspruch ‚Einer für alle – alle für einen!' zeugt von großer Treue zueinander. Das soll ab jetzt immer mehr unser Wahlspruch sein, nach ihm wollen wir leben und jeder von uns soll für den anderen jederzeit da sein. Wir können das schaffen! Je nach den Situationen im interstellaren Raum außerhalb des Sonnensystems, und dort mit bis zu zwei Drittel der Lichtgeschwindigkeit fliegend, erreichen wir – es wurde in den vergangenen Tagen bereits einmal gesagt – in 23 Jahren die Neuerde. Doch eine große Hürde haben wir am Rande unseres Sonnensystems in etwa 12 Billionen Kilometer Entfernung von hier noch zu überwinden. Wie eine riesige Schale befinden sich dort Milliarden von Asteroiden in allen möglichen Größen und Zusammensetzungen. Und bis zu dieser Ansammlung reicht die Kraft der Sonne. Weil aber diese Schale so riesig ist, bleibt zwischen den vielen Objekten genügend Raum für uns, um ohne Gefahr hindurchzukommen."

Nach einiger Zeit fährt er fort: „Ab heute gibt es keine ständigen Hinweise mehr über Geschwindigkeit und zurückgelegte Kilometer. Wer sich dennoch dafür interessiert, kann jederzeit bei der Flugleitung nachfragen. Allein die Zeit nach dem Kalender ist nun wichtig. Ich sehe uns alle schon die Tage, Monate, Jahre zählen! Und noch etwas ändert sich ab heute. Wir werden, zusätzlich zu den Informationen bei Gefahren oder besonderen Anlässen, an jedem letzten Tag eines Monats alles Wissenswerte, Neue mitteilen. Dabei auch Sterbefälle, Geburten und so weiter. Jeder von uns soll das gleiche Wissen über alles Geschehen haben."

Die Fernrohre erfassen nun eine lange Zeit Bilder vom All. Auch Michael staunt wieder darüber und kann sich nicht von diesem großartigen Anblick trennen.

Er sagt zu Hanna: „Wenn ich dieses große, mir unbegreifliche Weltall betrachte, besonders die vielen, vielen sehr hellen Sterne, von denen jeder ja eine Sonne ist, die vielen Galaxien, wie unsere Wissenschaftler sie nennen, nebelartige Objekte, welche riesige Gas- und Staubwolken sind, die in wunderschönen Farben und Formen leuchten, dann bin ganz gerührt. Wie winzig sind wir Menschen dagegen! Auf der Erde brauchte ich mir keine solchen Gedanken darüber machen. Ich habe den Sternenhimmel doch kaum sehen können, und wenn, vielleicht mal ganz wenige Sterne, oft nur einen besonders hellen."

Er wird aus seinen Gedanken aufgeschreckt, denn Willi sagt: „Wenn ich diese Sternenpracht sehe, muss ich denken, wir sind jetzt Kinder des Alls, und es ist nun für uns das einzige und hoffentlich glückliche Zuhause für über zwanzig Jahre. Ich beende hiermit meine Kommentare zur Bildschau. Wir von der Flugleitung treffen gleich eine ganz wichtige Entscheidung. Sie betrifft eine ab jetzt ständig schneller werdende, rasante Reise. Nächstens besehen wir uns bei guten Bedingungen mal unseren Stern, dem unserer Sehnsucht und Hoffnung.“

Hanna hört von Michael: „Meine Güte, ist der romantisch!“ und sie antwortet „ja, das ist er immer schon. Ich hörte so etwas bereits als Kind, wenn er von einem Flug um die Erde mit Paulus zurück kam und mit meinem Vater sprach.“

33

Das Raumschiff ist jetzt 296 Tage unterwegs. In den letzten Tagen gab es keine außergewöhnlichen Vorfälle. Atlantis fliegt mit noch höherer Geschwindigkeit durch einen weiten und fast materiefreien Bereich im äußeren Sonnensystem.

Die vom Arzt berechnete Zeit für die Geburt der Zwillinge ist bereits leicht überschritten. Hanna hat seit sechs Wochen dienstfrei. Diese Zeit vor und weitere drei Jahre nach einer Geburt sind für Mütter in Atlantis als dienstfrei vorgeschrieben, denn sie brauchen all ihre Kraft für das Stillen ihrer Kinder. Und nur in allerhöchsten Gefahren wird davon abgewichen.

Michael wacht durch ein leichtes Stöhnen von Hanna aus dem Schlaf auf. Er sieht auf die Uhr und wundert sich, denn es ist nur eine dreiviertel Stunde her, seit sie sich zur Ruhe begeben haben.

Er berührt sie sacht und fragt leise: „Geht es dir nicht gut? Kann ich etwas für dich tun?"

Sie sucht mit einer Hand ganz vorsichtig seinen Kopf und streichelt ihn. Dann haucht sie leise: „Ich glaube, es ist soweit. Unsere beiden Kleinen wollen zu uns kommen. Ich habe seit kurzem immer stärker werdende Wehen. Sie gehen vom Rückenbereich aus, und ich kann ihre Heftigkeit kaum beschreiben."

Michael springt aus dem Bett, ruft die Abteilung Gesundheitsdienst an und meldet Hannas Kommen. Als sie beide dort sind, haben die Schmerzen noch zugenommen.

Eine Hebamme empfängt sie und sagt zu Michael: „Du kannst wieder gehen. Männer können aus hygienischen Gründen nicht bei einer Geburt dabei sein. Hier im Raumschiff ist das zu unser aller Sicherheit vorgeschrieben. Ich sage dir sofort Bescheid, wenn du Vater geworden bist", nimmt Hanna am Arm und verschwindet mit ihr im medizinischen Bereich. Doch Michael geht nicht, setzt sich in das Wartezimmer, er will in der Nähe des Geschehens sein. Nach ganz kurzer Zeit schläft er im Sitzen ein.

Etwa zwei Stunden später wirft eine Krankenschwester einen Blick in das Wartezimmer – in der

Zwischenzeit war niemand sonst dort hingekommen -, sieht Michael zusammengesunken, schlafend sitzen und berührt ihn an der Schulter. Er schreckt sofort hoch und fragt: „Ach, ist es soweit! Kann ich zu meiner Frau und unseren Kindern?"

Sie sieht ihn erstaunt an und sagt: „Du bist also der Mann, den eine unserer Hebammen mehrmals vergeblich im Wohnraum anzurufen versuchte. Na, dann komm mal mit zu ihr!"

Als die Hebamme von der Krankenschwester erfährt, wo diese den vermissten Vater gefunden hat, grinst sie breit und fast bis zu den Ohren. Dann sagt sie: „Herzlichen Glückwunsch, du frischgebackener Vater! Komm mit! Ich bringe dich zu deiner Frau."

Michael wundert sich, dass die Hebamme nicht die Kinder erwähnt hat. Doch wortlos folgt er ihr in ein Krankenzimmer. Hanna sieht Michael kommen, jedoch nicht glückstrahlend, wie es sonst nach gut verlaufenen Geburten üblich ist. Und noch bevor er nah ans Bett hinkommt, fällt ihm auf, dass in Hannas Armen nur ein kleines Bündel, bestehend aus einer weich wirkenden Decke, liegt. Näher heran, sieht er am Ende der Decke ein kleines Köpfchen, das an Hannas linker Wange liegt.

Er setzt sich auf den Bettrand, beugt sich nieder und küsst zuerst sehr zart das Kind. Dann küsst, drückt und streichelt er Hanna. Immer noch sind beide ernst.

Er traut sich jetzt zu fragen: „Nur eins, nur ein Kind haben wir?"

Und dann schämt er sich seiner Frage und seines Verhaltens. Er nimmt ganz vorsichtig das kleine Bündel auf und drückt es noch vorsichtiger an seine Brust. Er spürt die Wärme des Kindes, seine winzigen Bewegungen und Leichtigkeit. Ein unbeschreibliches Glücksgefühl steigt in ihm auf, und er denkt: Ich bin Vater, welches Glück, ich bin Vater! Er strahlt jetzt seine Hanna an und sie stimmt darin ein. Sie weiß nicht, warum auch sie zu Anfang stumm blieb, ihn nicht gleich über die wahren Umstände aufgeklärt hat. Es wäre doch ganz einfach gewesen, zu sagen, wo das zweite Kind jetzt ist und warum.

Und fast wieder ernst, sagt sie: „Nein, was bin ich dumm! Ich hätte dir doch gleich sagen müssen, dass wir tatsächlich Zwillinge haben. Wen du im Arm hast, ist unser Adam. Ich verstehe es nicht! Als ich deinen erstaunten Blick hin zu mir sah, weil nur Adam bei mir war, verschlug es mir irgendwie die Sprache. Wie blöd man doch manchmal sein kann! Also, Meta bekommst du gleich zu sehen. Sie wird gerade von mehreren Ärzten gründlich untersucht und muss aller Wahrscheinlichkeit nach noch einige Zeit ärztlich behandelt werden. Es ist so mit ihr: Bei der Geburt hat sich das rechte Bein irgendwie verdreht, so wurden Zerrungen im rechten Hüftbereich ausgelöst, sonst ist sie wohlauf und", sie lacht jetzt fröhlich, „alles dran und schön. Es kann auch sein, dass die Verdrehung bereits vor einiger Zeit in meinem Bauch geschah. Näheres erfahren wir von den Ärzten."

Michael atmet tief durch und sagt: „Bin ich froh, und ich glaube, es wird …", da geht die Tür auf und zwei Ärzte – einer ist Hannas Mutter – kommen herein. Johanna Wagner hat Meta, ebenfalls in eine weiche Decke gehüllt, auf dem Arm und übergibt sie ihrem Schwiegersohn mit den Worten: „Hier hast du dein Paket, auf das du wohl schon sehnsüchtig wartest."

Michael kann nun auch bei seiner Tochter das herrliche Gefühl spüren, welches er schon vorher bei Adam hatte. Er kann es kaum glauben, zu welcher Liebe Eltern fähig sind. Er hätte sich solche starken Empfindungen vorher nie vorstellen können.

Er fragt plötzlich: „Müssen denn für eine Heilung die Beinchen von Meta so weit auseinander gedrückt werden?"

Johanna antwortet: „Ja, Michael, das ist nötig! Ohne diese Behandlung würde eure Tochter nie ohne Beschwerden laufen können. Meta muss einige Zeit eine halbelastische Spreizschiene in Verbindung mit einem Stützverband tragen, um Muskeln, Sehnen, Bänder und so weiter in natürlicher Lage zu halten. So kann auch die jetzige Fehlstellung vom Oberschenkelknochenkopf zur Hüftgelenkpfanne wieder in Ordnung kommen. Kurz gesagt, das rechte Hüftgelenk kann nur auf diese Weise richtig gesunden. Wie lange die Behandlung dauert, können wir noch nicht sagen. Doch ziemlich sicher ist, es bleibt bei diesem Verfahren kein Schaden zurück. Wir haben Meta gründlich und mit allen uns zur Verfügung stehenden Methoden untersucht. Es ist wirklich heilbar! Deshalb meine Bitte, habt Geduld und folgt immer den Anordnungen von uns Ärzten."

Als Michael die Tochter in Hannas Arme legt, fällt sein Blick auf die Gesichter beider Kinder. Er ist überrascht und gleichzeitig begeistert von ihrer Ebenmäßigkeit und Schönheit. Besonders Meta macht auf ihn großen Eindruck.

Dem jungen Paar macht es nichts aus, als sie von den Ärzten hören, dass Hanna mit den Kindern mehr Tage als sonst nach Geburten in der Obhut der Ärzte bleiben muss. Es macht ihnen viel Freude, dass sie neben der ärztlichen Behandlung selbst mit vorgegebenen Übungen zur Gesundung von Meta beitragen müssen.

Einige Stunden später beruft der Hohe Rat eine Sitzung ein. Dabei sind auch einige Wissenschaftler, Ärzte und Ingenieure. Andreas Busch hat den Vorsitz.

Er beginnt: „Mit Meta Grether, die heute geboren wurde, haben wir nun den achten Fall, - es gab bisher siebzehn Geburten seit dem Abflug von der Erde - wo, ich nenne es mal Unregelmäßigkeiten, bei den Neugeborenen festgestellt wurden. Diese betreffen ausnahmslos den Bewegungsapparat, insbesondere die Wirbelsäule und die Gelenke. Da es bei nahezu fünfzig Prozent der Neugeborenen so ist, kann es kein Zufall sein. Wir sprechen hier nicht von Missbildungen, denn die wären verhängnisvoll für die Zukunft unserer Gemeinschaft. Es muss Gründe dafür geben, die mit unserem Raumflug in Verbindung stehen. Bis zum Abflug sind über lange Jahre in Atlantis viele Kinder geboren worden, bei denen kaum derartige Unregelmäßigkeiten auftraten. Wir sind nun gezwungen, die Ursachen zu finden und Abhilfe zu schaffen. Bitte, denkt nach und versucht alle mit, von eurem jeweiligen Fachverstand aus, die Ursachen und Lösungsansätze zu finden."

Es beginnt eine stundenlange Diskussion, besonders unter den Biologen, Physikern und Technikern. Dabei kommt ein Phänomen zur Sprache, über das noch niemand gründlich nachgedacht oder die Wichtigkeit nicht zur Kenntnis genommen hat. Mit zunehmendem Abstand des Raumschiffes von der Sonne, hat die Kraft des eigenen Magnetfeldes von Atlantis immer stärker zugenommen.

Am Ende werden folgende Maßnahmen beschlossen: Das eigene Magnetfeld wird unter normalen Flugbedingungen, das heißt ohne Gefahren, verringert und in Zukunft besser überwacht. Die Einteilung des Tages in 4 mal 6 Stunden, was ja auch 4 Arbeitsschichten pro Tag bedeutet, wird aufgegeben und zur alten, über lange Zeiten auf der Erde gültigen Einteilung von 3 Schichten zu 8 Stunden zurückgekehrt. Werdende Mütter dürfen gar keinen Schichtdienst leisten. Die Astronomen, Physiker und Techniker werden angeregt, Untersuchungen auf eventuell bisher unbekannte, schädliche Strahlung aus dem Weltraum durchzuführen. Etliche Wissenschaftler werden beauftragt, noch mehr Untersuchungen durchzuführen, besonders was den Inhalt und die Zubereitung von Speisen und Getränken betrifft. Schwangere Frauen werden verpflichtet, sich in Zukunft noch mehr an für sie zweckmäßigen, sportlichen Übungen zu beteiligen.

Nach 9 Tagen kann Hanna mit den Kindern in den Wohnbereich zurück. Neben dem Raum des Paares ist ein Raum frei. Dieser wird der nun vierköpfigen Familie als Kinderzimmer zugeteilt. Die Eltern sind überglücklich, denn die täglichen Untersuchungen zeigen, dass sich Metas rechtes Bein in Richtung Normalität entwickelt. Bis auf weiteres ersetzt nun beim Schlafen ein kleines, festes Kissen die bisher verwendete Spreizschiene. Wenn Meta unruhig ist und herumgetragen wird, muss darauf geachtet werden, dass ihre Beine auch dabei ebenfalls gespreizt sind. Wenn das so geschieht, sieht sie ihre Eltern mit ihren wunderschönen, weit geöffneten Augen wie erstaunt an, und ihre kleinen Hände krallen sich dabei im Uniformstoff fest. Hanna erfährt von einem Biologen, dass dieser Festkrall-Reflex bei allen Menschenkindern seit Urzeiten angeboren ist. Michael und Hanna sind begeistert … jeden Tag entdecken sie Neues und Erstmaliges bei Adam und Meta.

Einige Tage später fragt Michael: „Wieso haben unsere Kinder keine Uniform wie sonst alle in Atlantis? Stattdessen tragen sie so eine Art komische Säcke.“

Hanna sieht ihn amüsiert an und antwortet: „Alle kleinen Kinder tragen in den ersten drei Jahren solche bequemen, weichen Sachen. Und, wie du bei unseren eigenen siehst, diese Anzüge sind alle hellbraun, also bei Jungen und Mädchen gleich. In ihnen lässt es sich gut bewegen und auf dem Fußboden krabbeln. Und auch bei den ersten eigenen Schritten sind sie vorteilhaft. Also, diese Kleidung einschließlich der Windeln wird den Familien zur Verfügung gestellt, dem Alter entsprechend getauscht und am dritten Geburtstag zurückgegeben. Dann erhalten sie die ersten eigenen Uniformen und sehen plötzlich aus wie kleine Erwachsene. Es ist ein besonderes Ereignis im Leben aller Kinder."

„Sachen gibt es!" murmelt Michael, „warum ist hier alles so genormt? Sollte es nicht jedem selbst überlassen werden, wie er herumläuft?"

„Nein, nein, das ist gut so! Und warum fängst du schon wieder damit an, danach zu fragen? Ich erklärte es dir doch bereits! Einheitliche Kleidung … und nicht nur das … auch einheitliche Sprache, Sitten, Gebräuche und mehr sind wichtig für den Zusammenhalt und eine glückliche Zukunft einer Gemeinschaft. Ja, das gilt bereits für uns wenigen Menschen hier in Atlantis, und es war noch viele Male wichtiger auf der Erde für Kaiser- und Königreiche und sonstige Volksgemeinschaften aus grauer Vorzeit bis heute. Lies bitte mal im Lexikon über die Geschichte des Römischen Reiches, besonders dessen Untergang nach. Das zeigt nur ein Muster von vielen. Es ging letztendlich zugrunde, weil zu viele unterschiedliche Sprachen, Lebensarten, Traditionen und andere Eigenheiten von uns Menschen miteinander vermischt wurden. Das Römische Reich war ein Vielvölkerreich."

Er sagt ganz leise: „Gut, ich habe es wohl endgültig begriffen."

34

Einige Zeit später tritt der Hohe Rat erneut zu einer außerordentlichen Sitzung zusammen. Sie wird vom Ratsmitglied Manfred Glotzer geleitet. Der entsprechend dem Brauchtum auf der Erde beibehaltene Kalender zeigt den 31. Dezember 2136 an. Das Raumschiff ist derzeit 317 Tage unterwegs. Der Hohe Rat hält Rückschau auf das zu Ende gehende Jahr. Von Zeit zu Zeit werden verschiedene Wissenschaftler kurz hinzugerufen, um ein noch klareres Bild des bisherigen Flugverlaufes und der augenblicklichen Situation zu geben. Besonderes Augenmerk wird auf bisherige Störungen, aufgetretene Gefahren und künftige Methoden zu ihrer unbedingten Vermeidung gelegt. Die nach der aufreibenden Sitzung von neun Stunden ermittelten Ergebnisse werden als Bericht ins elektronische Informationssystem gespeichert. Jeder in Atlantis kann sich darüber informieren und seinen Wissensstand ergänzen.

Michael hat im Moment arbeitsfrei und Hanna als Mutter sowieso. Er liegt auf dem Bett, und Meta schläft auf seiner Brust liegend, während Hanna und er sich die neuesten Informationen ansehen. In Hannas Armen strampelt Adam herum. Beide lieben diese gemeinsame Beschäftigung mit den Zwillingen sehr.

Plötzlich werden sie durch einen schnarrenden Ton in ihrer Idylle gestört. Dieser kommt aus einer Uniformtasche von Michael, für den dieses Zeichen extrem wichtig ist. Er entnimmt der Tasche ein kleines, flaches Gerät, etwa so lang wie ein Daumen und sieht auf einem winzigen Bildschirm des Gerätes die Zahl 100 angezeigt. Michael wird blass im Gesicht und er sagt: „Hanna, ich muss sofort in den Bereitschaftsraum neben der Brücke. Es ist Großalarm. Ich werde dringend gebraucht."

Er legt Meta in Hannas Schoß und verlässt eiligst den Wohnraum.

In der letzten Zeit war Michael sehr oft bei der Robotersteuerung im Einsatz und hatte sich dabei zu einem sehr gefragten Spezialisten entwickelt. Er ist mittlerweile der Leiter dieser Gruppe. So glaubt er, dass es diesmal wieder um einen Robotereinsatz geht.

Als er im Bereitschaftsraum ankommt, sind neben dem Ersten Kapitän und dem Leiter der Technik bereits sechs weitere Spezialisten anwesend. Mit ihm selbst ist die Sondereinsatzgruppe1, wie sie genannt wird, komplett.

Diese Gruppe wurde für die Beseitigung besonders heikler Situationen außerhalb und innerhalb von Atlantis ins Leben gerufen. Die sieben Spezialisten sind neben der Robotersteuerung noch für das Arbeiten in Raumanzügen ausgebildet. Und um einen Einsatz in Raumanzügen geht es jetzt.

Kurz nach ihm erscheinen noch zwei Ingenieure, die entscheidend an der Entwicklung und Einrichtung der Aggregate für die Stromerzeugung gearbeitet haben. Nun beginnt Adam zu sprechen: „Männer … eine sehr kritische Lage ist eingetreten, die wir beim Bau unserer Stromerzeuger nicht vorhergesehen hatten. Ihr von der Sondereinsatzgruppe1 müsst dafür in einen Teil des innersten Bereiches von Atlantis, das heißt also, dorthin, wo ganz andere Verhältnisse herrschen als in den vier äußeren Ebenen und der Außenhülle. Doch ihr seid dafür ausgebildet, ihr werdet es schaffen! Es geht um eine Kontrolle aller Stromerzeuger und die Behebung von wahrscheinlich eingetretenen Schäden. Eure Raumanzüge schützen euch vor der dort auftretenden, gefährlichen Strahlung und einer lebensfeindlichen Luft. Es gibt in diesem Teil unseres Raumschiffes fast nur Stickstoff mit wenigen Spuren anderer Gase vermischt. Sauerstoff und Wasserstoff sind gar nicht vorhanden, dürfen auf keinen Fall da sein. Denn dort müssen Feuer und Explosionen strengstens vermieden werden. Euer Aufenthalt wird auf drei Stunden begrenzt, obwohl das Lebenserhaltungssystem in den Raumanzügen eine längere Arbeitszeit erlauben würde."

Adam sieht in die Runde der Spezialisten, lächelt aufmunternd und fährt fort: „Unser innerster Bereich ist als vollkommen wartungsfrei konzipiert. Das glaubten wir bisher. All das, was mit Gravitation, elektrischem Strom und anderen wichtigen … lebenswichtigen Einrichtungen zusammenhängt, hat bis heute störungsfrei funktioniert. Doch seit einem kleinen Zwischenfall, der vor einer halben Stunde passierte, gibt es Unregelmäßigkeiten bei der automatischen und manuellen Regelung des Strombedarfs. Ein Grund dafür könnte sein: Der in Ausbildung befindliche Steuermann Rolf Lenkers machte, zwar unter Aufsicht seines Ausbilders, einen groben Fehler, welcher zu einer abrupten

Kursänderung von Atlantis führte und sehr große Erschütterungen im Raumschiff erzeugte. Wir wissen nicht, ob es mit dieser Begebenheit zusammenhängt oder nicht. Alles weitere über die Vorgehensweise erfahrt ihr jetzt von den zuständigen Ingenieuren."

Die Sondereinsatzgruppe1 wird von den beiden Ingenieuren über alle nötigen Handlungen eingewiesen. Es sind bei diesem Einsatz lange Wege zu gehen. Hohe Treppen müssen bestiegen werden. Dort unten sind keine Transporter vorhanden. Durch niedrige Gänge ist nur auf allen Vieren hindurchzukommen. Die Spezialisten bekommen über einen Bildschirm genaue Information über die Beschaffenheit ihrer Einsatzbereiche und einen ausführlichen Lageplan. Die Verbindung zwischen ihnen und der Einsatzleitung erfolgt über Sprechfunk. Bei der Entdeckung von Schäden oder sonstigen Schwierigkeiten werden Bilder an die Einsatzleitung gesandt.

Nachdem weitere Einzelheiten genannt wurden, erfolgt der Einsatzbefehl.

35

In einem großen Raum der Technik sind die Männer der Sondereinsatzgruppe1 zusammengekommen. Es ist der ständige Bereitschaftsraum dieser Spezialeinheit. Außerdem ist für jeden von ihnen ein Assistent da. Sie erhalten vom Leiter der Technik auf ihren elektronischen Notizbüchern die genauen Kontrollpläne, welche die abzulaufenden Wege, die Kontrollpunkte und die Prüfaufgaben haargenau beschreiben. Es sind insgesamt 197 Kontrollpunkte. Die sieben Spezialisten können sich, wenn es nötig sein sollte, über Sprechfunk verständigen. Bei Schwierigkeiten sind sie so auch mit der Einsatzleitung und der Brücke verbunden. Vom Kontrollraum aus ist es nur ein ganz kurzer Weg zu einer Einstiegsluke in den lebensfeindlichen, normalerweise für die Raumfahrer nicht zugänglichen, inneren Bereich von Atlantis.

Die Assistenten pflegen die Raumanzüge, sorgen für ihre ständige Bereitschaft, und wie jetzt vor einem Einsatz, helfen sie beim Anlegen und Prüfen. Selbst ein winziger Fehler der Assistenten hätte tödliche Folgen für die Träger. Bei der Rückkehr der Spezialisten von einem Einsatz sind sie ebenfalls nötig.

Als die Gruppe am Einstieg versammelt ist, kommt eine weitere Spezialgruppe, bestehend aus drei Ingenieuren, hinzu. Ihr Leiter, Manfred Plagmann, gibt sehr wichtige Richtlinien für den Einstieg und das richtige Verhalten innerhalb des Gefahrenbereiches. Das geschieht immer bei gefährlichen Arbeiten, obwohl es den Spezialisten immer wieder eingeimpft wurde und schon lange bekannt ist. Die Ingenieure überwachen intensiv den Sprechfunk der Akteure, geben Ratschläge bei Schwierigkeiten und greifen bei Bedarf in das Geschehen ein. Sie kennen die zu prüfenden technischen Anlagen genauestens.

Der Einstieg ist in Wirklichkeit eine Panzertür, die zu einer Schleuse führt. Diese Tür schließt so dicht ab, dass es selbst für ein einzelnes Atom schwer ist hindurchzukommen. Manfred Plagmann legt seine rechte Hand auf ein Handzeichen neben der Tür. Die Zahlen 0 bis 9 leuchten auf, und er tippt eine dreistellige Zahl ein. Danach hören die Versammelten eine Stimme: „Manfred Plagmann, sprich einige Worte!"

Manfred sagt: „Hier ist Manfred Plagmann, ich bitte um Öffnung der Panzertür 2."

Die Antwort kommt prompt: „Stimmprobe von Manfred Plagmann wurde korrekt erkannt, Tür wird jetzt geöffnet."

Ganz langsam öffnet sich die 75 Zentimeter dicke, abgestufte und mit mehreren Dichtungen versehene Panzertür. Gleichzeitig ertönt ein Strömungsgeräusch, denn Luft aus Atlantis füllt die sonst luftleere Schleuse. Hinter der Panzertür ist ein kleiner, niedriger Raum zu sehen. Manfred tritt hinein, schaltet die Beleuchtung ein und kommt zurück. Die Assistenten setzen den Männern in den Raumanzügen die Helme auf, schalten das Lebenserhaltungssystem ein und prüfen es. Ab diesem Moment sind die sieben Spezialisten ausschließlich von der Lebenserhaltungstechnik ihrer Raumanzüge abhängig. Ihre Atemluft, welche der normalen Luft der Lebensbereiche von Atlantis entspricht, ist in rucksackähnlichen Behältern auf der Rückseite der Anzüge komprimiert enthalten. Sie strömt jetzt in der richtigen Dosierung in die Helme. Im unteren Wadenbereich wird die verbrauchte Atemluft wieder abgesaugt, komprimiert und in einem zweiten Behälter abgelagert. Gesteuert werden alle Prozesse in den Raumanzügen einschließlich der Beatmung durch eine ausgefeilte Elektronik. Nach dem Einsatz der Spezialisten wird die verbrauchte Atemluft in das Wiederaufbereitungssystem von Atlantis zurückgeführt. Das ist wichtig, denn keine Luft, nicht der geringste Teil, darf verlorengehen.

Manfred sagt: „Eigentlich ist die Schleuse nur für fünf Personen in Raumanzügen vorgesehen, doch es reicht mit etwas gutem Willen auch für sieben. Ansonsten müsstet ihr in zwei Gruppen über die Schleuse gehen, aber die Prozedur für einen Durchgang dauert lang."

Da alle sieben Spezialisten zustimmend nicken und eintreten, ist das Problem gelöst. Dann schließt Manfred die Panzertür. Die in die Schleuse eingeströmte Luft wird wieder abgesaugt, was etliche Minuten in Anspruch nimmt, und in der Schleuse entsteht ein Vakuum.

Die Sieben hören jetzt die Stimme von Manfred: „Ist alles in Ordnung?" Und er vernimmt über Funk ihre Namen und Zustimmung. Als sich eine dicke Panzertür zum Innenbereich von Atlantis öffnet und die dort lebensfeindliche Luft zischend einströmt, wissen die Männer, sie müssen nun auf die Perfektion ihrer Raumanzüge vertrauen. Sie schalten ihre Helmlampen ein, verlassen die Schleuse und stehen jetzt auf einem kleinen Flur. Von hier aus gehen sie eine Treppe drei Meter nach unten und erreichen einen niedrigen Gang. Nun begeben sie sich ihren Einsatzplänen entsprechend an ihre jeweiligen Aufgaben. Doch das ist oft schwierig. In Raumanzügen lange Wege gehen, durch schmale Durchgänge zwängen und manchmal auf allen Vieren kriechen, ist sehr anstrengend.

Nach etwa einer halben Stunde hört Michael, der Gruppenleiter, vom Kollegen Herbert Piefke ängstlich: „Michael … bitte … ich muss hier … raus … sofort raus", dann etwas ruhiger, „habe ein starkes Angstgefühl, mein Herz klopft wie wild … tut mir so … leid!"

Michael antwortet so ruhig er kann: „Herbert, ich weiß wie das ist, hatte so etwas auch bei einer unserer Übungen. Bitte, sage dir selbst ‚ich kann es, schaffe es, bin stark und gesund!' mach eine kleine Pause, setz dich ein Weilchen! Glaube mir … wir alle werden unsere Aufgabe zu Ende bringen. Wir, deine Kameraden, sind bei dir und verstehen dich."

Eine ganze Weile ist absolute Stille. Auch von der Einsatzleitung greift niemand ein. Dann - erst ganz leise und danach mit normaler Stimme ist zu hören: „Danke … mein Freund … danke, Michael", und etwas danach „ich schäme mich so!"

Michael antwortet: „Das brauchst du nicht! Wir alle werden unsere Pflicht erfüllen und unsere Aufgaben zu Ende bringen, weil jeder von uns sich auf seine Kameraden verlassen kann. Und das sind wir unserer Gemeinschaft schuldig. Machen wir weiter!"

Nach etwa 2,5 Stunden ist auch der letzte der Spezialisten mit seinen Aufgaben fertig und zurück an der inneren Panzertür. Und das Ergebnis: Es wurden keine Fehler gemäß dem Auftrag gefunden.

Nur an drei Stromverteilern mussten Halterungen – jeder Verteiler hat 16 – wieder befestigt oder angezogen werden. Für Reparaturen nötiges Werkzeug und Material ist an bestimmten Positionen vorhanden. Die Störungen müssen also durch die lockeren Halterungen ausgelöst worden sein.

Die Männer der Sondereinsatzgruppe1 verlassen über die Schleuse ihren Einsatzort. Es geschieht auf die gleiche Art wie beim Einstieg, nur auf umgekehrtem Wege. Auch dieser Vorgang wird von Manfred überwacht. Sie gehen nach Abnahme der Helme zurück in den Bereitschaftsraum und ruhen sich etwas aus. Einige von ihnen sind sehr erschöpft.

Alle an der Aktion Beteiligten sind ratlos. Eine Erklärung für die starken Störungen und vor allem Schwankungen in der Stromversorgung wurde nicht gefunden. Aber sie läuft wieder störungsfrei. Die Kunde vom Einsatz und dem Ergebnis macht schnell die Runde in Atlantis. Wie immer in solchen Sachlagen kommen Gerüchte auf. Einige Überschlaue hegen sogar die Vermutung, dass an dem geheimnisvollen Ort tief in Atlantis Geister am Werk sein würden.

36

Als Michael wieder zu seiner Familie kommt, ist Hanna sehr erleichtert. Sie weiß es mit Bestimmtheit … seine heutige Aufgabe war keinesfalls unproblematisch. Sie fragt ihn danach. Er aber legt sich aufs Bett und ist für die nächsten Stunden nicht mehr wach zu kriegen. Als es Hanna zu bunt wird, er zufällig auf dem Rücken liegt und sehr sachte schnarcht, legt sie Meta und Adam in seine Arme. Sie setzt sich auf den Bettrand und beobachtet mit großem Interesse seine Reaktionen darauf.

Ein Lächeln huscht über seine Gesichtszüge, als er erwacht und seine Kinder fühlt. Er umfasst sie sehr zärtlich und streichelt sie. Meta bedankt sich, indem sie mit einer Hand seine Nase fest anfasst und daran zieht.

Er schreit auf: „Hanna, kannst du der kleinen Raubkatze nicht mal die Fingernägel schneiden? Ich glaube, mein Riechkolben hat etwas abbekommen.“

„Ja, du hast richtig vermutet, das Blut fließt in Strömen von deiner Nase weg", und als er erschreckt hinfasst, lacht sie und ergänzt, „es ist nur ein ganz kleiner Schrammen, und ich werde in Zukunft für Abhilfe sorgen.“

Jetzt, wo Michael wach ist und die beiden Kleinen in den Armen hält, wirkt er auf Hanna trotzdem sehr ernst und nachdenklich, fast in sich versunken.

Hanna fragt: „Ist was? Hast du dich beim Einsatz verletzt? Du siehst irgendwie bekümmert aus.“

Nach längerer Zeit des Schweigens sagt er: „Komisch! Über das Innere von Atlantis habe ich ja schon einiges gehört, jedoch keine größeren Gedanken darüber verloren. Und auf einmal kommt mir die Größe dieses inneren, kugelförmigen Bereiches von 600 Meter Durchmesser doch sehr seltsam vor. Es war finster, eng und bedrückend da unten. Ich werde mal mit deinem Vater einige Worte darüber reden. Vielleicht kann er meine Unwissenheit und meine düsteren Gedanken beseitigen."

Hanna sagt verschmitzt lächelnd: „Warum fragst du nicht deine kluge Frau?" und nachdem er sie wegen ihrem Eigenlob stirnrunzelnd ansieht, „wir haben das im letzten Schuljahr erfahren. Doch nur eine grobe Übersicht wurde gegeben, denn die Technik und die Vorgänge dort sind sehr komplex und hochwissenschaftlich. Es gibt eine Arbeitsgruppe, im Moment sind es um die zehn Wissenschaftler und Ingenieure, die sich mit Magnetismus, Stromerzeugung, Photonenantrieb und so weiter beschäftigen und diese Dinge überwachen und weiterentwickeln. Am Anfang von Atlantis waren es wenige, sehr scharfsinnige Köpfe, die das innere System von Atlantis entwarfen, konstruierten und bis zu seiner Reife weiter erforschten. Doch das musste zuerst mit kleinen Versuchsmodellen in unseren Werkstätten auf der Erde ausgeführt werden. Ich hörte mal, dass es sehr schwierig war, die optimale Größe und den technischen Aufbau dieses inneren Bereiches zu bestimmen. Bis das einwandfrei funktionierte, vergingen so acht Jahre. Dabei soll es viele Rückschläge und Fehlversuche gegeben haben."

„Dann lass mal dein Wissen los!"

„Meine Kenntnis darüber ist … wie bereits gesagt … nur grob und wird dir laienhaft klingen. Meiner Meinung nach ist es auch gar nicht wichtig, dass jeder Raumfahrer alle Einzelheiten genau kennt. Sie öffnet eine Schublade und entnimmt ihr eine elektronische Bildschirmtafel und einen Schreibstift. Sie zeichnet einen großen Kreis und darum herum in kleinen Abständen drei weitere Kreise. In die abgegrenzten Teile schreibt sie Bezeichnungen.

Dann sagt sie: „Soviel ich behalten habe … ganz innen befindet sich eine Kugel aus Magneteisen, Zellulan und geringen Mengen anderer Metalle. Sie wurde aus vorgefertigten Metallblöcken, deren Struktur die Wissenschaftler vorher genau bestimmten, Stück um Stück hergestellt und zusammengeschweißt. Ihre Bauzeit zählte ungefähr 20 Jahre, und ihr Durchmesser beträgt 496 Meter. Besonders die Menge und Anordnung von Zellulan bewirkt die große Gravitation von Atlantis und das gewaltige Magnetfeld. Du kannst mir glauben, bereits in der Schulzeit war ich sehr erstaunt über die Leistung der beteiligten Wissenschaftler."

Da Hanna eine Pause macht, weil Michael sie komisch ansieht, fragt er: „Was? So ein dicker Klumpen sitzt da unten!"

Sie deutet auf den Zwischenraum zwischen erstem und zweitem Kreis: „Ja, und um diese innere Kugel herum ist ein schalenförmiger Freiraum von 10 Meter dicke, der ganz mit Stickstoff gefüllt ist. In ihm spielen sich erstaunliche Vorgänge ab, auf welche ich nachher noch zurückkomme, und die ich auch nicht ganz zu erklären weiß. Darauf folgt eine Schale von 27 Meter Dicke, auch wie die Kugel aus Metallen gefertigt. In ihr sind zusätzlich technische Gerätschaften wie beispielsweise Messgeräte eingebettet, die eine Verbindung zu einer letzten Schale von 15 Meter Dicke haben. Und …

mein Lieber, in der letzten warst du bei deinem Einsatz heute, da, wo sich die technischen Aggregate befinden, zum Beispiel für die Stromabnahme und -verteilung. Sie bezeichnet man als Maschinen- und Energieschale. Sie ist so geschaffen worden, dass sie in Notfällen oder Störungen mit besonderer Schutzkleidung betreten werden kann, aber möglichst gar nicht. Alle Schalen darunter und die innere Kugel sind wartungsfrei und können nicht von Menschen betreten werden, weil dort geringfügige, atomare Strahlung entsteht. Ich muss noch ergänzen, dass es in Atlantis keine verschleißanfälligen, großen Maschinen gibt wie früher in den Industrien der Menschheit, zum Beispiel mit kugelgelagerten Wellen und Rädern, Riemen, Rotoren oder ähnlichen Dingen mehr. Die dafür nötigen Werkstätten, vielleicht sogar Fabriken, hätten Atlantis um ein vielfaches größer und komplizierter werden lassen. Doch das stimmt nicht ganz. In kleinem Umfang finden sie noch in Werkzeugen, Bohrmaschinen, Drehbänken … Verwendung. Doch eine der größten Errungenschaften von Atlantis ist, dass alle Maschinen keine Schmieröle oder –fette benötigen. Die für drehende Maschinenteile entwickelten Legierungen aus Zellulan und anderen Metallen brauchen keine Schmierung mit Öl oder Fett. Das war ja früher so in der Maschinentechnik."

Michael sieht seine Hanna mit großen Augen an und schüttelt mehrmals mit dem Kopf. Dann sagt er merklich aufgeregt und laut: „Ach, du große Kacke!" beruhigt sich wieder und sagt, „nun sag nur noch etwas über die mit Stickstoff gefüllte Schale, dann reicht es erstmal für mich. Siehst du nicht? Mein Kopf raucht."

Sie fährt fort: „Du musst dir die Kugel mit den drei Schalen neben anderen Funktionen vorrangig als Stromgenerator vorstellen. Zwei Dinge gehören noch zur Erklärung hinzu. Erstens handelt es sich bei der inneren Kugel und dem Metallmantel im Wesentlichen um riesige Magnete, die durch den Gasbereich getrennt sind. Beide Riesenmagnete haben zueinander gleiche Pole und stoßen sich damit voneinander ab. Das heißt, sie haben mit geringen Schwankungen immer den gleichen Abstand von 10 Meter zueinander. Nur so kann sich die Kugel frei drehen, und das tut sie. Aber zusätzlich spielen sich in dieser Unterwelt", sie lacht über die von ihr gewählte Bezeichnung, „noch andere wichtige Vorgänge für das Funktionieren von Atlantis ab. Jedoch wurden diese im Schulunterricht aus verständlichen Gründen nicht so ausführlich behandelt. Ich weiß nur, dass in den Gasbereich von der Metallschale aus gezielt und von der Technik regelbar in ganz geringen Mengen Antimaterieteilchen hineingeschossen werden. Die Antimaterieteilchen werden vor Ort in speziellen Reaktoren erzeugt, welche eine weitere technische Glanzleistung sind. Dadurch entstehen Prozesse, die die ständige Drehung der Kugel bewirken. Und das Ergebnis ist: Wir haben Gravitation, Elektrizität und manches andere, das für unser Überleben über lange Zeit in Atlantis unabdingbar ist."

Michael denkt einige Zeit still über das eben gehörte nach. Er schreckt auf, als Hanna plötzlich noch hinzufügt: „Ich habe mich schon vor Jahren und selbst zur Schulzeit gefragt, was das für intelligente Leute vor nunmehr 50 Jahren waren, die das alles austüftelten und später möglich machten. Und das, obwohl viele von ihnen bereits wussten, dass sie aus Altersgründen nie mitfliegen, geschweige denn einen anderen Planeten erreichen konnten. Tief gerührt bin ich von ihrer Begeisterung und ihrem Tun für uns, denn wir ernten die Früchte ihrer Arbeit."

Michael sagt: „Ja, deine Gefühle verstehe ich gut, ich kann nur zustimmen. Ganz herzlichen Dank für deine Ausführungen. Aber wie kommt es, dass du dich als Frau so gut in all das hineindenken kannst?"

„Mein Lieber, du vergisst wohl im Moment, dass ich in Technik ausgebildet wurde und seit Jahren in dieser tätig bin. Merk dir doch mal! Hier bei uns haben Frauen und Männer gleiche Rechte, Chancen, Pflichten und Aufgaben entsprechend ihrer Eignung. Nur bei der Kindererziehung und wenn es um das Wohlergehen der Familie geht, ist es völlig anders, hier hat die Frau den Vorrang und alle Freiheit für diese wichtige Zeit. Ein sehr enges, ständiges, inniges Verhältnis zwischen Müttern und ihren Kindern ist das allerwichtigste für eine erspießliche Entwicklung der Nachkommen unserer Gemeinschaft. Auf der Erde wurde diese wichtige Rolle der Frauen in den letzten zweihundert Jahren immer mehr vernachlässigt. Selbst Kleinstkinder wurden auf diese Weise ihrer natürlichen Entwicklung beraubt und fast von ihrer Geburt an aus-

schließlich fremden Erziehern in Verwahrung gegeben. Dabei war es für die Verantwortlichen doch
leicht, die liebevolle Fürsorge der Tiermütter für
ihren Nachwuchs als Vorbild zu erkennen. Wir
Menschen haben, das lernte ich in der Schule, doch
sonst alles, was wir anwenden, von der Natur abge-
guckt. Nein, Kinder waren den sich ‚selbst verwirk-
lichenden Frauen' – wie es damals hieß - in ihrer
Berufsausübung eine schwere Last. Also, weg mit
ihnen! Doch die Rache der Natur war fürchterlich.
Die Missachtung ewiger Gesetze alles Lebendigen
führte zu einer Verrohung, Brutalität und gesetzlo-
sem Handeln unter Kindern und Jugendlichen.
Und … das ist mit ein triftiger Grund für den allgemeinen Niedergang der Menschen auf der Erde.“

Er sagt darauf: „Du hättest besser Philosoph
werden sollen!“

Sie sagt: „Ha ha ha, mein Schlaumann.“

Und so gesteht er sich insgeheim ein, dass die
Regeln und Gesetze von Atlantis wohl richtig be-
gründet und aufgestellt sind, und sagt nur noch:
„Entschuldige bitte, es war dumm von mir, diese
Frage zu stellen, ob du dich in Technik ‚hineinden-
ken' kannst.“

37

Einige Wochen sind wieder vergangen. Die Geschwindigkeit von Atlantis liegt derzeit bei 35000
Kilometer pro Stunde. Das ist verschwindend wenig, fast lächerlich. Der Grund liegt in der momen-

tan großen Dichte von kleinen Eis-, Metall und Gesteinsbrocken. Während der verminderten Geschwindigkeit sind auch Arbeiten auf der Oberfläche des Raumschiffes weniger gefährlich. Eine Entscheidung für ihre Durchführung wird vom Hohen Rat gefällt. Michael muss, so wie öfter in der letzten Zeit, einen Robotereinsatz auf der Außenhülle steuern. Die Astronomen hatten schon länger bemängelt, dass 2 der 83 Fernrohre leichte Störungen aufweisen. Bei einem ist die äußere Panzerglaslinse des Fernrohres mit irgendwelchen Ablagerungen behaftet. Das kommt öfter vor, denn das Magnetfeld kann nicht alle Kleinteilchen vom Raumschiff ablenken. Sind die Fernrohre nicht im Einsatz, verhindern Abdeckungen, welche einer etwas abgerundeten Schiebetür gleichen, die Verschmutzung. Bei längerer Nutzung passiert es dann manchmal wie jetzt. Beim anderen Fernrohr klemmt manchmal die Abdeckung. Die Schäden müssen begutachtet und möglichst direkt beseitigt werden.

Das Aufwecken und Aktivieren von Michaels Roboter geht schnell vonstatten. Alles klappt gut. Michael in seinem Arbeitsanzug und sein Assistent sind mit Eifer dabei. Zusätzlich zur Sprechverbindung zwischen Assistent und Michael in seiner Roboterfunktion ist noch die Brücke zugeschaltet.

Der Roboter erreicht die Stelle des einen Fernrohres. Michael sagt: „Hallo Brücke, bitte Abdeckung von F11 öffnen.“

Sie geht langsam auf. Michael sieht mit den scharfen Augen des Roboters die Ablagerungen … sie sind tatsächlich da. Es ist eine Mischung aus rötlichem Staub mit weißen Einsprenkelungen. Die Verschmutzung ist schnell beseitigt.

Michael sagt: „Schaden an F11 behoben, begebe mich zum zweiten Einsatzort. Bitte Abdeckung wieder schließen."

Etwa 10 Minuten später erreicht der Roboter die zweite Stelle. Und Michael sagt: „Hallo Brücke, bitte Abdeckung von F28 öffnen."

Die Abdeckung, auf der F28 steht, rührt sich nicht. Mehrere Versuche bringen keine Änderung. Michael untersucht die Luke nun genauestens, und das aus allen möglichen Lagen oder Blickwinkeln des Roboters. Er erkennt lediglich einige winzige Einschlagstellen, die aber das Öffnen nicht behindern sollten. Sie stammen vermutlich von feinen Sandkörnern, die das Raumschiff trafen. Er meldet es. Der Astronom Manfred Glotzer, der zurzeit auf der Brücke Dienst hat, beendet nun die Versuche. Michael bekommt die Anweisung, erst einmal zu warten und nichts Weiteres zu tun. Er hat nun Zeit, die Herrlichkeit des Alls ausgiebig zu betrachten. Wie glänzende Edelsteine … herrliche, prächtige Edelsteine, denkt er, strahlen Milliarden von Sternen. Die verschiedenartigen Formen der Galaxien, mal flach von der Seite, mal direkt wie riesige Räder mit unterschiedlich vielen Armen, sieht er staunend. Und diese ganze Vielfalt ist vor einem völlig schwarzen Weltall als Hintergrund noch herrlicher anzuschauen.

„Wenn das die Menschen auf der Erde so wie ich sehen könnten!" brummt er leise vor sich hin.

Mitten hinein in seine Versunkenheit hört er von der Brücke: „Es wird ein Ingenieur, Ernst Jäger, im Raumanzug nach draußen geschickt. Bitte auf ihn warten."

Dieser ist damit bestens vertraut und dafür gut ausgebildet. Und Michael ist jetzt sehr glücklich, weil er noch mehr Zeit für sein begeistertes Schauen in die Unendlichkeit des Alls hat.

Ernst Jäger im Raumanzug, sein Assistent und die Spezialgruppe für solche Einsätze, bestehend aus dem Leiter und zwei weiteren Ingenieuren, haben sich in die obere Biotopschale transportiert. Sie gehen zu einer Panzertür. Sie ist eine von sechs in Atlantis. Die Panzertüren 1 bis 3 führen in die „Unterwelt" des Raumschiffes und 4 bis 6 in die Außenwelt auf die Schutzhülle.

Der Assistent setzt Ernst den Helm auf, aktiviert die Elektronik des Raumanzuges und führt vorgeschriebene Sicherheitsprüfungen durch. Auch die Sprechverbindungen zwischen Ernst, der Brücke und Manfred werden noch überprüft. Ernst schaltet seine Helmlampe ein, nimmt seine Werkzeugtasche auf und sichert sie an einem Haken seines Raumanzuges.

Dann telefoniert Manfred mit dem Sicherheitsdienst und lässt die Panzertür 6 öffnen. Ernst Jäger tritt in die dahinter befindliche Schleuse. Sie ist sehr klein und kann maximal zwei Personen in Raumanzügen aufnehmen. Alles andere geschieht wie bisher bei solchen Einsätzen.

Am Ende steht Ernst auf der Außenhülle von Atlantis. Er prüft die Haftung seiner Magnetschuhe –

die nur eine zusätzliche Sicherheit sind -, bleibt einen kleinen Moment stehen und sieht ebenfalls staunend die Pracht und Schönheit des Alls. Auf Bildschirmen war das für ihn nicht ganz so herrlich zu sehen.

Sein Ausstieg ist derjenige, welcher seinem Einsatzort am nächsten liegt. Die Brücke gibt ihm Anweisungen für seine Laufrichtung. Als er um die 130 Schritte auf der runden Fläche gegangen ist, sieht er den Roboter stehen, erst nur den Kopf, nach weiteren Schritten den ganzen Kerl".

Ernst untersucht die Abdeckung und stellt fest, dass die vielen kleinen Beulen nicht die Ursache für das Versagen sein können. Dann, nach einiger Zeit, bei der Untersuchung des winzigen Spaltes zwischen der Abdeckung und dem umgebenden Doppelrahmen, entdeckt er einen Metallsplitter, der das Aufschieben behindert. Der Splitter sieht ähnlich aus wie ein winziges Messer, an einer Seite spitz und zur anderen breiter und dicker werdend. Der Splitter hat sich so sehr im Spalt verkeilt, dass Ernst seine Mühe hat, ihn mit Spezialwerkzeug zu entfernen. Er vermutet, dass er sich bei den letzten Öffnungen mehr und mehr in den Spalt geschoben und letztlich verkeilt hat. Eine Prüfung zeigt Erfolg, die Abdeckung funktioniert wieder.

Auf der Brücke sind alle Beteiligten erleichtert. Der Kapitän sagt: „Wie man wieder mal sieht, sind wir Menschen nicht vollständig durch Maschinen ersetzbar. Das hier ist ein bezeichnendes Beispiel dafür. Aber für die meisten gefährlichen Arbeiten, das haben wir schon mehrfach erlebt, sind die Roboter gut zu gebrauchen und ausreichend. Freuen wir uns, dass wir sie haben! Ich danke allen an diesem gelungenen Einsatz Beteiligten."

Michael und sein Assistent fangen an, den Roboter zu seinem Lagerraum zu dirigieren. Ernst läuft erleichtert in Richtung Einstieg beziehungsweise zur äußeren Panzertür der Schleuse zurück.

Da passiert, was in diesem Augenblick niemand erwartet hätte … das Raumschiff wird hin und her geschüttelt. Ernst Jäger und der Roboter werden mit gewaltiger Macht von der Außenhülle losgerissen. Sie fliegen schnell und taumelnd von Atlantis fort.

Der diensthabende Kapitän auf der Brücke handelt sehr schnell. Großalarm wird ausgerufen. Schlimm ist, dass keine Sprechverbindung mehr mit Ernst besteht. Wahrscheinlich wurde die Antenne des Raumanzuges beim jähen Wegreißen beschädigt.

Der Steuermann Georg Brause und zwei Spezialisten für Navigation und Bergung werden zur Einstiegsschleuse von Paulus2 beordert. Der Erste Kapitän, Adam Wagner, übernimmt selbst das Kommando über Paulus2. Alle vier steigen über die Schleuse ein, verschließen die Panzertür des kleinen Raumschiffes und führen nur die wichtigsten der sonst vorgeschriebenen Kontrollen durch. Eile ist geboten!

Nur eine viertel Stunde ist bisher seit dem Unglück vergangen, als das kleine Begleitschiff Paulus2 seinen Liegeplatz, einem seiner Größe entsprechenden Raum in der Außenhülle von Atlantis,

verlässt und den beiden „ungewollten Ausreißern"
folgt.

Da Atlantis viel Zeit braucht, um bei seiner augenblicklichen Geschwindigkeit von 35000 Kilometer pro Stunde den Kurs zu ändern, ja, fast stoppen
muss, um den beiden Körpern und Paulus2 zu folgen, dauert das sehr lang. Der Roboter und Ernst
sind inzwischen 42158 Kilometer von Atlantis entfernt. Einer der Spezialisten in Paulus2 hat das gerade gemessen. Er bedient einen „Primelsucher",
ein von Wolfgang Primel, dem vielseitig begabten
Wissenschaftler und Erfinder bereits während der
Bauzeit von Atlantis entwickeltes Ortungsgerät.
Eigentlich muss man sagen ,weiterentwickelt', denn
es ist eine hochtechnische Form des von englischen
Wissenschaftlern so um die 1940er Jahre entwickeltes Ortungsgerätes mit Namen „Sonar". Das für
Atlantis gebaute Gerät ermittelt aufgrund von aus-
gesendeten Schallimpulsen, kombiniert mit einer
neu entwickelten Strahlungstechnik, und deren
zurückkommenden Echos die Entfernung, Geschwindigkeit und Flugrichtung von Objekten genauestens. Selbst in vollkommener Dunkelheit ist
somit exakte Ortung von Objekten und ihre An-
steuerung möglich. Schematische Bilder, Koordina-
ten, Zahlen und sonstige wichtige Daten werden
auf mehreren Bildschirmen angezeigt.

Paulus2 kommt den beiden Körpern nah und tas-
tet sich sehr langsam an sie heran. Atlantis rückt
nach und folgt mit etwas Abstand. Einer der zwei
Spezialisten erfasst nacheinander mit einem Greif-
arm in vorsichtiger, höchster Präzision die Körper.

Sie werden in einem Laderaum untergebracht. Dann fliegt Paulus2 mit erstaunlicher Genauigkeit nah an Atlantis heran und setzt die beiden mit größtmöglicher Vorsicht in der Nähe ihrer Einstiegsplätze auf der Außenhülle ab. Es gibt dabei keinerlei Probleme. Als die Besatzung auf der Brücke und die Raumfahrer an den Bildschirmen – sie sind seit Beginn der Rettungsaktion zugeschaltet – sehen, dass sich Ernst zu seiner Panzertür bewegt, zwar sehr wackelig und behutsam, aber zielsicher, geht im ganzen Raumschiff ein derartiger Jubel los, wie es ihn bisher nicht gegeben hat. Es wird vor Freude umarmt, getanzt, gesprungen, geschrieen und gelacht. Die Bergung von Mensch und Roboter hat bestens geklappt. Ernst ist körperlich am Ende und nach Abnahme seines Helmes kaum ansprechbar. Er wird sofort in den medizinischen Bereich gebracht.

Die gelungene Rettungsaktion ist ein erstmaliger Vorgang und wird mit besonderer Genauigkeit und sehr ausführlich im Logbuch vermerkt. Die Leistungen der beteiligten Personen werden sachlich gelobt. Zum Helden, wie es früher auf der Erde üblich war, wird keiner von ihnen ernannt.

Michael sagt nach beendeter Rückkehr seines Roboters an den Liegeplatz, dass es alle um ihn herum hören: „Am liebsten würde ich ihn jetzt umarmen, meinen wackeren Freund."

Atlantis kehrt auf den alten Kurs und zur höchstmöglichen Geschwindigkeit zurück.

38

Es ist Mitte des Jahres 2137. Hanna und Michael sind überglücklich, denn Metas Bein ist vollkommen geheilt. Die Zwillinge haben sich sehr gut entwickelt, sind im siebenten Lebensmonat sehr rege. Inzwischen wurden weitere elf Kinder in Atlantis geboren und sechs Raumfahrer sind in der gleichen Zeit verstorben. Es ist eine gute Bilanz für das Fortbestehen dieser kleinen Gemeinschaft. In den Sporträumen treffen sich die Mütter mit den Kleinen regelmäßig zu festgelegten Zeiten. Das ist ja von den Ärzten seit einigen Monaten fest vorgeschrieben, und nach wie vor gibt es die meisten Krankheitsprobleme mit dem Knochengerüst der Raumfahrer.

Auch Hanna hat viel Spaß dabei, wenn Meta und Adam im Gewühl der auf weichen Matten Krabbelnden und Spielenden ihre gute Entwicklung zeigen.

Immer mehr nähert sich Atlantis dem äußeren Rand des Sonnensystems. Mittlerweile zeigen die Fernrohre - nun viel näher dran - ein klareres Bild dieses Randbereiches. Da die Sonne von der jetzigen Position des Raumschiffes aus fast wie ein anderer, ferner Stern im All wirkt, und ihre Strahlung bis hierher sehr schwach ist, müssen Spezialeffekte die Qualität der Bilder vom Sonnensystem verstärken. Und es wird immer deutlicher, dass die am Rande des Sonnensystems befindlichen Milliarden von Asteroiden eine große Herausforderung für

Atlantis und insbesondere für die Flugleitung sein werden.

Immer häufiger treten jetzt Magnetstürme auf, welche den Flug von Atlantis stören, seine berechnete Bahn leicht beeinflussen und Erschütterungen hervorrufen. Die verantwortlichen Wissenschaftler haben keine Erklärung dafür. Einige Raumfahrer fragten deswegen schon aus Angst beim Hohen Rat an. Daraufhin erfolgt wieder einmal eine Informationsveranstaltung.

Der Erste Kapitän sagt mit ernstem Gesichtsausdruck: „Meine Freunde, wir nähern uns nun bald mit hoher Geschwindigkeit dem Rande unseres Sonnensystems. Eine große Bedrohung könnte dann wieder einmal auf uns zukommen. Denn wir wissen nicht genau, was uns dort wirklich erwartet. Infolge der in letzter Zeit bemerkten Erschütterungen und anderen Erscheinungen sind wir gezwungen, einige Maßnahmen einzuleiten. Sie dienen unserer Sicherheit in dieser von uns Menschen wenig erforschten beziehungsweise bisher nicht erforschbaren Gegend. Erstens: Unsere Techniker werden alle schweren Dinge, darunter zählen Möbel und andere Einrichtungsgegenstände, fest im Fußboden oder an den Wänden verankern. Das ist einfach und geht schnell vonstatten. Überall in unseren Räumen sind für diesen Zweck Vorrichtungen vorhanden, in welche die Möbel nur eingeklinkt werden müssen. Diese Verankerung wird vorläufig bestehen bleiben. Das hat der Hohe Rat beschlossen. Diese kleine Einschränkung müssen wir alle in Kauf nehmen, sonst könnte in kritischen Situatio-

222

nen Verletzungsgefahr oder weit Schlimmeres entstehen. Wir sind zwar überzeugt, dass uns unsere Gravitation und unser ausgezeichnetes Magnetfeld ausreichend schützen, doch Vorbeugung ist für uns lebensnotwendig. Zweitens: Alle sonstigen kleinen, aber schweren Gegenstände, sind nach ihrem Gebrauch in den dafür vorhandenen Schränken oder Schubladen sicher zu verstauen. Wenn wir dann das Sonnensystem verlassen haben, der äußerste Rand durchflogen ist, wir endlich in die Weite des Weltalls eingetaucht sind, wird diese Anweisung wieder aufgehoben. Und was noch sehr wichtig ist: Wir werden bald unsere Fluggeschwindigkeit den jeweiligen Gegebenheiten anpassen müssen. Wahrscheinlich ist es sogar nötig, dass Atlantis für eine gewisse Zeit im Strom der vielen um die Sonne kreisenden Asteroiden mitfliegen muss, um eine günstige Position für das Verlassen unseres Sonnensystems zu erreichen."

Unter den Raumfahrern kommt wieder einmal Unruhe auf, ein Raunen erklingt unter ihnen und sorgenvolle Blicke wandern von einem zum anderen.

Adam fährt fort: „Eine andere Sache macht uns vom Hohen Rat sehr zu schaffen. Wir haben viele Anfragen von Raumfahrern, ob wir etwas von der Erdstation gehört haben. Die Fachleute unter uns und diejenigen, welche sich aus eigenem Interesse mit dem Universum beschäftigt haben, wissen, was ich euch darüber sagen muss. Nehmt bitte zur Kenntnis, dass Kommunikation bei unserem jetzigen Abstand zur Erde von etwa sieben Billionen

Kilometer nicht in einer realistischen Zeit möglich ist. Ich gebe dafür ein verständliches Beispiel: Wenn wir Atlantis jetzt anhielten und an dieser Position stehen ließen, einen Funkspruch zur Erde sendeten, würde es weit über ein Jahr dauern, um eine mögliche Antwort von dort zu empfangen. Schon seit dem letzten Kontakt mit der Erdstation hatten wir in bestimmten Abständen Nachrichten dorthin gesendet. Sie enthielten jeweils Bilddokumente von unseren gegenwärtigen Lebensumständen in Atlantis nebst Grüßen an Freunde und Verwandte. Weil wir mit sehr hoher Geschwindigkeit weiterfliegen, uns immer weiter entfernen, wird es bald mehrere Jahre dauern, bis uns eine Antwort erreicht. Selbst wenn die Erdstation in Not ist und Nachrichten an uns sendet, wird es ebenfall Jahre dauern, bis sie bei uns eintreffen. Aber auch wenn wir lange nichts empfangen, müssen und sollen wir nicht das Schlimmste befürchten. Wenn … hoffentlich … eines Tages eine Antwort ankommt, wird das sofort veröffentlicht. Das heißt auch, dass wir uns aufgrund der großen Entfernung zueinander gegenseitig weder helfen noch vernünftig beraten können. Jede unserer Gruppen hat ihre eigenen Probleme oder Erfolge. Lasst uns alle hoffen, dass die Daheimgebliebenen mit ihrer Situation fertig werden. Und auch wir hier auf dem Weg ins All müssen wachsam und geschickt unserem einmal gewählten Ziel folgen."

Alle, die an den Bildschirmen den Ausführungen des Ersten Kapitäns gefolgt sind, atmen auf, weil keine sehr schlimmen Meldungen dabei waren.

Danach werden noch eine Stunde lang Aufnahmen vom Grenzbereich des Sonnensystems, Ausschnitte von Sternen der Milchstraße und viele andere Galaxien in nächster Umgebung gezeigt. Es ist wieder einmal berauschend, die schier unendlich vielen hell strahlenden Sterne und Galaxien in all ihrer Schönheit zu sehen.

39

Und wieder sind drei Monate vergangen. In Atlantis sind alle Entwicklungen so gut gelaufen wie selten während des gesamten bisherigen Fluges. Im Logbuch steht oft „keine besonderen Vorkommnisse". Ganz wenige Meteoriten und Schwärme von Kleinpartikeln konnten die Flugbahn kaum beeinträchtigen. Es gibt auch wenig Neues zu sehen. Die immer näher an das Raumschiff heranrückende Masse von Asteroiden am Rande des Sonnensystems – mit den Fernrohren aufgenommenen und ständig informativ auf den Bildschirmen gezeigt - erweckt den Eindruck ... alles halb so schlimm als gedacht.

Langsam entsteht so bei vielen Raumfahrern ohne große Verantwortung für den Durchbruch ins freie All der Eindruck, dass dieser zunehmend zu einem leicht zu bewältigendem Abenteuer wird. Denn die teils sehr großen Abstände zwischen den Asteroiden lassen auf einen unkomplizierten Vorbeiflug schließen.

Nur eines hatte die Gemüter erregt und einige Tage für Wirbel gesorgt: Der in Atlantis als Philosoph bezeichnete Denker – eigentlich ist seine Hauptaufgabe die Astronomie -, Werner Dornblut, hielt in einer Informationsveranstaltung einen Vortrag über das, was ein Sonnensystem mit Planeten nach den neuesten Forschungen und Erkenntnissen ist, was es zusammenhält, sein wahrscheinlicher Sinn, und vor allem neueste Theorien über seine Erschaffung und sein wahrscheinliches Ende.

Hier teilen sich die Meinungen unter den Menschen von alters her. Und so geschah es auch hier. Die einen wollten nicht darüber nachdenken und nichts davon hören. Andere redeten klug darüber oder wähnten sich sehr klug zu sein. Wieder andere ergingen sich in wildesten Spekulationen, Theorien und Behauptungen.

„Denn es muss uns allen klar sein", sagt Werner Dornblut in einem seiner Vorträge, „unsere Erkenntnisse über das Universum beruhen auf Beobachtungen, die mit den uns Menschen zur Verfügung stehenden Mitteln nicht alle genau sein können. Vieles ist reine Theorie. Wir Menschen sind im Verhältnis zu diesem Universum nicht einmal Staubkörner. Dennoch ist unser Erkenntnisvermögen gegenüber allen anderen Lebewesen sehr hoch, jedoch nicht hoch genug. Viele Denker der letzten Jahrhunderte mussten noch zu ihren Lebzeiten erfahren, dass ihre Theorien und Ideen nicht stimmten. Das ist besonders hart, und nicht nur für sie selbst."

In den Gedankenspielen zwischen den Raumfahrern fiel irgendwann der Begriff „Gott". Und weil einige der Raumfahrer – noch beeinflusst durch Eltern oder Großeltern auf der Erde – sich mehr oder weniger mit Glaubensdingen beschäftigten, wurde ihre Vorstellungswelt darüber wieder angeregt. Wie ein Lauffeuer hatten sich diese Gedanken und Ansichten darüber unter ihnen verbreitet. Weil damit große Unruhe in Atlantis entstand, entschloss sich der Hohe Rat, eine Gesprächsrunde mit den Interessierten unter der Leitung von Werner Dornblut durchzuführen.

Das ist nun der Fall. Sie findet in einem der Sporträume statt. Angemeldet haben sich 43 Personen. Diese erscheinen alle - so wurde es ihnen empfohlen - mit einem Kissen oder ähnlichem als Sitzunterlage.

Als Werner eintritt, sagt er: „Seid alle herzlich gegrüßt! Bitte, setzten wir uns doch alle in einem großen Kreis zusammen", und nachdem er sich eingereiht hat, „Gedanken über Gott, oder wie manche auch sagen: Weltgeist, Herr, Hohes Wesen, Schöpfer und wie auch sonst noch, haben sich die Menschen seit Urzeiten bereits immer gemacht. Auf diese Weise entstanden über die Jahrtausende einige große und daneben viele kleine Glaubensgemeinschaften. Und fast immer glaubten die Menschen auch an böse und gute Geister und vieles ungereimte Zeug mehr. Im Zuge der im vergangenen Jahrhundert auf der Erde stattgefundenen großen Kriege zwischen den Religionsgemeinschaften, besonders zwischen drei der damaligen großen

Weltreligionen um den Anspruch der einzig wahren Religion, und der dadurch entstandenen Zersplitterung der Menschen in kleine und kleinste zusammenlebende Gruppen, verlor der ‚Glaube' allgemein an Bedeutung. Auch die stetig wachsende Not trug zum Glaubensverfall bei. Die Menschheit fiel in altmodischen Geisterglauben mit Hexen, Gnomen, Elfen und so weiter zurück oder glaubte an nichts mehr. Diejenigen von uns in Atlantis, die zum Teil noch einige Zeit in kleinen Menschengruppen auf der verwüsteten Erde gelebt haben, können ein Lied davon singen. Ich komme …"

Er wird unterbrochen, weil mehrere den Arm heben, um zu Wort zu kommen.

Doch er fährt fort: „Später, später können wir zur Diskussion übergehen. Doch lasst mich bitte erst meinen Vortrag beenden. Ich komme nun zu meiner Ansicht darüber, meinem Glauben. Ja, ihr habt richtig gehört – meinem Glauben. Ich glaube an Gott, und aus Gesprächen mit einigen anderen von uns weiß ich, sie tun es auch. Vorweg sage ich, dass die unter uns Menschen bisher vorhanden gewesenen oder teilweise noch vorhandenen Religionsgruppen reines Menschenwerk sind. Um an Gott zu glauben, mit ihm Zwiesprache zu halten, ihn um etwas zu bitten, sich bei ihm zu entschuldigen, Schuld einzugestehen, seine Gnade zu erflehen, braucht man nicht auf Knien rutschen, sich weder geißeln noch sonstwie selbst bestrafen. Ihm ist es recht, wenn ich ab den ernst gemeinten Worten ‚ich glaube an dich' ein liebevoller, hilfsbereiter, gerechter, verständnisvoller, ehrlicher Mensch werde oder zumindest erfolgreich zu werden versuche. Da auch wir Menschen keine vollkommenen Wesen sind und ab und zu daneben treten, vergibt er uns kleine Ausrutscher."

Er holt tief Luft, sagt danach weiter: „Und … nach meiner Überzeugung ist Gott kein materielles Wesen wie wir und alles um uns herum. Er ist sehr wahrscheinlich reine Energie. Nicht umsonst wurde früher vom Geist Gottes gesprochen. Aber warum habe ich ‚Gott' gesagt? Es muss richtig heißen: Der eine Gott. Die alten Ägypter, ein frühes Kulturvolk der Menschheit, hatten einen König, der an den einen Gott glaubte. Sein Fehler war, er platzierte ihn in die Sonne. Drei der großen Weltreligionen, die an der Schnittstelle zwischen den Erdteilen Asien, Afrika und Europa entstanden, sprachen auch nur von dem einen Gott. Um ihn zu verehren, bauten sie ihm riesige, prächtige Häuser: Kathedralen, Dome, Tempel … mit glanzvollen Hallen, Säulen und Altären, welche in Wahrheit der Eitelkeit, der Verschwendungssucht und dem Pomp der Religionsführer dienten. Aber - Gott ist überall, in allen Dingen, und wo du auch seiest. Du bist Gott überall nah und er dir. Ich habe mit engen Freunden öfter über meinen Glauben und meine Überzeugungen gesprochen. Sie denken zum Teil wie ich. Wo wir zu überhaupt keiner Lösung fanden, ist die Frage, ob Gott nur der Schöpfer und Erhalter unseres Sonnensystems oder des gesamten Universums ist. In langen Diskussionen in den letzten Jahrzehnten, auch gemeinsam mit dem Hohen Rat, fanden wir keine Antwort, bekamen kein Gefühl dafür. Daraus ergibt sich für uns alle die wichtigste Frage: Was wird geschehen, wenn wir dabei sind, den äußersten Rand des Sonnensystems zu überfliegen? Und, wenn Gott uns nicht hinauslässt, wissen wir die Antwort."

Nun folgt eine sehr lange Diskussionsrunde. Werner ist erstaunt, wie klar und einheitlich die meisten der Anwesenden seinen eigenen Gedanken folgen oder kluge, eigene Ansichten darlegen. Natürlich sind welche dabei, die erklären, keinen Glauben zu besitzen. Werner hätte sich vor dieser Zusammenkunft nicht vorstellen können, wie tief der Glaube an Gott allgemein in dieser kleinen Gemeinschaft noch vorhanden ist.

Michael meldet sich auch zu Wort und berichtet ausführlich über die teils wirren Glaubensvorstellungen in seiner Sippe. Die Teilnehmer stimmen darüber ab, ob es wichtig wäre, alle Raumfahrer in diese Gedanken einzubeziehen, und ob weitere Treffen veranstaltet werden sollen. Es ergibt sich ein fast einstimmiges ‚Ja'.

40

Als Michael wieder bei seiner Familie ist, fragt ihn Hanna sofort: „Na, mein Lieber, bist du jetzt klüger?"

„Ein bisschen schon! Doch meine Anschauungen und Erkenntnisse betreffend, gab es für mich nichts Neues." Dann berichtet er ihr über den Verlauf der Gesprächsrunde und wie viele unterschiedliche Meinungen zusammenkamen.

Darauf sagt sie: „Du kennst ja meine Ansichten! Ich glaube eben nicht an einen Geist oder so. Mir ist jedoch klar, dass alles, was mit uns und um uns herum geschieht, nach festen Gesetzen abläuft."

Er sagt sehr betont und ruhig: „Und ich bin mittlerweile davon überzeugt, dass diese Gesetze ein Teil Gottes sind ... er hat sie erschaffen und vieles andere mehr, was uns nützt und unser Leben möglich macht. Und ‚Gott' ist nur ein Name, den wir Menschen ihm gegeben haben. Denk doch mal nach! Wie viele raffinierte Vorgänge spielen sich ständig in allen lebenden Organismen ab ... und erst in uns Menschen. Wenn ich auf unseren Feldern das Blühen, Wachsen, Reifen und auch Vergehen sehe, welch prächtigen Anblick bietet uns alles Lebendige. Und das passiert doch nicht rein zufällig mal so und mal so ... immer wieder ..., sondern stets nach den gleichen Gesetzen und Regeln."

Er sieht, wie es in ihr arbeitet, wie sie nachdenkt. Er lässt ihr Zeit und stört nicht. Doch sie antwortet ihm nicht darauf. Und beide gehen zum normalen Tagesgeschehen über.

Etwas später kommt Meta zu ihrem Papa gekrabbelt, zieht sich an seinen Beinen hoch, geht sehr tapsig ein paar Schritte, dreht sich um, kommt zurück und plumpst vor ihm auf ihren Hintern.

Erschreckt sieht sie zu ihrem Papa hoch und aus ihrem Mund kommen die Laute: „Pah ... ma ... ah."

Michael sagt sehr erfreut: „Hanna, hast du gehört? Meta hat eben ‚Papa' gesagt."

„Ich habe ‚Mama' verstanden."

„Quatsch, es war eindeutig ‚Papa'."

„Na - dann bleib mal bei deiner Freude!"

Michael kniet sich auf den Boden vor Meta hin, hält ihr seinen erhobenen rechten Zeigefinger mit etwas Abstand vors Gesicht, bemüht sich, sie besonders nett anzusehen und sagt sehr langsam und betont mehrmals: „P-a-p-a".

Meta reagiert nicht sofort darauf, sieht ihren Papa ernst an, und danach wandert ihr Blick zu seinem erhobenen Finger. Sie presst ihre Lippen fest zusammen, öffnet ihren Mund wieder und sagt nach einem sprudelnden Geräusch ihres Mundes: „Buh".

Michael zeigt ein enttäuschtes Gesicht. Adam ist inzwischen herangekrochen, streckt eine Hand nach seinem Papa aus. Michael hebt beide Kinder auf seinen Schoß und erzählt ihnen eine kleine Geschichte. Sie verstehen zwar nichts, sehen aber interessiert auf seinen sich bewegenden Mund. Hanna sieht dem Geschehen mit glücklichem Lächeln zu. Das Gespräch von vorhin über den Glauben ist vergessen.

Als dann die Schlafenszeit für die Kinder gekommen ist, sie zu Bett gebracht werden, ist Michael auf einmal sehr in Gedanken versunken. Eine Weile sitzt er an ihren Bettchen, hält mit je einer Hand eine von Meta und Adam. Und nachdem sie eingeschlafen sind, bleibt er trotzdem tief versunken dort.

Wie in einem Traum erscheinen ihm Momente seines Lebens auf der Erde. Er schließt seine Augen, und indem er liebevoll an seine Eltern denkt, an ihre großen Anstrengungen für das Überleben, die besondere Fürsorge für ihn als kleines Kind, glaubt er schemenhaft ihre guten Gesichter zu sehen. Ein feines Lächeln strömt über sein Gesicht.

Er überlegt: Was würden sie wohl sagen, wenn sie wüssten oder miterleben könnten, dass er hier weit draußen auf dem Flug in unendliche Weiten ist. Hätten sie es gut geheißen? Wären sie mitgeflogen in Atlantis, wenn es ihnen noch möglich gewesen wäre? Was machen oder wie geht es den anderen Sippenmitgliedern auf der verwüsteten Erde, die, so kann er fest behaupten, lange Zeit eine Familie für ihn bedeuteten? Leben sie überhaupt noch?

Und erneut huscht ein Lächeln über sein Gesicht. Denn er denkt an seine Liebe zu Hanna, an den geschlossenen Bund fürs Leben mit ihr, an seine geliebten Kleinen. Viele Ereignisse während seiner Zeit in Atlantis kommen ihm in den Sinn. Er öffnet seine Augen und blickt in die liebreizenden Gesichter von Meta und Adam. Dann beugt er sich zu ihnen nieder und küsst sie sehr zärtlich. Wie angenehm duften ihre Haut und ihr Haar, empfindet er wie bereits immer seit ihrer Geburt.

Er gibt sich einen Ruck und steht auf. „Es ist gut so, es ist gut, dass ich hier bin und wie alles bisher gelaufen ist", murmelt er vor sich hin.

Da hört er Hanna leise rufen: „Komm! Wir gehen noch ein Stündchen in den Sportraum, unsere Körper haben Ertüchtigung sehr nötig. Ab und zu können wir ja abwechselnd nach den beiden sehen. Das geht doch schnell."

„Ja", sagt er, „das brauche ich jetzt wirklich! Mir gingen eben alle möglichen Dinge durch den Kopf, die doch nicht zu ändern sind. Es ist immer besser, vorrangig an alles Kommende zu denken und sich darauf zu freuen."

Hand in Hand gehen beide los.

41

Einige Tage später erklingt wieder einmal automatisch in allen Tonempfängern der dreimalige Summton als Warnung. Die anschließende Mitteilung über die Tonempfänger lautet: „Bitte, hört euch diese wichtige Nachricht unbedingt an. Es ist sehr wichtig! Vorgestern wurden unserer medizinischen Abteilung die ersten Krankheitsfälle mit sehr hohem Fieber und Halsschmerzen bekannt. Mittlerweile sind bis heute 51 Fälle aufgetreten. Da wir uns hier im Raumschiff keine Epidemie erlauben können, haben Ärzte seit gestern in großer Eile nach der Ursache geforscht. Sie stellten fest, dass es sich hierbei um eine Mutation des Grippevirus handelt, die ihnen bisher nicht bekannt war. Gleichsam wurde eine Arznei zur Bekämpfung der Viren hergestellt und auf die Schnelle erprobt. Das heißt also für uns alle ohne Ausnahme: Bei der nächsten Mahlzeit werden medizinisches Personal und Ärzte zugegen sein, um den Speisen einige Tropfen des Heilmittels beizufügen.

Kleinkinder bis zu drei Jahren sind, wenn sie die benannten Krankheitssymptome zeigen, von den Eltern in die jeweilig zuständige Krankenabteilung zur ärztlichen Untersuchung und sofortigen Einnahme des Heilmittels zu bringen. Ende der Nachricht."

Die Nachricht wird in Abständen von einer viertel Stunde mehrfach wiederholt.

Michael war vor kurzer Zeit von der Arbeit zurückgekommen. So hörten Hanna und er die Nachricht beim ersten Mal gemeinsam.

Danach wird Hanna blass im Gesicht und sagt: „Ich habe mich bereits heute früh gewundert, dass Adam erhöhte Körpertemperatur hat und öfter hustet. Also ist unsere Familie sehr wahrscheinlich auch betroffen. Lass uns mit unseren Kindern umgehend in die Krankenabteilung gehen!"

Sie sind mit die ersten, welche in der Krankenabteilung ankommen und haben spontan und richtig gehandelt. Hanna hat dem Arzt vor der Behandlung von Adam sofort gesagt, welche Symptome sie am Morgen bei ihm feststellte, so wird er gründlicher untersucht. Als ihm dabei auch Blut abgenommen wird, schreit er so fürchterlich, dass alle anderen sich die Ohren zuhalten müssen. Nachdem Meta und Adam ihre Medizin auf kleinen Plätzchen verabreicht bekommen haben, und die Familie gehen will, sagt der behandelnde Arzt: „Halt! Wenn ihr einmal als ganze Familie hier seid, habe ich für euch Eltern selbstverständlich auch ein leckeres Plätzchen", reicht ihnen das Versprochene und sagt lachend, „runter damit! Je früher ihr es einnehmt, desto besser."

Die Familie geht zurück zu ihren Wohnräumen. Doch „geht" stimmt nicht ganz, denn Meta und Adam dürfen auf den Rücken ihrer Eltern heim reiten.

Da sich das Fieber und eine Heiserkeit von Adam in den nächsten zwei Tagen kaum ändern, dann noch leicht steigern, greift Johanna Wagner, die um ihren Enkel besorgte Oma und zusätzlich ja selbst Arzt, ein. Zuerst setzt sie ein altes Hausmittel ein, das in der Menschheit bei Erkältungskrankheiten sehr oft half. Sie verordnet Wadenwickel, wobei nasse Tücher um die Waden gelegt werden. Als sie einige Stunden später noch mit einer Vitamintablette anrückt, ist das umsonst … das Fieber ist vorbei. Oma und Adam strahlen um die Wette.

Eine Epidemie bleibt zum Glück aus. Die Ärzte sind zufrieden, und die am Ende etwa 120 mehr oder weniger Betroffenen auch.

42

Der Augenblick ist nun gekommen, wo nicht nur, und wie bereits gehabt, die großen Planeten des Sonnensystems, einzelne herumirrende Kometen, kleine Eis- und Gesteinsbrocken, Staubwolken und andere Hindernisse die äußerste Wachsamkeit auf der Brücke und die des automatischen Steuerungssystems erfordern. Das ist ja überwunden und vorbei.

Nein, eine viel größere Herausforderung kommt auf das Raumschiff zu. Und wiederum ist es vonnöten, dass die Raumfahrer in Atlantis durch den Hohen Rat seelisch auf eine völlig neue Situation vorbereitet werden. Diese Aufgabe übernimmt der Astronom Manfred Glotzer in Form einer Informationsveranstaltung.

Manfred begrüßt die Raumfahrer an den Bildschirmen und sagt danach: „Wie ihr ja bereits wisst, es wird nun ein Bereich angeflogen, der mit vielen Milliarden Objekten angefüllt ist. Dieser umschließt das Sonnensystem schalenförmig. Sein Abstand - von der Sonne aus gemessen - beträgt etwa 9 bis 11 Billionen Kilometer. Doch keine Angst vor dieser dicken Schale! Die große Zahl an Objekten könnte uns erschrecken, sollte sie aber nicht! Bei der riesigen Ausdehnung dieser Schale sind auch die Freiräume zwischen den Einzelobjekten sehr groß. Ich erkläre es an Hand eines Beispiels: Es gibt in dieser Schale – von den Astronomen auf der Erde wurde sie seit den 1950er Jahren schon Oortsche Wolke genannt, weil einer ihrer Entdecker der niederländische Astronom Oort ist – Objekte, welche auf ihrer elliptischen Bahn seit der Zeit des römischen Kaisers Augustus vor mehr als 2000 Jahren die Sonne nicht ein einziges Mal umrundet haben. So erklärt sich noch einmal, warum die Masse der Objekte in dem riesigen Raum für uns Weltraumfahrer keine zu große Bedeutung hat. Doch auf der Hut sein, das ist hier außerordentlich wichtig. Und diese Objekte – von vielen kleinen und einigen größeren Planeten, riesigen Eisbrocken, gewaltigen Erz- und

Gesteinsbrocken, bis zu Wolken aus Staub und Gasen – sind ein Überbleibsel aus der Entstehungszeit des Sonnensystems. Von den Wissenschaftlern wird diese Schale deshalb auch als riesige ‚Schutthalde‘ bezeichnet. Wenn wir sie durchflogen haben, sind wir tatsächlich im All, und nichts kann uns wohl danach mehr aufhalten. Alle Verantwortlichen für unseren Flug sind stolz auf die bisherige hervorragende Leistung und beste Zusammenarbeit von uns allen, ja, einem jeden von uns. Ein Lob auch unserem Raumschiff und seinen Erbauern. Machen wir in diesem Sinne beherzt weiter!“

Er trinkt aus einem Wasserglas und fährt fort: „So, meine Freunde, wir zeigen ab jetzt jeden Tag eine halbe Stunde neue, hervorragende Bilder der Objekte. Sie werden von unseren Fernrohren näher herangeholt. Die Wissenschaftler von einst wären überglücklich gewesen, wenn sie zu ihrer Zeit unsere Möglichkeiten gehabt hätten. Sie hatten sie nicht, weil trotz leistungsfähigen Fernrohren die Entfernung von der Erde zu unserem jetzigen Punkt zu groß, die Strahlung der Sonne bis hierher zu schwach war, um von der Erde aus gute Bilder zu machen. Genießen wir ab jetzt dieses herrliche Erlebnis! Ich danke dem Hohen Rat, dass er mir diese Aufgabe übertrug. Euch allen danke ich fürs Zuhören und Zuschauen. In wenigen Augenblicken seht ihr die ersten Bilder von der Oortschen Wolke. Wer zurzeit arbeitet oder sonstwie verhindert ist, kann das nachholen. Die Bilder werden in unserem Informationssystem gespeichert und sind jederzeit abrufbar.“

Hanna hatte staunend die Bilder verfolgt. Michael kam erst zum Schluss hinzu, er musste noch arbeiten.

Hanna sagt ihm mit freudiger Stimme: „Ich kann es nicht glauben, wie viele Brocken hier draußen um die Sonne schwirren. Bisher glaubte ich, dass die Planeten bis zum Neptun das Größte wären, was es im Sonnensystem gibt. Doch diese Vielfalt an Formen begeistert mich. Und was ich eben gesehen habe, ist ja nur der Anfang. Der Durchflug wird wahrscheinlich Monate dauern."

Michael antwortet lachend: „Ich freue mich sehr, dass du dich so begeistern kannst. Du bist halt zum Raumfahrer geboren und nicht nur für allgemeine Technik, Haushalt, Freizeitgestaltung und Kindererziehung."

„Gut, mein Lieber! Ruhe dich etwas aus! Danach können wir gemeinsam weiter versuchen, unseren Sprösslingen einige Worte beizubringen oder ihnen bei ihren lustigen Bemühungen, Laufen zu lernen, beistehen."

43

Atlantis fliegt seit einiger Zeit inmitten der Oortschen Wolke. Vielen Objekten, darunter auch Kleinplaneten und andere dicke Brocken, muss geschickt ausgewichen werden. Manchmal geht das etwas unsanft zu, und die Raumfahrer spüren die heftigen Bewegungen des Raumschiffes. Da muss sich mancher irgendwo festklammern oder wackelt beim Laufen etwas hin und her. Bei den Mahlzeiten im Speiseraum rutschen die Teller und Tassen plötzlich von alleine ein Stück herum. So etwas war seit dem Abflug nie in diesem Ausmaß geschehen. Besonders sehr Ängstliche fangen an, laut darüber zu klagen. Doch die Kapitäne und Steuermänner, unterstützt durch das hervorragend arbeitende automatische Steuerungssystem, tun ihr Möglichstes, um den Flug in einem erträglichen Maß zu halten.

Der Erste Kapitän lässt zur Beruhigung auf den Bildschirmen einen kurzen Filmausschnitt von früheren Begebenheiten auf der Erde zeigen. Darin wird unter anderem ein Segelschiff auf dem Meer bei Sturm und hohem Seegang hin und her, auf und ab geschwungen, zur Seite geneigt und wieder aufgerichtet. Seeleute müssen sich an Seilen festhalten, Sprühwasser und Schaum fliegen über das Schiff hinweg.

Das sieht viel schlimmer aus als die aktuellen, kleinen Unzulänglichkeiten im Raumschiff. Und am Ende erblicken die Zuschauer das Segelschiff wieder bei normalem Seegang und mit geblähten Segeln stolz dahingleiten.

Diese Vorführung gibt den Raumfahrern die Gewissheit, dass die Menschen früherer Zeiten auch mit solchen Naturgewalten fertig geworden sind.

Doch etwas anderes bereitet den Diensthabenden auf der Brücke zunehmend Kopfschmerzen: Je tiefer Atlantis in die Oortsche Wolke hineinfliegt, desto mehr macht sich eine unbekannte, fast unheimliche Kraft am Raumschiff zu schaffen. Sie versucht, Atlantis in den Strom der um die Sonne in mehr oder weniger elliptischen Bahnen kreisenden Objekte einzuordnen, will es zwingen, mit der übrigen Masse in einer eigenen Umlaufbahn die Sonne zu umrunden. Sie zerrt an ihm, und die vorhandenen Messfühler an der Außenhülle geben keinen Anhaltspunkt, warum das geschieht. Zuständige Wissenschaftler sind ratlos darüber. Die Vermutung liegt nahe, dass es eine Naturgewalt ist, welche den der Menschheit bisher bekannten physikalischen Gesetzen weder zugehört noch augenblicklich zu begründen ist. Und … sehr wahrscheinlich ist diese Kraft auch am Missgeschick vom Roboter und Ernst Jäger bei ihrer Arbeit an der Außenhülle schuld. Die Geschwindigkeit schwankt jetzt den Umständen entsprechend zwischen der bisherigen Höchstgeschwindigkeit bis fast vollkommenem Stillstand, und diese Wechsel erfolgen viele Male pro Tag.

Als Atlantis mal einige Zeit gezwungen wird, einen großen Eisbrocken von etwa 10 Kilometer Durchmesser in angebrachtem Abstand zu begleiten, entscheidet sich der diensthabende Kapitän für den Einsatz von Paulus2, was bisher seit dem Abflug von der Erde wenig geschah. Nach Rücksprache mit dem Hohen Rat wird das kleine Begleitschiff flugfertig gemacht. Der Kapitän Willi Blenders, der Steuermann Georg Brause und der Geologe Manfred Schaufler steigen über eine Schleuse, welche die Verbindung zwischen Atlantis und Paulus2 ist, ein. Sie fliegen zum Eisbrocken und entnehmen mittels eines Greifers etliche Kubikmeter Eis. Das landet in zwei Laderäumen und füllt sie fast vollkommen aus. Dann erfolgt der Rückflug zu Atlantis. Später wird das Eis dort verflüssigt und in Reservetanks gelagert. Die Wissenschaftler stürzen sich mit Eifer in die Arbeit. Es gilt, das Eis selbst und mögliche Einlagerungen zu untersuchen. Das Ergebnis zeigt, dass keine giftigen, strahlenden oder sonstigen Schadstoffe in ihm enthalten sind. Nur wenige, winzige Staubpartikel, die aus Sauerstoff-, Kohlenstoff- und Siliziumatomen bestehen, und Anteile von anderen auf der Erde vorkommenden Elementen sind geringfügig darin. Das reine, daraus gewonnene Wasser bereichert den Wasserkreislauf in Atlantis.

Die Ratlosigkeit auf der Brücke wird nun von Tag zu Tag größer. Allein die starken Antriebsaggregate von Atlantis können der störenden Kraft eben noch entgegensteuern. So wird weiterhin der alte Kurs eingehalten. Aber was wird sein, wenn Atlantis noch weiter an die äußerste Grenze des Sonnensystems herankommt? Gibt es selbst dort etwas Unbekanntes? Viele offene Fragen bewegen die Gemüter der Verantwortlichen.

Nur drei Monate später hat Atlantis so ziemlich den äußeren Rand der Oortschen Wolke erreicht. Da macht sich die unheimliche Kraft mit ungewöhnlicher Stärke bemerkbar. Stetig und unaufhaltsam wird das Raumschiff in eine Bahn um die Sonne gezwungen. Alle Maßnahmen der Flugleitung, alle möglichen Versuche, von diesem Sog loszukommen, sind vergebens. Eingereiht in den Strom der anderen vielen Milliarden Objekte, von denen die meisten ihre Bahn seit der Entstehung des Son-

242

nensystems ziehen, fliegt Atlantis dahin. Auf den alten Kurs zurückzukehren, gelingt nicht. Es sieht dabei so aus, als fliege Atlantis gegen eine unsichtbare Wand. Das starke Magnetfeld von Atlantis und seine automatische Steuerung bewirken wenigstens, dass keiner der anderen Brocken zu nahe heranrückt und es zu einer Kollision führen kann.

Und so kommt noch zusätzlich, was kommen muss. Unter den Raumfahrern entsteht eine noch größere Unruhe als kurz nach dem Abflug, wo eine kleine Gruppe unbedingt wieder zur Erde umkehren wollte. Aber mit dem großen Unterschied, dass es jetzt ein weit größerer Teil der erwachsenen Raumfahrer ist. Es wird in Gruppen und Grüppchen, in den Familien und selbst auch bei den intelligentesten Raumfahrern laut und leise, hinter vorgehaltener Hand oder freimütig und offen geredet, überlegt, geschimpft, verzweifelt nach Lösungen gesucht.

Und die Verantwortlichen wissen, die Zeit läuft ihnen davon. Denn je länger dieser Zustand dauert, desto mehr kommt das Raumschiff von seinem Kurs ab. Was das bedeutet, ist allen klar.

44

Als die Unruhe unter den Raumfahrern noch größer wird, entscheidet der Hohe Rat, einen ersten Versuch zu wagen, um dem Zwang der geheimnisvollen Kraft zu entkommen. Denn es ist allmählich für alle enttäuschend … seit fünf Tagen kreist Atlantis nun gemeinsam mit den anderen Objekten der Oortschen Wolke und einer Geschwindigkeit von etwa 38000 Kilometer pro Stunde dahin.

Die Flugleitung bereitet die Raumfahrer auf dieses Ereignis vor, das wahrhaftig ein großes Abenteuer ist. Und alle Verantwortlichen wissen: Es ist ein Wagnis mit ungewissem Ausgang. Wie bei anderen gefährlichen Situationen bisher, wird von allen Abteilungen äußerste Disziplin verlangt. Die für die Sicherheit wichtigen Positionen müssen unbedingt voll besetzt sein.

Nach langem, bangem Warten ertönt der dreimalige Summton als Warnung. Unheimliche Ruhe ist plötzlich in Atlantis gegenwärtig. Man hört keinen Laut, noch nicht einmal leise Unterhaltung. Und selbst die größeren Kinder, vorgewarnt durch ihre Eltern, geben keinen Mucks von sich.

Auf der Brücke ist es nicht anders. Alle Positionen sind hier doppelt besetzt. Den Astronomen, Physikern, Chemikern ist die Anspannung und Erwartungshaltung besonders anzumerken: Welche Reaktionen werden beim ersten Versuch eintreten? Welche wissenschaftlichen Erkenntnisse können daraus gewonnen werden? Der vorher festgelegte Plan für die Durchführung ist fest in die Köpfe der Hauptverantwortlichen eingebrannt.

Der Erste Kapitän, Adam Wagner, gibt mit ruhiger, besonnener Stimme die Kommandos. Zuerst wird nur der Photonenantrieb mäßig eingesetzt, und als sich dabei fast nichts tut, vorsichtig bis zur höchsten Stufe gesteigert. Atlantis fliegt schließlich fast unmerklich zum Rand der Oortschen Wolke hin. Es sieht ziemlich zittrig aus, als würde die Kraft den Flug ruckartig beeinflussen wollen. Die Erschütterungen im Raumschiff steigern sich danach stetig. Quietschende Geräusche ertönen und vermehren sich ebenfalls. Die Raumfahrer hören von draußen bald heulende, pfeifende und leicht explosionsartige Töne.

Das Magnetfeld von Atlantis war bereits vor dem Ausbruchsversuch auf der höchsten Stufe. Nun werden die Antigravitationswerfer eingesetzt, denn sie sollen für zusätzlichen Schub sorgen und die Wirkung des Photonenantriebs verstärken. Beide Antriebe wirken jetzt in die gleiche Richtung. Das wurde vorher noch nie gemacht, doch auf der Brücke sind alle überzeugt, dass der Ausbruch auf diese Weise zu schaffen ist.

Als Atlantis den Rand erreicht und in das Gebiet dahinter eindringt, kommt auf der Brücke große Hoffnung auf. Es geht anfangs immer noch langsam voran. Doch was dann geschieht, ist erschütternd und tragisch zugleich. Nach anfänglich kleinem Erfolg, nimmt die Geschwindigkeit von Atlantis schnell ab und kommt bald zum Stillstand. Aber nur kurz ruht die Bewegung, dann wird Atlantis mit zunehmender Macht in die Oortsche Wolke zurückgedrückt und schließlich wie ein springender Gummiball herumgeschleudert.

Auf der Brücke herrscht Panik. Was ist zu tun? Viele wirre Gedanken sind in den Köpfen der Verantwortlichen. Als sich Kapitäne, Steuermänner und Wissenschaftler einigermaßen beruhigt und besonnen haben, sie wieder vernünftig handeln können, gelingt es ihnen, gefährlich nahekommenden Objekten auszuweichen und in den alten Zustand zurückzukehren. Atlantis fliegt wieder im Strom der vielen anderen Objekte dahin.

Allen Raumfahrern ist das Misslingen des Ausbruchsversuches nicht zu verheimlichen. Sie waren mitten drin im Ablauf und ihre Ängste nehmen zu. Wie ein Lauffeuer verbreitet sich eine miese Stimmung. Es wird getuschelt, geschimpft und geflucht, was es sonst nie so extrem gab.

In allen Abteilungen, wo sich ja die einzelnen Angehörigen am besten kennen, bilden sich kleine Diskussionsrunden. Und sie wachsen sehr schnell an. Unmut und Resignation steigern sich ins uferlose. Vom Hohen Rat und der Flugleitung ist vier Tage lang nichts Neues oder Beruhigendes zu hören. Wie auch? Niemand hat eine überzeugende Lösung zur Hand.

Und die allgemeine Stimmung geht einem Nullpunkt zu. In den Speiseräumen meckern viele über Essen und Getränke. Es würde ihnen nicht mehr schmecken, behaupten sie. Freizeitaktivitäten wie Sport, Spiel und sonstige Unterhaltsamkeit finden kaum noch statt. Die allgemeine Ordnung bröckelt. Arbeitsstellen bleiben vermehrt unbesetzt, und das ohne Entschuldigung und Nennung von Gründen. Paare, die sonst in gutem Einvernehmen leben, streiten sich plötzlich über Nichtigkeiten. Kindern wird weniger Aufmerksamkeit zuteil. Rufe für eine Rückkehr zur Erde keimen wieder einmal auf.

45

In dieser bedrückenden Situation gibt der Hohe Rat über das Informationssystem seine Ohnmacht gegenüber der Naturgewalt zu. Er weckt aber gleichzeitig durch den Hinweis, dass die Wissenschaftler an einer Lösung arbeiten, eine Handvoll Hoffnung. Alle Raumfahrer sind mehr oder weniger entsetzt über die Tatsache, dass es hier draußen ein Hindernis, nur vergleichbar mit einer undurchdringlichen Mauer, gibt. Überall in Atlantis wird mit großer Leidenschaft über den jetzigen Zustand gesprochen, gestritten, geurteilt und vermutet. Es kommen Gedanken und Fragen auf wie nie zuvor seit Beginn der Bauphase: Gibt es doch einen Gott, an den die Menschen früherer Zeiten fest glaubten und jetzt nur wenige gelegentlich denken? Ist das Sonnensystem eine geschlossene Einheit, in welcher die vorhandene Materie unteilbar ist? Lässt uns Gott oder die unbekannte, unheimliche, gewaltige Macht deshalb nicht weiterfliegen? Müssen wir letztendlich zurück zur Erde? War all der Aufwand, die Begeisterung, die Erwartung einer neuen Zukunft, der Wille zum Überleben umsonst gewesen?

Dazu kommen wie stets in aussichtslosen Situationen die Behauptungen und Mutmaßungen der Neunmalklugen und Dummdenker: Einige haben es immer so kommen sehen. Andere hätten ja Abhilfe schaffen können, wenn sie doch nur gefragt worden wären. Wieder andere schweigen und stecken ihren Kopf in den Sand, wie es oft in miesen

Augenblicken geschieht, weil sie die Dinge nicht verstehen oder verstehen wollen.

Doch eine kleine Zahl denkt zum Glück noch positiv. Andreas Busch sagt zu den anderen Mitgliedern des Hohen Rates: „Vor ähnlichen großen Problemen standen die Menschen seit Urgedenken unzählige Male. Und wer bisher glaubte, dass wir hier in Atlantis eine besondere Art Menschen sind, hat sich gewaltig geirrt! Und wer der Meinung ist, wir sind ohne Fehler, haben das universale Wissen und auf alles eine sofortige Antwort, ist gleichfalls auf dem Holzweg! Doch … eines haben wir … wir sind vornehmlich Kämpfer und ich bin überzeugt … auch für diesen Fall gibt es am Ende eine Lösung." Diese Worte verbreiten sich unter allen Raumfahrern. Wer sie zuerst weitergab, bleibt unbekannt.

In den 27 Abteilungen bilden sich bald kleine Gruppen, die am Anfang nur ihre eigenen Gedanken untereinander austauschen. Daraus entwickeln sich schnell Streitgespräche. Und wie durch Nebel, der ganz plötzlich auftaucht, werden die Gemüter verdunkelt. Die Anzahl der Unmutigen wächst schnell an, und Rädelsführer übernehmen das Kommando. Am Ende entsteht in explosiver Stimmung eine bereits geübte, „geistreiche" Idee, die in allen Abteilungen die Runde macht und die Massen aufheizt: Wir müssen ohne Wenn und Aber zurück zur Erde. Lieber dort elendig leben, als hier für endlose Zeiten um die Sonne kreisen, bis auch das letzte Leben in Atlantis erlischt.

Nachdem in den Abteilungen über diesen Vorschlag abgestimmt wurde, und über fünfzig Prozent für die Rückkehr zur Erde stimmten, treffen sich die Sprecher von drei Abteilungen, welche dafür bestimmt wurden, mit dem Hohen Rat. Es sind die Sprecher der Abteilungen Abfallbeseitigung, Reinigungsdienst und Wiederaufbereitung. Sie sind diejenigen, welche am lautesten unter den „Aufrührern" tönten. Deshalb wurden sie als Überbringer des „Beschlusses" erwählt und sollen die Rückkehr fordern. Sie erscheinen nach vorheriger Anmeldung mit einem elektronischen Notizbuch, auf dem die Gründe für eine Rückkehr zur Erde aufgezeichnet sind. Einer von ihnen, Detlev Schlenker, trägt mit sehr lauter, schnarrender Stimme vor: „Wertvoller höherer Rat … wir kamen … kommen … weil unsere Forderung ist … fast alle wollen zurück zur Erde."

Die fünf Ratsmitglieder können nur mit Mühe lautes Lachen unterdrücken, grinsen deshalb aber desto heftiger. Die drei Überbringer der Forderung verstehen das Minenspiel der anderen als Wohlwollen.

Andreas Busch antwortet nach einer Weile innerer Heiterkeit: „Dann tragt mal euer Begehren vor! Ihr habt ja ein elektronisches Notizbuch dabei. Lasst bitte hören, was ihr aufgeschrieben habt. Wir werden schnellstmöglich den Wunsch, so möchte ich das mal nennen, prüfen und eine schnelle Antwort geben.

Detlef hat jetzt einen hochroten Kopf und wendet sich an einen seiner Mitstreiter, und der beginnt vorzulesen: „Aufforderung an den Hohen Rat", macht nach der Überschrift eine kleine Pause, „wir stehen hier stellvertretend für eine Mehrheit der Raumfahrer. Hiermit fordert diese Mehrheit den Hohen Rat und damit gleichzeitig die Flugleitung auf, unser Raumschiff zur Erde zurückzuführen. In sämtlichen Abteilungen haben wir darüber abgestimmt. Der Prozentsatz der Befürworter liegt bei 57 Prozent. Die Gründe dafür sind: Seit dem gescheiterten Verlassen des Sonnensystems hat sich bei der Mehrheit von uns Furcht, Sorge und Hoffnungslosigkeit breitgemacht. Die Stimmung wird von Tag zu Tag schlimmer. Viele glauben überhaupt nicht mehr an einen glücklichen Ausgang unseres Fluges nach Neuerde. Gleichwohl müssen wir zugeben, dass wir wortbrüchig sind, denn alle, die sich in Atlantis befinden, haben kurz vor dem Abflug drei Versprechen gegeben, die uns bisher heilig waren. Bitte, verzeiht uns unsere Angst, wir können nicht anders."

Die Ratsmitglieder sehen die drei Überbringer der unerwarteten Forderung bestürzt an. Sie sind zunächst sprachlos. Mit so etwas haben sie nicht gerechnet. Andreas Busch - sonst ein sehr ausgeglichener und sachlicher Mann - wird aschfahl im Gesicht.

Mitten hinein in das Schweigen sagt Detlef und diesmal flüssiger: „Wir sollen ohne eure Zustimmung nicht zu den anderen Abteilungssprechern zurückkommen. Doch wie ihr reagiert … denke ich, genügt es auch, wenn ihr später antwortet."

Andreas findet endlich Worte: „Gut, wir werden darüber reden. Ihr hört heute noch von uns."

Die drei Vorsprecher ziehen wortlos ab. Sie lassen bis aufs Mark erschütterte Ratsmitglieder zurück. Glaubten diese doch bisher, genährt durch ein perfektes Zusammenspiel in der Gemeinschaft - viele Jahrzehnte auf der Erde und weitere Monate während des Raumfluges -, dass es in Atlantis keine solche „Meuterei" geben würde. Und genau das ist jetzt passiert.

Andreas sagt zu Beginn der schwierigen Beratung über die augenblickliche ernste Lage: „Ich glaubte bisher, wir hier in Atlantis wären anders, machten nicht die gleichen Fehler wie so oft in der Geschichte der Menschheit. Jetzt zweifle ich daran."

Dann wird wohlbedacht und lange um eine Antwort gerungen. Nach etwa zwei Stunden gehen alle Bildschirme in Atlantis automatisch an, ein erneutes Zeichen für eine wichtige Information.

Vorgewarnt durch die „Abgesandten" nach deren Rückkehr, ist die Spannung an den Bildschirmen riesig. Die Zuschauer sehen die Ratsmitglieder und einige Wissenschaftler im Besprechungsraum des Hohen Rates sitzen. Mit sehr ernsten Mienen sitzen sie da. Und diesmal gibt es auch keine einstimmende Musik.

Manfred Glotzer erhebt sich – man sieht ihm Enttäuschung und Sorge an - und spricht: „Was ich euch jetzt sage, ist von großer Bedeutung. Und zwar nicht nur für das Erreichen unseres großen Zieles, nein, auch für jeden Einzelnen selbst. Wir hier machen uns genauso wie die Unzufriedenen und Verzagten unter uns Sorgen über das weitere Vorgehen. Auch wir sind seit Tagen unglücklich über die jetzige Lage. Doch was uns überaus enttäuscht hat, ist das … ich möchte sagen … völlig falsche Verhalten in einer schwierigen, aber nicht aussichtslosen, Situation", er atmet hörbar schwer, „kurz vor unserem Abflug haben wir uns alle gegenseitig Versprechen gegeben. Dazu gehören: Sich nicht eigennützig über andere zu erheben, dem Gemeinwohl zu dienen und, was uns heilig und teuer sein muss, nach den Gesetzen unserer Gemeinschaft zu leben. Letzteres ist besonders wichtig! In einem Raumschiff, ich betone das mit Nachdruck, kann und darf es keine Stimmungsmache, keine Meuterei, keine Abweichung geben. Verzeiht mir bitte das Wort ‚Meuterei'. Eines unserer Gesetze besagt: Einer für alle, alle für einen! Jeder von uns hat wichtige Aufgaben und Pflichten. Dabei ist es unerheblich, ob es größere oder kleinere sind. Ein weiteres besagt: Jede Seele in Atlantis ist gleich wichtig. Erinnern wir uns, mich und die anderen hier im Besprechungsraum eingeschlossen, an die gemeinsamen Versprechen! Wir dürfen unsere bisherigen Anstrengungen und Leistungen nicht vergeuden. Bitte, besinnt euch darauf. Und nun sage ich zum Schluss etwas, was einfach gesagt werden muss. Niemand wird verurteilt, weil er schwach war und zurück wollte. Blicken wir vorwärts und nicht zurück! Und wenn wir das fertigbringen, dürfen wir uns eine ‚verschworene Gemeinschaft' nennen."

Der erste Kapitän steht auf und fährt fort: „Meine Freunde, auch ich war bestürzt über das Misslingen unseres Ausbruchversuches, was es auch bewirkt haben mag. Doch bedenkt! Wenn die geheimnisvolle Kraft uns vernichten könnte oder wollte, hätte sie das getan. Es ist noch nichts verloren. Wir arbeiten emsig an einer Lösung. Bitte, habt noch Geduld, nehmt die Worte von Manfred Glotzer ernst, und vergebt uns vom Hohen Rat und der Flugleitung unser Versagen. Was meines Erachtens noch sehr wichtig ist: Jeder Rat oder Hinweis, sollte er noch so abwegig sein, kann helfen. Jeder ist gefragt! Wir gehen nun in verstärktem Maße wieder an die Arbeit, und ich hoffe, ihr werdet es auch tun."

Der Bildschirm wird dunkel. Und da passiert etwas völlig unerwartetes: In leuchtend roter, markanter, beeindruckender Handschrift, die sich nach und nach, wie durch Zauberhand, Buchstabe für Buchstabe aufbaut, erscheint der Text „Fürchtet euch nicht, denn ich bin bei euch. Habt Mut und Zuversicht, die neue Heimat wartet auf euch".

Viele Raumfahrer fragen danach in der Abteilung Informationswesen an, wer diese Worte schrieb. Sie erfahren, dass niemand dort sie sendete. Andere glauben an einen Scherz. Einige wenige, deren Seele gläubig ist, wissen das Zeichen zu deuten. Doch die Wahrheit kommt nicht heraus.

Wenig später geschieht wahrlich ein Wunder. Ob es an den Ansprachen vom Hohen Rat und der Flugleitung liegt oder an der außergewöhnlichen Erscheinung … fast allen laufen kalte Schauer über die Rücken. Sie spüren ab jetzt eine starke Erleichterung. Und schlagartig ändert sich auch die Stimmung in Atlantis wieder. Was jedoch das schönste Ergebnis ist … einige Abteilungen entschuldigen sich für ihr übereiltes, aufständisches Verhalten beim Hohen Rat.

46

Die Wissenschaftler, insbesondere die Physiker, Chemiker und Astronomen, arbeiten nun noch nachhaltiger und mit allen möglichen Methoden, dem Rätsel auf die Spur zu kommen. Aber sie sind in Wahrheit überzeugt, dass es da draußen nichts zu suchen gibt, jenseits der Oortschen Wolke nichts sein kann. Ihre Köpfe rauchen im wahrsten Sinne dieses Wortes. Und selbst bei ihnen macht sich zunehmend wieder große Hoffnung bemerkbar.

In einer der nun schier endlosen Gesprächsrunden sagt das Ratsmitglied Andreas Busch ganz plötzlich: „Wir gehen doch alle davon aus, dass hinter der Oortschen Wolke nichts weiter ist als der fast leere Weltraum, in dem es beispielsweise Licht- und Radiowellen, Spuren von Materie und sehr wahrscheinlich auch Antimaterie gibt. All das ist nichts, was uns behindern dürfte. Doch was ist, wenn das Sonnensystem um sich herum einen … ich nenne es mal äußeren Abschluss hat? Vielleicht gibt es da eine Begrenzung wie die Schale bei einem Ei? Wahrscheinlich ist es etwas, was unsere Fernrohre nicht zeigen, unsere Messgeräte nicht erfassen und orten können oder wir bei unseren Beobachtungen und Forschungen nicht erkannt haben. Darauf sollten wir uns konzentrieren! Nach dieser Eierschale ... so möchte ich sie wirklich nennen ..., aus was sie auch zusammengesetzt sei, müssen wir suchen. Es ist ja nun glasklar, dass es da draußen etwas gibt, was uns nicht durchlässt. Darum ist es besser, mit allen uns zur Verfügung stehenden Mitteln und Methoden die Messverfahren zu verbessern, um nach dieser ‚Eierschale' zu suchen."

Ein heftiges Raunen geht unter den versammelten Fachleuten um. Andreas hört verschiedene Aussagen: „Spinnerei! ... Was soll denn da sein? ... Unnütze Zeitvergeudung! ... Vielleicht ist da etwas dran? ... Folgen wir doch seiner Idee!"

Und darauf beginnt eine so emsige Arbeit, wie es sie in der Gemeinschaft seit knapp über fünfzig Jahren nicht gegeben hat. Und weil das bis in alle Ecken von Atlantis bekannt wird, denken auch die weniger mit wissenschaftlichen Kenntnissen behafteten Raumfahrer noch mehr darüber nach. Das ist gut so! In dieser brenzligen Situation ist ein jeder mit in der Klemme, kann die winzigste Idee von Nutzen sein. Denn das war schon immer so in der Geschichte der Menschheit: In Zeiten größter Gefahr wurden stets die besten Gedanken, die erstaunlichsten Erfindungen und viele bahnbrechende Lösungen erzielt. Und so geschieht es jetzt auch.

Am fünften Tag des Suchens und Tüftelns ereignet sich das Unwahrscheinliche: Nicht die Fachleute haben einen Lösungsansatz gefunden oder geben einen Anstoß. Es ist ein zwölfjähriger Schüler, Franz Himmelreich, Sohn des Astronomen und Physikers Hans Himmelreich, welcher sich ursächlich, man könnte auch sagen ausschließlich, mit der Spektralanalyse befasst, unterhält sich mit seinem Vater über das brisante Thema. Sein Interesse an der wissenschaftlichen Arbeit seines Vaters besteht schon lange. Wie viele Kinder, möchte er nämlich in die Fußstapfen seines Vaters treten und einst dessen Aufgaben übernehmen.

Hans Himmelreich war lange Jahre maßgeblich bei den Forschungen nach bewohnbaren Planeten außerhalb des Sonnensystems beteiligt, also auch bei der Entdeckung von Neuerde und der Analyse ihrer Lufthülle.

In besagtem Gespräch mit seinem Vater sagt Franz unerwartet: „Erkläre mir bitte noch mal genau, wie die Spektralanalyse funktioniert."

Das habe ich dir bestimmt schon zehnmal ausführlich erläutert, weil du immer wieder danach fragtest", sagt Hans und sieht seinen Sohn verdutzt an, „es ist eine Methode zur Ermittlung der chemischen Zusammensetzung von Stoffen - zum Beispiel eines Gases - durch Auswertung ihres Spektrums. Diese Methode wird auch angewendet, wenn die Stoffe weit entfernt sind, beispielsweise im Weltraum. Das von ihnen ankommende Licht – sichtbares und nicht sichtbares wie ultrarot, ultraviolett - wird in seine einzelnen Spektralfarben und -linien zerlegt. Das wiederum gibt den Fachleuten Hinweise über die Beschaffenheit der Stoffe."

Franz fragt immer tiefer und hört sich längere Zeit weitere Erklärungen seines Vaters an, dann sagt er: „Vielleicht sollten die Spektralapparate verfeinert und verbessert, oder von Atlantis aus könnte sehr starkes Licht in den Raum ausgesendet werden, wo dieses uns unbekannte und unheimliche Zeug vermutlich ist. Und vielleicht wirft das Unbekannte etwas zurück, was ausgewertet werden kann. Ich meine, man sollte eine Kombination von Spektralanalyse und anderen Methoden, welche ihr Wissenschaftler kennt und beherrscht, anwenden."

Hans sieht seinen Sohn starr an und sagt: „Du Klugscheißer, willst du mehr wissen als wir langjährig gedienten Fachleute?" überlegt eine Weile tief nachdenklich und schwächt ab, „entschuldige bitte, doch deine Anregung ist … ach Quatsch … was sollen meine Kollegen sagen, wenn ich deine Gedanken ausbreite."

„Du brauchst mich doch dabei nicht zu erwähnen!" bekommt er als Antwort.

Michael umarmt seinen Sohn, drückt ihn, bis der ‚Aua' ruft und sagt: „Ich muss jetzt mal weg!" Dann geht er eiligst in den Arbeitsraum, wo er mit drei Kollegen zusammen arbeitet. Einer davon ist Andreas Busch, der ja neben seinen anderen Aufgaben auch Physiker ist. Er ruft seine Kollegen zusammen und trägt die Idee vor. Sie sprechen danach gemeinsam über die Möglichkeit der Verbesserung der Geräte, mehr jedoch über die Aussendung von Lichtimpulsen, zum Beispiel in ultrarot und anderem.

Die vier Spezialisten kommen überein, für ihren Hochleistungs-Elektronenrechner ein Programm zu entwickeln, von dem sie annehmen und erwarten, dass es das „Geheimnisvolle" enträtseln und schematisch darstellen kann. Geplant wird folgendes: Mit den ihnen zur Verfügung stehenden Geräten senden sie gleichzeitig Lichtimpulse, Schallwellen, Radiosignale ... aus. Das Programm, so erwarten sie, erzeugt aus den zurückkommenden Echos, gemischt mit den empfangenen Werten der Spektralapparate, auf einem großen Bildschirm ein Abbild der geheimnisvollen Zone. Und das Programm soll auch Erkenntnisse über die Eigenschaften des Unsichtbaren ermitteln.

Sieben Tage lang arbeiten die vier Wissenschaftler und mehrere Programmierspezialisten gemeinsam an der gestellten Aufgabe. Dann ist es endlich soweit. Die Anspannung ist groß, und nicht nur bei den direkt Beteiligten. Wolfgang Primel vom Hohen Rat bekommt einen Schwächeanfall. Bei den Ärzten ist Hochbetrieb in diesen angespannten Tagen. Viele leiden unter Alpträumen. Eine allgemeine Müdigkeit geht um.

Und, wie sollte es plötzlich anders sein in Atlantis, die ersten kleinen Versuche zeigen tatsächlich Erfolg. Nach nochmaligem Verbessern wird das neue Programm ausgeführt. Die Geräte senden mit höchster Stärke ihre Impulse aus. Acht Tage lang dauert es, bis der Hochleistungs-Elektronenrechner eine riesige Menge an Daten gesammelt und gespeichert hat. Es sind aber nur die Signale, welche in den acht Tagen zurückkommen können. Signale von Objekten in großer Entfernung, beispielsweise vom anderen Ende des Sonnensystems, fehlen. Der Elektronenrechner kann jedoch etwas, was kein Mensch fertigbringt, er rechnet hoch. Er ermittelt auf diese Weise aus den Teilergebnissen der zurückkommenden Signale ein Gesamtergebnis.

Dann kommt der große Tag, der Tag des Erfolges … oder?

Das Großereignis wird nicht nur auf dem Bildschirm der Spezialisten, sondern allen Raumfahrern direkt auf ihren Großbildschirmen gezeigt. Für so wichtig hält es der Hohe Rat. Denn der Gruppengeist ist enorm hoch, und das soll gefördert und damit erhalten werden.

Wie üblich bei wichtigen Anlässen, gehen die Bildschirme wieder einmal automatisch an. Nach einer kurzen Ansprache von Andreas Busch sind alle Zuschauer aufs äußerste gespannt, was sie zu hören und zu sehen bekommen. Zunächst ist die Oberfläche der Bildschirme nur grau. Dann entsteht langsam eine Zeichnung. Das Programm zeichnet zuerst ein Modell des Sonnensystems mit der Sonne – in dieser Darstellung nur ein kleiner Klecks in der Mitte – und den Planeten. Dann folgt die Darstellung der Oortsche Wolke, ebenfalls vom Elektronenrechner durch Hochrechnung ermittelt.

Jetzt geschehen Aufschreie der Zuschauer, denn die Oortsche Wolke ist nicht gleichmäßig rund wie die Oberfläche einer Kugel, sondern hat mehr die Form eines Eies. Der absolute Höhepunkt folgt jetzt. Sehr langsam, aber stetig, zeichnet das Programm aus den gespeicherten Daten um die Oortsche Wolke eine zweite, dünnere, auf der Zeichnung leicht bläulich gefärbte Schicht. Sie ist auch leicht eiförmig, jedoch unterschiedlich dick.

Die Freude über das gelungene Auffinden der geheimnisvollen, mit den Fernrohren nicht sichtbaren, äußeren Schale des Sonnensystems ist nicht mit Worten zu beschreiben. Unter allen, vom Hohen Rat bis zum schwächsten Mitglied der Raumfahrergruppe, bricht eine Begeisterung, ein langanhaltender Jubel aus. Und nur der Mensch mit seinem Intellekt, seinem großartigen Denkvermögen, kann sich in solchen Situationen derart begeistern, dass man glauben könnte, er verlöre seinen Verstand.

Doch noch immer zeichnet das Programm des Elektronenrechners an der Schale. Immer stärker sieht man ihre Umrisse. Als nach etwa zwei Stunden Rechnerleistung die Zeichnung vollkommen ist, wird allen klar, hier ist eine Großtat der Forschung vollbracht.

Parallel zur bildlichen Darstellung, bekommen die vier Wissenschaftler, denen dieses Ergebnis zu verdanken ist, wobei die Leistung der Programmierer nicht vernachlässigt werden darf, wichtige Erkenntnisse und Daten über die Beschaffenheit der Schale. Sie ist zwischen 145 und 25680 Kilometer dick, das heißt, an ihrer Unterseite zur Oortschen Wolke hin ist sie ziemlich glatt, doch ihre Form zum Weltall hin ist vielfach gekrümmt. Sie besteht aus einer schier unendlichen Zahl von weitläufigen Hügeln und Tälern, unterschiedlich hoch und tief.

So also sieht ihre ungewöhnliche Außenfläche zum Weltall hin aus.

Hans Himmelreich erwähnt gerechterweise seinen Mitstreitern gegenüber, dass sein Sohn ihn zum erfolgreichen Vorgehen anregte. Und wie es stets bei uns Menschen ist, verbreitet sich diese Wahrheit umgehend. So wird vom Hohen Rat nicht nur der Erfolg der vier Wissenschaftler und der Programmierer gelobt, sondern Franz Himmelreich rückt seinem Ziel, demnächst eine Ausbildung als Wissenschaftler zu erhalten, ein mächtiges Stück näher.

47

In den nächsten drei Tagen werden die auf den Elektronenrechnern gesammelten Daten des ersten Ausbruchsversuches noch genauer untersucht. Dazu kommen die guten Erkenntnisse und Daten der nun bekannten Außenschale des Sonnensystems. So kann der Hohe Rat bald entscheiden, wie, wann und wo an der Schale ein erneuter Versuch unternommen wird. Mit einstimmigem Beschluss wird für den Tag darauf eine Informationsveranstaltung und anschließende Durchführung eines zweiten Ausbruchsversuches festgelegt. Alle Raumfahrer müssen auf diesen wichtigen Vorgang eingeschworen werden. Mit Ängsten im Rücken lassen sich schwierige Aufgaben nicht bezwingen. Es ist wahrscheinlich die wichtigste Information seit dem Abflug. Gilt es doch, das augenscheinliche Hindernis, die nun bekannte Schale des Sonnensystems, endgültig zu durchdringen.

Beim Warten auf das Großereignis, sitzen Hanna und Michael mit ihren Kindern zusammen.

Hanna fragt: „Was meinst du, mein Liebster, kommen wir diesmal durch?"

„Warum nicht?" antwortet er, „Ich bin kein Hellseher, aber wenn man die Ursachen kennt, können wir Menschen mit unseren heutigen Fähigkeiten bestimmt einen Weg finden. Es ist sowieso erstaunlich für mich, wieviel ich selbst in meiner Zeit in Atlantis hinzugelernt habe. Das war nicht sehr schwer, denn irgendwie scheint irgendwer oder — was vor fünfzig Jahren die richtige Menge an intelligenten Menschen zusammengeführt zu haben. Sonst hätte es niemals dieses Raumschiff und seine wunderbaren Eigenschaften gegeben."

Nachdem sie noch eine Weile darüber geredet haben, sagt sie plötzlich grinsend: „Was würdest du sagen, wenn unsere Familie bald größer würde?"

Er sieht sie mit großen Augen an, lächelt sehr nett und sagt: „Nichts würde ich sagen, mich einfach nur freuen. Aber weißt du es genau?"

„Ja, ich war diesmal bei meiner Mama zur Untersuchung. Sie hat festgestellt, dass ich im dritten Monat schwanger bin."

Er stutzt plötzlich, denn er denkt an die Erstgeborenen, und fragt: „Aber sag bloß nicht … Zwillinge?"

Sie wägt ihren Kopf hin und her, tut als wenn sie antworten wollte, macht absichtlich eine Verzögerung und sagt gedehnt und ganz leise: „Ja", macht wieder eine Pause, und er sieht sie erschreckt an, „Mama Johanna sagt, dass es noch nicht eindeutig zu erkennen ist."

„Ach du meine Güte! Das ist doch nicht wahr! Selbst ich weiß, was heute möglich ist."

Dann küsst sie ihn und sagt: „Beruhige dich, mein Schatz! Wir bekommen diesmal ein Kind. Was bei meinem Schabernack allerdings stimmt, es ist noch nicht zu erkennen, ob Mädchen oder Junge."

„Du kleine Hexe! Vielleicht kommst du wegen deinem Scherz nicht durch die Schale hindurch."

„Da wärst du aber …", sie werden unterbrochen. Der Bildschirm geht automatisch an und die Information beginnt. Zu sehen ist zuerst Horst Ödefeld vom Hohen Rat.

Er sagt: „Wir stehen an einer sehr entscheidenden Stelle unseres Fluges. Und wir wissen ja nun, was uns bisher bei unserem Weiterflug behinderte, aus was es besteht, welche Eigenschaften, besser sollte ich sie Eigenheiten nennen, die Schale hat. Der Durchbruch wird in drei Stunden erfolgen. Ich übergebe jetzt das Wort an Hans Himmelreich."

Hans sagt: „Wie bitter war für uns Raumfahrer die Ungewissheit, und wie froh können wir jetzt sein. Zum einen ist die Schale um das Sonnensystem erforscht, wenn auch nicht vollkommen; zum anderen wissen wir nun mit Sicherheit einen Weg, um sie zu überwinden.

Ich möchte jetzt nicht auf die Einzelheiten eingehen, die zu unserem jetzigen Wissensstand führten. Wer sich näher dafür interessiert, kann das jederzeit im Informationssystem nachlesen. Wir von der Forschungsgruppe spürten sehr deutlich den Unmut und die Unruhe in Atlantis. Und wir glaubten schon, wir würden versagen. Viel wichtiger ist, dass herausgefunden wurde, weshalb Atlantis überhaupt abgelenkt wurde, beim ersten Versuch nicht durchkam, und was da als Hindernis vorhanden ist. Die Schale besteht aus dichtem, kaltem Plasma. Zur Erklärung: Plasma ist, einfach ausgedrückt, ein Gemisch aus frei beweglichen, neutralen und geladenen Materieteilchen, die losgelöst von Atomen existieren. Es sind meistens Ionen und Elektronen. Alle Sonnen, auch unsere, sind im Gegensatz zu dem Zustand der uns behindernden Schale heiße Plasmen. Allgemein sind Plasmen Zustände, die durch Einflüsse wie Temperatur, Elektrizität, Magnetismus, Gravitation, Hoch- oder Tiefdruck und weitere uns bekannte oder wahrscheinlich auch noch unbekannte Dinge entstehen beziehungsweise vorkommen. Sie sind auch elektrisch leitend. Wir glauben fest daran, dass das heiße Plasma der Sonne und das kalte Plasma der Schale eine wohlberechnete Einheit sind, geschaffen um unser Sonnensystem, und so ist es sehr wahrscheinlich auch bei anderen Sternen im All, zusammenzuhalten. Nun, das sollte genügen! Ich gebe zurück an Horst."

Horst führt weiter aus: „Wenn wir den Durchbruch nicht schaffen, dann haben wir auf der ganzen Linie versagt. Doch im Zusammenspiel aller Wissenschaften haben wir mögliche Lösungen gefunden. Vielleicht müssen wir noch mehrere Versuche wagen! Und jetzt nehmen wir alle unsere Positionen ein, wie bei jeglicher kritischen Situation, und folgen den Anweisungen der Flugleitung. Unser neuer Versuch wird durch den üblichen dreimaligen Summton als Warnung in allen Tonempfängern angezeigt."

48

Im Raumschiff herrscht bedrückende Ruhe. Kurz vor diesem zweiten Versuch haben die Astronomen noch einen glücklichen Umstand festgestellt: Genau zwischen der Sonne und Atlantis stehen, wie auf einer Linie hintereinander aufgereiht, zwei Kleinplaneten in der Oortschen Wolke. Der eine hat einen Durchmesser von 92 und der andere von 117 Kilometer.

Der dreimalige Summton setzt ein. Auf Anweisung der Flugleitung wird nach den Angaben der Wissenschaftler die Gravitation auf ein sicheres, noch zulässiges Mindestmaß herabgesetzt, was gleichzeitig auch eine Verminderung des Magnetfeldes bedeutet. Diejenigen Antigravitationswerfer, welche - im Gegensatz zum ersten Durchbruchsversuch - jetzt direkt in Richtung Schale gerichtet sind, sofort auf die Höchststufe 10 geschaltet. Die das Raumschiff in Richtung Schale beschleunigenden Photonenantriebe strahlen ebenfalls mit Stufe 10.

Zu Anfang ist gewaltiges Zittern und Knirschen zu hören. Atlantis fliegt anfangs langsam und zielsicher in Richtung einer der dünneren, genau berechneten Stelle der Schale, wird danach unablässig und rasant schneller. Darauf folgt anhaltendes, metallisches Kreischen im Raumschiff. Wieder ertönt von der Außenhülle her stetig ansteigendes Heulen, Krachen und Pfeifen. Die Raumfahrer spüren es, wie gigantische Kräfte wirken, werden hin- und hergerückt, teilweise geschleudert, wenn sie keinen Halt finden. Die Beleuchtung flackert ständig mehr. Viele, die keinen Dienst haben, jammern, schreien oder weinen, fallen in Ohnmacht. Kinder klammern sich an ihre Mütter oder verkriechen sich unter ihre Schlafdecken.

Und es gelingt. Der Durchbruch dauert nur elf Minuten. Und dann, so plötzlich, dass es erschreckend ist, hört man keinen Laut mehr, absolute Ruhe herrscht. Atlantis fliegt ohne Behinderung in die Unendlichkeit des Alls. Auf der Brücke ertönt tiefes Aufatmen aus vielen Kehlen. Einigen rollen Tränen über die Wangen. Und diesmal gibt es kein umarmen, beglückwünschen, noch nicht einmal freuen und lachen. Zu entsetzlich war der ganze Ablauf. Die Stimme des Ersten Kapitäns ist das erste, was zu hören ist.

Er sagt ruhig und besonnen: „Antigravitationswerfer aus, Photonenantrieb auf Stufe 5, Gravitation auf volle Stärke setzen. Anweisung an alle Positionen: Schadenmeldungen so schnell wie möglich an Brücke!"

Nach einer Weile folgt: „Glückwunsch, Ihr Raumfahrer! Jetzt seid ihr wirklich welche. Wir sind durch. Der Weltraum ist nun erreicht und wir sind überzeugt, nichts kann Atlantis mehr aufhalten. Wenn alle Prüfungen erledigt und eventuelle Schäden behoben sind, gehen wir auf die höchstmögliche Fluggeschwindigkeit. Ich danke allen, die in den vielen Jahren an diesem Erfolg mitgearbeitet haben und diese Leistung ermöglichten. Ein besonderer Dank gilt jenen, die an der Lösung für den Durchbruch beteiligt waren. Wir hier auf der Brücke wünschen einen weiteren, glücklichen Flug."

49

Es dauert mehrere Tage, bis das Ausmaß der Schäden am und im Raumschiff – zum Glück gab es sie nur in geringem Maße – festgestellt ist. Die Reparaturen sind schnell ausgeführt. Viel ist den Raumfahrern passiert: Es gab seelische Schäden und Verletzungen, letztere zum Teil schwer. Dann folgt der Bericht des Hohen Rates, diesmal freilich über die Tonempfänger.

Nach dem automatischen anschalten ist an allen Plätzen in Atlantis zu hören: „Hier spricht Andreas Busch: „Meine Freunde, ab heute können wir sagen, dass die Sonne und unser ehemaliges Zuhause, die alte Mutter Erde, für immer weit weg von uns sein werden. Unseren Zielen folgend, haben wir in fast zwei Jahren diese Position jenseits des Sonnensystems erreicht. Ich bin stolz auf die großen Leistungen aller bisher Beteiligten, dazu gehören die bereits Verstorbenen, die in der Erdstation Gebliebenen und wir Hoffnungsvollen in Atlantis. Mit schmerzlichem Gedenken und gleichzeitig großer Freude über unseren Erfolg, habe ich die Pflicht, eine Übersicht über unsere jetzige Sachlage zu geben.

Nach wunderschönen, leisen Klängen aus der Oper „Götterdämmerung" von Richard Wagner, fährt er fort: „Zuerst komme ich auf unsere zahlenmäßige Entwicklung zu sprechen. Beim Abflug von der Erde waren wir 735 Seelen stark. Bis heute wurden 67 Kinder geboren, von denen 2 wieder gestorben sind. Es gab 19 alters- oder krankheitsbedingte Sterbefälle. Wir werden diesen von uns gegangenen, über lange Zeit tatkräftigen Raumfahrern immer gedenken. Und so ist unsere Anzahl bis heute auf 781 Seelen angewachsen. Das ist eine gute Entwicklung, denn bei unseren Überlegungen vor dem Abflug hatten wir eher mit einer Abnahme gerechnet. Nebenbei bemerkt: Die maximale Bewohnerzahl in Atlantis ist bei etwa 1400 Seelen erreicht, sie könnte aber mit einigen Einschränkungen von uns leicht überschritten werden", er kichert leise, „so gilt auch für uns der Rat, der aus einer alten Religionsgemeinschaft der Erde stammt, ich zitiere: Seid fruchtbar und mehret euch!"

Nacheinander sprechen jetzt die anderen Mitglieder des Hohen Rates.

Der Biochemiker Horst Ödefeld meldet sich und sagt: „Unsere Landwirtschaft und damit unsere Versorgungslage ist ausreichend und noch ausbaufähig. In den ersten Monaten des Fluges gab es mehrere Fälle von Karies und anderen Mangelkrankheiten. Das Problem wurde durch den Anbau von vitaminreicheren Pflanzen und Veränderung der Speisezubereitung gelöst. Die sonstigen Krankheitsfälle verliefen in einem verträglichen Maße beziehungsweise ähnlich jenen in früheren Zeiten auf der Erde. Worauf wir vom Hohen Rat besonders hinweisen müssen, ist eine zunehmende Vernachlässigung von sportlichen Aktivitäten. Wie ihr bereits wisst, gab es in der Gemeinschaft etliche Probleme mit dem Knochenbau und dem Bewegungsapparat. Also, verstärkt ran an die Sportgeräte! Auf Neuerde brauchen wir eine gesunde und leistungsfähige Bevölkerung."

Der Chemiker Wolfgang Primel meldet sich als nächster und sagt: „Wie ihr bereits bemerkt haben werdet, es sind nur wichtige Dinge, welche wir hier und heute kundtun. Auch ich konzentriere mich auf solche. In den letzten Monaten gab es viele, meist durch chemische Substanzen hervorgerufene, Verletzungen, beispielsweise Verätzungen. Durch verändern von Produktionsprozessen, ich erwähne ausdrücklich die in der Wiederaufbereitung, wurden erhebliche Verbesserungen erreicht. Wir Chemiker raten, den Verbrauch von Seife und sonstigen Reinigungsmitteln einzuschränken, auf ein Mindestmaß zu senken. Mit deren Wiederaufbereitung müssen wir viel Aufwand betreiben. Vermehrt aufgetretene Hautprobleme wie Entzündungen und Austrocknung haben wir nahezu beseitigt. Wir können also sagen, dass unsere Chemie stimmt."

Der Astronom Manfred Glotzer meldet sich zu Wort und sagt: „Jetzt, da wir im All sind, solltet ihr verstärkt die Schönheit und den Glanz der Sterne, der Galaxien, der galaktischen Nebel und so weiter über das Informationssystem betrachten. In den kommenden Jahren empfehle ich euch auch eine Rückschau zu unserer alten Heimat, welche unseren Blicken immer stärker entschwindet. Noch empfehlenswerter ist die Betrachtung des immer näher herankommenden Sonnensystems mit Neuerde. Ja gut, es ist trotz der Spezialfernrohre noch zu früh, um genug zu sehen. Doch von Jahr zu Jahr wird es mehr. Ihr werdet erstaunt sein, denn Neuerde hat viel gemein mit der Erde, aber nur derjenigen Erde … so etwa vor einigen Jahrhunderten oder noch früher."

Der Biologe Peter Feldermann meldet sich wie stets, wenn er etwas sagt, mit ironischem Ausdruck in der Stimme: „Hallo Raumfahrer", er lacht verhalten, „ich muss leider eine Sache erwähnen, die ich für sehr wichtig halte. In Atlantis scheint sich vermehrt etwas zu wiederholen, was es schon immer auf der Erde gab. Zunehmend drücken sich … ja, ihr habt richtig gehört … drücken sich die meisten von uns, auf den Feldern zu arbeiten. Auf der Erde galt die Tätigkeit in der Landwirtschaft als minderwertig, jedenfalls nach der allgemeinen Meinung. Der Bevölkerungsanteil, welcher da arbeitete, hatte dazu einen weitaus schlechteren Lebensstandard als jener Teil in geistigen und handwerklichen Tätigkeiten. Deshalb bitte ich euch, es muss damit schon jetzt und ganz bestimmt in Neuerde anders sein. Dort soll und wird es keine Superreichen und keine Bettelarmen geben. Unsere Gesetze, mit denen ihr euch noch gründlicher vertraut machen solltet, lassen diese ungerechten Verhältnisse nicht zu."

Der Astronom Manfred Glotzer meldet sich noch einmal und sagt: „Ich habe ein besonderes Anliegen. Einer meiner Vorredner hat ja bereits auf die Schönheit des Weltalls hingewiesen. Ich möchte hinzufügen, dass es genau in dieser Sache noch irre viel zu erforschen gibt. So richte ich einen Mahnruf an die junge Generation: Betretet den Lehrpfad für die Astronmie! Von den aktiven Astronomen haben fast alle das Alter erreicht, wo Nachwuchs dringend nötig wird."

Noch einmal ergreift Andreas Busch das Wort: „Zuerst mein Dank an meine Kollegen. Die in ihren Beiträgen erwähnten Empfehlungen sollten wir beherzigen. Ich selbst bin sehr glücklich, in unserer Gemeinschaft leben und schaffen zu können, teilzuhaben an Sorgen und Nöten, aber auch an Glück und Erfolgen. Lasst uns bitte, mich eingeschlossen, nie mehr einen Geisteszustand aufkommen lassen wie nach dem ersten Ausbruchsversuch aus dem Sonnensystem. Wir müssen eine neue Form von Zusammengehörigkeit schaffen, die weitaus mehr bedeutet als der Begriff ‚Gemeinschaft'. Auf der Erde wurde seit dem 19. Jahrhundert in vielen Ländern unendlich großer Wert und überschäumende Hoffnung auf Begriffe wie ‚Freiheit' und ‚Gleichheit' gelegt. Jeder einzelne Mensch sollte neben größtmöglicher Freiheit auch mehr Rechte und Einfluss auf das große Geschehen im eigenen Lande haben, über Gesetze mitbestimmen können. Es war ein Trugschluss und nur heiße Luft für den

Großteil der Beteiligten. Denn trotz dieser - meist nur versprochenen - Mitbestimmung konnten wahnwitzige Kriege, gewaltige Zerstörung der Lebensgrundlagen vieler Menschen, Tiere und Pflanzen nicht im geringsten verhindert werden. Am schlimmsten handelten in jener Zeit diejenigen, welche aus ihrem Glaubensstarrsinn heraus Andersgläubige verachteten, bekämpften und töteten. Und letzteres war schon viele Male vorher in der bekannten Geschichte der Menschheit passiert. All das trug wesentlich zum Niedergang der Menschheit bei. So verschlechterte sich der Lebensspielraum zunehmend. Und die Älteren von uns haben noch eine Zeitspanne davon miterlebt. Deshalb, ich beschwöre euch, lasst uns eine gerechtere, friedlichere und glücklichere Gemeinschaft schaffen! Hier in Atlantis sei der Anfang gemacht! Lasst uns diese neue Lebensform einfach und schlicht ‚Gemeinschaft des Lebens' nennen! Und was dabei ganz wichtig ist: Diese Lebensform muss in unserer neuen Heimat auch für die anderen Lebewesen - Tiere und Pflanzen - genügend Raum lassen. Denn sie sind ebenso ein Teil der Schöpfung und des Lebens allgemein. Lasst uns mit ihnen in einer größtmöglich natürlichen Form zusammenleben, so wie wir es mit Freunden tun! Wir können nicht vermeiden, dass das eine Lebewesen als Nahrung für das andere dient. Das hat die Schöpfung so vorgesehen. Doch was die Menschen in den letzten zwei Jahrhunderten auf der Erde mit den anderen Lebensarten anstellten, ist ein schlimmes Verbrechen. Ich nenne für die Tierwelt: fabrikmäßige

Tierhaltung, Einsatz von Arzneistoffen und anderen Chemikalien zur Ertragssteigerung, totale Einschränkung der Bewegungsfreiheit, Zerstörung natürlichen Lebensraumes, und überhaupt jegliche andere Art von Quälerei. Ich nenne für die Pflanzenwelt: Genmanipulation, gefährlicher Chemikalieneinsatz, Ausrottung vieler als Unkraut bezeichneter Pflanzenarten, Vernichtung fast aller Wälder, fabrikmäßige Landwirtschaft. Natürlich wissen wir, es gibt uns Menschen gegenüber sehr aggressive Lebewesen. Doch unsere heutige Intelligenz befähigt uns ganz sicher, sie in einen vernunftbetonten Kreislauf alles Lebendigen geschickt und ohne Gewalt einzuordnen. Ich nenne ein Beispiel aus der Vergangenheit: Der Hund wurde in den letzten Kulturen auf der Erde ,Freund des Menschen' genannt, und er war es tatsächlich auch. In archaischen Zeiten war er einer der schlimmsten Feinde der Menschheit, nämlich als Wolf, aus dem über viele Jahrtausende die meisten Hunderassen entstanden. Wir Menschen haben kein Recht auf Alleinherrschaft in einer Welt voller Leben und Anmut", er blickt lächelnd in die Runde seiner Kollegen, „wir hier danken euch, Freunde, dass ihr uns zugehört habt. Für uns sei der weitere Flug nach Neuerde von unserem Können, Wissen und Fleiß geleitet. Aber etwas Glück gehörte für die Menschen seit Urzeiten einfach dazu, um wichtige Ziele zu erreichen. Möge das nötige Glück auch uns hold sein, um die neue Heimat sicher zu erreichen. Wir vom Hohen Rat glauben daran, dort den Keim für ein neues Paradies legen zu können. So lasst uns alle gemeinsam daran glauben und dieses Werk vollenden!"

50

Sechseinhalb Monate später ist bei den Grethers riesige Freude. Im Wohnraum spielen sich Szenen ab wie in einem Märchen an seinem glücklichen Ende.

Hanna liegt auf dem Bett und hat ein kleines Mädchen neben sich, das seine Mama mit seinen wunderbaren, weit geöffneten, dunkelbraunen Augen ansieht. Adam und Meta knien auf dem Bettrand und berühren ihr Schwesterchen sehr vorsichtig. Adam beschäftigt sich mit ihren winzigen Füßen und Zehen. Meta hat Spaß mit den kleinen Händen und Fingern. Wenn sie einen ihrer Finger in eine Handfläche ihrer Schwester legt, fasst diese fest zu und zieht daran. Beide älteren Geschwister lachen über die zappligen Bewegungen der Kleinen.

Adam zeigt auf Liesa und sagt: „Issa."

„Ja, deine Schwester Liesa", sagt Hanna mit freudigem Lächeln, „sie ist genauso schön wie ihr beiden", streichelt zuerst Adam und Meta, berührt dann sehr zärtlich Liesa, „guck mal! So vorsichtig wie ich eure Schwester Liesa berühre, müsst auch ihr mit ihr umgehen. Ihr seid ja älter und schon etwas kräftiger als sie."

Während Hanna weiter um die drei Kinder bemüht ist, sitzt Michael auf einem Stuhl und beobachtet konzentriert, still und glücklich seine Familie. Dabei denkt er auch über andere Ereignisse der letzten Tage nach.

Hanna und er hatten vor sieben Tagen gemeinsam die letzten Nachrichten im Informationssystem angeschaut. Da meldete sich ihr drittes Kind an, um in die junge Familie zu kommen. Sie dachten noch einmal über den bereits festgelegten Namen nach. Dass es ein Mädchen ist, wussten sie bereits länger. Dann brachte Michael seine Hanna zum Gesundheitsdienst.

Hannas Mutter wusste vorher schon wieder einmal guten Rat, und als Vornamen für ihre neue Enkelin hatte sie „Hermine" bestimmt. Hanna und Michael sagten erst mal nichts dazu. Nach der Geburt, freudig erregt am Wochenbett erschienen, war Oma Johanna überaus enttäuscht, wenn nicht sogar tief beleidigt. Man hatte wieder einmal nicht auf ihren „guten Geschmack" gehört. Das junge Paar wählte entgegen ihrem wohlmeinenden Vorschlag den wohlklingenden Namen Liesa. Sie waren außerdem überglücklich … keinerlei Komplikationen traten während und nach der Geburt auf. Liesa und Hanna waren sofort, jede auf ihre Weise gesund und munter. Schon nach zwei Tagen konnten beide in den Wohnbereich wechseln. Ins Logbuch wurde die Geburt unter anderem mit dem Vermerk „Geburtsort: im Weltall, Raumschiff Atlantis" eingetragen.

Michael hält es nicht mehr auf seinem Stuhl. Er steht auf und geht zum Bett, nimmt Liesa auf in seine starken Arme und drückt sie sehr zärtlich an sich. Etwas später sieht er Hanna unverhofft ernst an und sagt: „Ich habe manchmal das Gefühl, dass Liesa an mir vorbei schaut, obschon sie in meine Richtung blickt. Kann sie denn überhaupt sehen?"

„Ja und nein", sagt Hanna, und nach einigem Nachdenken, „das ist so: Neugeborene sehen am Anfang nur verschwommen und umrisshaft ihre Umgebung. Es wird noch viele Tage dauern, bis Liesa die Schönheit ihres Papas erkennt", sie lacht herzlich, „die Ärzte sprechen von etwa acht Monaten, bis die Sehfähigkeit voll entwickelt ist. Auch Farben kann sie erst später richtig sehen."

„Aber ihre Augen, so meine ich, sehen mich manchmal interessiert an."

„Ja, Liesa konnte sofort nach ihrer Geburt etwas sehen, allerdings nur bis zu dreißig Zentimeter weit. Vor allem Gesichter erkennt sie und kann sie sich merken. Das erklärte mir Mama Johanna. Und das heißt, sie unterscheidet uns an den Gesichtern."

Michael ist zu glücklich, möchte sich aber nicht weiter darüber auslassen und wechselt das Thema. Gestern hatte er, nach Anmeldung beim diensthabenden Kapitän, die Möglichkeit gehabt, die Brücke zu besuchen. Was er dort sah und erfuhr, setzte ihm mächtig zu. Es arbeitet in ihm, und so spricht er darüber mit Hanna.

„Mein Schatz, was ich gestern erfuhr, ist erstaunlich. Dass wir noch über zwei Jahrzehnte benötigen, um nach Neuerde zu kommen, wissen wir. Aber die Zahlen und anderen Tatsachen über unseren augenblicklichen Flug haben mich sehr überrascht."

Hanna blickt ihn wissbegierig an und sagt: „Dann lass mal hören, was dir auf der Seele liegt!"

„Also, die Temperatur außerhalb von Atlantis beträgt zurzeit minus 269 Grad Celsius. Die tiefste Temperatur im All, so erfuhr ich, beträgt maximal minus 273,15 Grad Celsius. Was haben wir alle hier drinnen doch für ein angenehmes Nest, gesunde Luft und wohlige Wärme. Und wir fliegen, nein, wir rasen augenblicklich mit einer Geschwindigkeit von 692 Millionen Kilometer pro Stunde durchs All. Als Vergleich hörte ich: Die Lichtgeschwindigkeit beträgt etwa eine Milliarde Kilometer pro Stunde. Es ist der reine Wahnsinn! Wenn ein Hindernis in der Flugrichtung von Atlantis durch unser automatisches Steuerungssystem entdeckt wird, muss es schon zig Millionen Kilometer davor eingreifen und eine Korrektur einleiten. Wir Menschen würden viel zu spät handeln. Unsere Steuerungsrechner, Antriebaggregate, Messgeräte und alle anderen technischen Dinge sind nicht nur Wunderwerke der Technik, sondern viel Größeres. Wenn ich sehr gläubig wäre, müsste ich sagen, sie sind göttlich."

Sie antwortet: „Meine Güte, machst du dir Gedanken über Sachen, die für uns bereits lange Normalität sind. Doch ich danke dir für die genannten Zahlen. Ich kannte sie auch nur annähernd."

Nachdem er sich mit Liesa im Arm auf die Bettkante gesetzt hat, fasst Hanna ihn zärtlich an beiden Ohren, zieht ihn langsam heran und küsst ihn.

„Ich verstehe dich gut", sagt sie dann, „kann deinen Gedanken wie immer gut folgen. Und, glaube mir, so ist es seit unserem ersten gemeinsamen Tag an bis heute geblieben. Ganz selten denke ich anders. Es gibt keine vollkommene Harmonie, das weiß ich, wie es überhaupt nichts Hundertprozentiges in der Welt geben kann. Doch bei allem Geschehen um uns herum ist für mich das Wichtigste, dass es die Kinder und dich gibt. Ich erhoffe mir für unsere Familie weiterhin so viel Glück wie bisher ... in allen Dingen. Ein inneres Gefühl sagt mir, wir fünf werden die neue Heimat sehen."

Er legt Liesa an Hannas Seite, nimmt Adam und Meta auf seinen Schoß. Ein entspanntes und zufriedenes Lächeln verklärt sein Angesicht.

Völlig lautlos, und ohne die geringsten Erschütterungen, fliegt Atlantis in scheinbar unendliche Weiten, vor sich Milliarden Sterne, die im dunklen Weltall wie funkelnde Edelsteine leuchten. Ein Stern weist Atlantis den Weg - der mit dem Planeten Neuerde.

Nachwort

Sind wir Menschen wirklich die vermeintlich alles erkennenden, wissenden, beherrschenden und dürfenden Wesen? Oder sind wir nur die Vollstrecker einer der großen Umwälzungen in der langen Geschichte der Erde, eventuell gar unseres Sonnensystems? Oder sind wir vielleicht die größten Narren, welche die Erde jemals gesehen hat? Denn wenn wir genau so fortfahren wie bisher – sonderlich in den letzten zweihundert Jahren -, dann wird unser Heimatplanet, unser einstiges Paradies, wieder ohne uns Menschen beziehungsweise einer renaturierten, stark reduzierten Menschheit; sehr wahrscheinlich auch ohne die Vielfalt der anderen Lebensarten, wenn nicht sogar ohne jegliches Leben sein.

Alles, was wir derzeit haben: Die uns von Gott – vermutlich nur auf Bewährung - gegebene Bevorzugung allen anderen irdischen Lebensformen gegenüber; unser heiliges Raumschiff Erde mit seiner einzigartigen, lebensschaffenden und -erhaltenden Materie, der Vielfalt des sich bisher stetig fortentwickelnden Lebendigen; die lebensspendende Strahlung und Steuerung aller irdischen Prozesse durch unser Zentralgestirn, das wir Sonne nennen; unser wunderbares seelisches Sein mit allen Feinheiten wie fühlen, hören, sehen, riechen, empfinden, beobachten, denken, planen, entscheiden, erfinden (eigentlich von der Natur abgucken); das tief und fest in uns verankerte, gläubige Wissen, dass es eine alles lenkende Kraft gibt, welche wir Weltgeist, Höheres Wesen, Götter, Gott oder wie auch immer bezeichnen - werden wir selbstgerechten, undankbaren und alles andere Sein extrem verändernden oder zerstörenden Menschen endgültig verlieren, wenn wir unsere zügellose Verschwendung von fossilen, biologischen und materiellen Schätzen, unser maßlos zahlenmäßiges Wachstum, unsere ewige Feindschaft, unseren Hass, unsere Vernichtungswut unter unserer eigenen Spezies nicht baldigst aufgeben.

Finden wir nicht bald einen die Schöpfung bewahrenden Weg, so wird die Zeit bis zum Untergang unserer heutigen Zivilisation und damit auch der Menschheit - nennen wir es ruhig den „Jüngsten Tag" - im Verhältnis zur uns bekannten Geschichte der höheren Lebensformen, insbesondere der Primaten, nur noch äußerst kurz sein.

St. Tönis, November 2014